마리가족

마리 가족

역사의 소용돌이 속에
삼대가 살아온 이야기

김은제 장편소설

스타북스

소설이란 인간의 삶에 관한 언어적 형상화이다. 인간의 의미 위에 구축되어 있고 의미를 추구하는 행위로써 이루어진다. 그러기 때문에 현실 속에서 갈등에 부딪히는 것이고 그 갈등을 묘사한 것이 바로 소설이다. 그런 의미에서 김은제의 소설은 소설 고유의 본질 위에 서 있으며 여성의 원형적 본성이 현대적 상황 속에서 어떠한 갈등을 겪으며 어떻게 대응하는가 하는 주제를 주로 다루고 있다. 이 시대에 생겨난 한국 여성의 또 하나의 전형성을 묘사한 작품이라는 점에서 높이 평가하고 싶다.

소설가로서 독자들에게 줄 수 있는 것은 자신의 상상 밖에 없을 것이다.

즉 인간이란 상상이다. 상상은 고통을 만든다. 고통을 함께하는 인간끼리는 행복하다. 이 세 가지 재료로 얽어진 도그마에 의해서 작품을 쓴 김은제의 삼대 이야기는 통렬하면서도 가슴을 설레게 하고 행복하게 한다.

김승옥(소설가)

● 차례

아버지 소식

휴대전화 벨이 거실 가득 울린다.

마리는 창 너머 산수유의 잎새들을 무심히 내다보며 부스스 일어나 전화를 받는다. 낭랑한 젊은 여자의 목소리가 마리의 귀청을 울려온다.

"6·25전쟁 납북진상규명위원회 사무국입니다. 일전에 김용호 씨가 신청한 김태수 씨의 납북 진상규명 결과를 자제분에게 알려 드리려고 전화했습니다."

김마리는 아버지가 납북되었다는 당연한 대답이려니 하면서 시큰둥하게 말한다.

"결과는요?"

"거제 포로수용소에서 자진 송환으로 조사되었으나 김용호 씨의 진술에 따라 판단보류로 분류되었습니다. 확인하시려면 군사편찬위원회 홈페이지에 들어가 김태수 씨 생년월일을 넣어보면 됩니다."

그녀는 믿어지지 않는 소식에 부들부들 떨면서 상대편과 동시에 수화기를 확 내려놓는다. 등에 찬물을 끼얹은 듯 몸이 오싹해진다. 아버지가 납북된 게 아니었어? 자진 송환이라니! 그럴 리가 없어. 마리의 가슴은 벌렁거리고 귀가 먹먹해진다. 한 대 얻어맞은 듯 머리가 띵하다. 지금까지 어머니 최혜린과 오빠 김용호를 통해 들은 아버지의 납북 사실과 다른 아버지 존재의 확인이다. 태어난 지 6개월도 안 되어 아버지와 생이별을 한 그녀는 아버지의 얼굴도 모르고 자랐다. 기억도, 추억도 없었지만, 아버지가 늘 그리웠다. 다만 6·25 전란 때 폭격에도 남은 사진 두 장으로 아버지의 모습을 그려보곤 자랑스러워했었다. 그 사진은 복사본이다. 원본은 오빠가 갖고 복사본은 두 자매가 나눠 가졌다. 아버지가 살아왔던 삶의 궤적을 더듬어 볼 수 있는 것은 어머니와 오빠, 미란 언니가 들려준 이야기로 유추해 볼 뿐이다. 자그마치 66년 만이라고! 아버지가 공산당으로 월북했다면 배신이고, 치욕이야! 아버지가 납북된 지식인이었다는 자부심 하나로 자식들은 아버지 없는 서러움을 견뎌오지 않았는가.

그녀는 두 손으로 머리카락을 쥐어뜯는다. 뼛속에 가두어 둔 아버지의 환상이 배신감으로 심장 속에서 불처럼 타오른다. 배신감의 불길에 휩싸여 그녀는 소리친다.

"아버지 때문에 결혼도 포기했는데…."

시간은 모든 것을 간직한 채 역사와 함께 흘러간다. 시간과 더불어 그녀의 기억은 퇴색된다. 그러나 66년 만에 듣는 아버지 소식으로 아버지에 대한 기억과 얼굴이 뚜렷해진다. 장식장 위의 디지털 탁상시계는 2016년 6월 12일 15시 37분을 알리고 있다. 그녀는 장식장 문을 열고 앨범을 꺼낸다. 앨범을 펼쳐 두 장의 흑백 사진을 들여다본다. 사진 한 장은 동경 긴자거리에서 사각모를 쓰고 검은 망토를 걸친 아버지의 친구와 함께 찍은 동경 유학생 모습이다. 또 한 장은 아버지와 어머니가 다정하게 찍은 약혼 사진이다. 아버지는 흰 와이셔츠에 타이를 맨 체크 슈트 차림새다, 슈트 앞주머니에 액세서리 포켓스퀘어로 멋을 부렸다. 2대8 가르마에 포마드를 발라 단정하게 머리를 빗어 넘겼다. 어머니는 프랑스 배우같이 깃털 달린 모자를 쓴 양장차림이다. 아버지 얼굴 모습은 용호 오빠랑 비슷한 외꺼풀의 큰 눈에 코가 오뚝하니, 이목구비가 잘 빚은 조각품처럼 아름다운 얼굴이다. 사진을 보는 순간 그녀의 얼굴은 일그러지고 분노에 차 숨을 몰아쉰다. 거제 포로수용소에서 스스로 북을 선택했다니? 믿을 수가 없어. 자식을 버리고 이념을 쫓아간 아버지를 어떻게 이해해야 할까? 거기에는 어떤 내밀하고 비밀스러운 이유가 있는 것일까? 당신 눈앞에서 당신을 위해 고통받는 가족을 따뜻한 마음으로 바라보긴 한 걸까? 그녀 얼굴은 벌겋게 달아오른다. 정말 자진 월북이 사실이라면, 가족보다 더 소중한 것이 이념이었나? 왜 북을 선택한 걸까?

　마리는 전쟁으로 모든 것이 바뀔 때까지 가족이 겪은 삶을 생각한다. 역사의 소용돌이 속에 삼대가 유린을 당했어. 라고 말하던 어머니가 떠오른다. 이념과 정치적, 민족적 흑백논리에 따라 우리 가족이 희생되었다는 오빠의 얘기를 신물 날 정도로 골백번도 넘게 들은 6.25를 상기한다. 그리고 마리는 지금의 자신이 존재하게 한 그 붉은 6월을 떠올린다.

마르크시즘의 꿈과
용서 못 할 부르주아

시끄러운 포 소리에 김용호는 잠에서 깼다. 용호는 이부자리에서 일어나 대청마루로 나가 벽에 걸린 세이코사 우드 벽시계 앞에 섰다. 어제저녁에 아버지가 사 온 시계였다. 시계가 열 번을 청아하게 울렸다. 용호는 동그란 황금색 시계추 따라 몸을 흔들흔들하며 아버지를 향해 말했다.

"빨리 월요일이 왔으면 좋겠어요. 내일 학교에 가서 친구들에게 시계 자랑해야지."

아버지 김태수는 라디오를 듣고 있다가 용호를 물끄러미 쳐다보았다. 할아버지와 할머니는 대청마루에서 제니스 트랜스 오셔닉 라디오에 귀를 기울이고 있었다. 금색 제니스 로고가 새겨진 가방형 라디오였다. 몇 달 전에 할아버지로부터 야단을 맞아가며 아버지가 암시장에서 쌀 50가마 가격으로 간신히 구한 우리 집 보물이었다.

"……새벽 4시에 북한 괴뢰군이 38선을 넘어 기습 남침했습니다. 서울 시민 여러분, 안심하고 서울을 지키십시오. 적은 패주하고 있습니다."

이승만 대통령의 목소리가 방송에서 흘러나왔다.

"아버지, 패주가 무슨 뜻이에요?" 용호가 물었다.

"싸움에 져서 달아난다는 뜻이야." 아버지 김태수가 말했다.

"적이 도망가서 안심해도 되겠네요." 용호가 말했다.

정원에 나무들은 물기를 머금고 대롱대롱 물방울을 달았다. 비꽃이 내렸다. 할아버지는 긴 송판을 대문에 엑스자로 대고 못질을 하였다. 용호는 쪼그려 앉아 할아버지의 얼굴을 빤히 쳐다보며 말했다.

"할아버지, 북한 괴뢰군도 달아났는데 왜 대문에 못질해요?"

할아버지는 용호를 힐끗 쳐다보곤 못질을 계속했다. 한 시간도 안 되어 무슨 이유인지 몰라도 할아버지는 애써 박은 못을 도로 빼느라고 안간힘을 썼다. 김용호가 할아버지의 행동이 바보 같아 웃었다. 할아버지가 큰 눈을 부라리며 용호에게 호통쳤다.

"어른을 보고 싱겁게 웃는 게 아니야. 너를 위해서다. 이놈아!"

할아버지는 괜스레 용호를 보고 짜증을 냈다.

톡톡 뿌리던 비꽃이 사라지고 햇빛이 비쳤다. 촉촉한 기와지붕은 햇빛을 받아 반짝였다. 갑자기 서울역 쪽에서 기총소사와 폭탄 터지는 소리가 났다. 할아버지와 용호는 얼른 집 안으로 들어갔다. 할아버지는 불안에 떨었지만, 아버지는 북한군 야크 전투기라며 담담한 표정이었다. 아버지와 할아버지는 라디오 방송에 계속 귀 기울이고 있었다. 우드 벽시계가 오후 1시 35분을 가리켰다.

"남조선이 북조선의 모든 평화통일 제의를 거절하고 이날 아침 옹진반도에서 해주로 북조선을 공격했으며, 이는 북조선의 반격을 가져왔다."

평양방송에서 김일성이 육성으로 발표했다. 아버지는 귀를 바짝 세우고 들었다. 할아버지는 라디오를 꺼버리고 말했다.

"새빨간 거짓말이야. 빨갱이 놈들!"

할아버지는 분을 못 삭여 얼굴이 붉으락푸르락해서 아버지를 쳐다보며 덧붙였다.

"행여 사촌 형들이 널 찾아와도 따라나서지 마라. 빨갱이 녀석들, 자식들 때문에 작은집은 풍비박산이 되지 않았느냐? 게네들이 죽었는지, 월북했는지, 서울 어디 숨어 사는지…. 쯧쯧. 우리마저 위험해질 수 있어. 상종 말아라."

작은할아버지는 할아버지와 연년생으로 할아버지보다 6년이나 일찍 결혼하여 아들을 둘 낳았다. 아버지에게는 여섯 살이나 위인 사촌 형들이었다.

"형들이 바라든 세상이 오려나. 그리운 임은 만났을까?"

아버지는 할아버지의 말을 들은 척도 않고 허공만 쳐다보며 노래를 불렀다.

"두만강 푸른 물에…. 큰형이 즐겨 부르던 노래였는데."

할아버지는 아버지를 시뚱하게 쳐다보며 핀잔을 주었다.

"이 판국에 노래가 나오냐? 멍청한 녀석."

날이 밝자 김태수는 전차를 탔다. 하늘은 김태수의 어두운 기분과 달리 맑았다. 전차는 커덩커덩 소리 내며 조급한 김태수의 마음을 약이라도 올리듯 느릿느릿 갔다. 전차의 창문은 활짝 열려 있어도 많은 사람에게서 풍기는 구린 입 냄새와 시크무레한 땀내가 코를 찔렀다. 바람 한 점 없는 거리는 한산했다. 모시 두루마기를 뒤로 묶고 자전거를 타고 가는 사내와 머리에 봇짐을 인 아낙네 서너 명이 보일 뿐이었다. 김태수는 남대문에서 내렸다. 은행 앞에는 벌써 많은 사람이 몰렸다. 은행 문이 열리자 먼저 돈을 찾겠다는 사람들로 아수라장이었다. 은행 안은 사람의 열기로 더웠다.

"질서를 지켜 줄을 섭시다."

김태수의 말에 사람들은 마땅찮게 여기면서도 줄을 서기 시작했다. 뱀이 똬리를 튼 것처럼 빙빙 둥글게 선 줄은 은행 문밖까지 이어졌다. 김태수는 줄을 다 세우고 맨 꼴찌에 섰다. 은행에 예금할 형편이 못 된 김태수는 아버지의 부탁으로 통장과 도장을 들고 은행에 온 것이었다. 38세가 되도록 룸펜으로 살았다. 아버지 친구의 중매로 26세에 결혼하여 몇 번 사업한다고 투자한 돈을 말아먹고도 모자라서 빚까지 얻은 적도 있었다. 6개월 전까지만 해도 김태수와 아내, 자식들까지 캥거루족이 되어 부모에게 빌붙어 살았다. 지금은 제약회사에 근무했다. 그것도 아버지가 제약회사에 소액 투자 조건으로 법률고문과 영업이사 자리를 약속받아 마련해주었다. 이게 마지막여. 이상적인 사상에만 빠져있지 말고 자식들 생각해야지. 이 회사에 충성을 다하여 뼈를 묻어.라는 아버지의 당부가 떠오르자 김태수는 통장을 꼭 쥐었다.

김태수는 차례를 기다리며 상상했다. 남한이 사회주의로 변하면 어떨까? 순간 아내가 한 말이 떠올랐다. "사유 재산을 인정하지 않는 주체사상主體思想도 싫고요. 특히 공산당들의 획일적인 누런 인민 복장은 역겨워요. 국민을 자유롭게 만드는 자유민주주의 자본주의가 좋아요. 저는 대한민국에 사는 게 좋아요." 김태수는 아내가 자본주의에 대해 말할 때 임꺽정 소설을 쓴 홍명희 선생을 이야기했었다.

"홍명희 선생은 뼈대 있는 양반이고 지주였는데 일정시대 때 자기 농토를 소작인들에게 나눠주었고 누구에게나 신분 차이를 안 두었소. 난 아버지의 고리대금업이나 지주도 너무 싫소. 정말 부끄럽소. 가을 추수 때마다 소작인들이 가지고 온 농작물을 곳간에 채우는 모습을 보면 그들의 피를 빨아먹는 것 같아 가슴이 아프오. 소작인들이 생산한 가치를 고스란히 지주에게 빼앗긴 것이오. 자신이 받은 노동의 가치보다 더 많은 가치를 생산하는데 말이오. 아버지가 가난한 독립투사의 딸인 당신과 결혼시킨 것도 애국지사의 가문이란 자부심을 품고 싶었던 거겠죠. 할 수만 있다면 친구 최진우처럼 아버지 농지를 소작인들에게 나눠주고 싶소. 문제는 나에게 권한이 없다는 것이요. 아버지가 재산을 틀어쥐고 있으니….”

아내 최혜린은 남편이 딱하다는 듯 눈을 핼끔 흘기며 말했다.

“당신은 인도주의적 마르크시즘에 빠져 계급의 차이를 두지 않는, 모두 평등하게 잘 살 수 있다는 유토피아를 꿈꾸고 있어요. 그런 이상주의가 가능하겠어요?”

“생각은 사회주의지만, 좌익활동은 하지 않잖소. 단지 박헌영 선생과 조만식 선생을 존경해서 강연은 쫓아다녔지만, 흠모할 뿐이요. 지지하는 정당도 없소.”

지금 생각하니 아내와의 대화가 부질없게 느껴졌다. 아무리 숭고한 이념이라도 인간을 그 희생으로 요구할 수는 없지 않은가! 생존이 더 중요한걸. 김태수는 닥쳐올 전초전의 쓴맛을 단단히 보는 것 같았다.

사람들이 거의 빠져나갔다. 김태수가 이마에 송골송골 맺힌 땀을 손등으로 훔치려는 순간 뒤에서 등을 툭 쳤다. 김태수는 뒤를 돌아봤다.

“제가 급해서 그런데 앞자리를 양보해주시면 안 되나요?” 그녀는 웃으며 말했다.

김태수는 깜짝 놀랐다. 히데코와 너무 닮은 여자였다. 웃을 때 살짝 보이는 양 볼의 보조개와 덧니가 히데코와 똑 닮았다. 망설임 없이 히데꼬를 닮은 여자에게 앞자리를 내주었다. 뒤에서 불평하는 소리가 들렸다. 김태수는 못 들은 척 앞에 선 여자의 뒤통수

만 바라봤다. 아, 히데꼬! 그녀는 왜 자살했을까? 아버지가 적극적
으로 결혼을 반대했어? 그래도 나를 믿고 좀 더 기다리지…. 아기
는 낳았을까? 김태수는 긴자거리 술집에서 처음 만났던 히데꼬를
떠올렸다. 히데꼬는 다소곳하고 순종적이며 그다지 유명하지 않은
엔카 가수였다. 김태수의 기타반주에 맞춰 '아리랑'을 간드러지게
부를 때는 깨물어주고 싶을 정도로 귀여웠다. 아버지가 보내온 돈
으로 히데꼬와 살림을 차렸다. 매일매일 꿀맛 같은 생활이었다. 학
교에 가지 않는 날이 많아지자 친구 최진우가 찾아왔다. 최진우는
마치 선생이 학생에게 훈계라도 하는 듯한 태도로 김태수를 꾸짖
고는 마르크스와 레닌, 엥겔스 등 사회주의 책을 읽어 보라며 두고
갔다. 히데꼬가 만삭이 되었을 때 한국에서 아버지가 찾아왔다. 최
진우의 고자질로 동경까지 찾아온 아버지 손에 붙들려 대학 졸업
을 앞두고 한국으로 왔다. 김태수는 아버지가 히데꼬에게 돈 몇 푼
을 쥐여주고 모든 걸 끝내길 종용했다는 사실을 알았지만 말릴 힘
이 없었다. 김태수는 서울 본가에 와서 한동안 히데꼬를 잊지 못해
술로 세월을 보내고 있었다. 그 무렵 한때 '신흥청년동맹'(사회주의
청년운동단체) 당원이었던 사촌 큰형이 김태수를 사회주의 지하조직
단체로 끌고 갔다. 사촌 형이 사회주의를 알려준 것은 김태수가 중
학교 갓 들어갔을 때부터였다. 김태수가 중학생이 되었다고 자랑
하려고 작은 집에 갔을 때, 큰형이 작은형과 김태수의 손을 잡고
뛰기 시작했다. 큰형을 따라간 곳이 신촌역이었다. 호송해 오는 남
자가 신촌역에서 내렸다. 그 남자는 하얀 두루마기에 무명 고의적

삼을 입고 수염이 덥수룩한 얼굴에 대모테 안경을 썼다. 큰형이 내 귀에 대고 속삭였다. 저분은 신의주 사건에 연루되어 호송해 오지만 위대하신 분이야! 김태수는 사촌 형이 목숨 걸고 따르는 그 위대한 분이라는 사나이를 처음 봤다. 작은 체구에 얼굴은 가까이 못할 위엄이 있었다.

김태수가 사촌 큰형 따라 사회주의 세계에 관심을 가질 무렵 평양에서 최진우가 찾아왔다.

"자네가 한국으로 간 후 히데꼬는 딸을 낳고 얼마 후 자살했어."

"히데꼬가 자살을! 딸은 어디에 있어?"

"나는 모르네. 집에서 허송세월하지 말고 노동자, 농민을 위해 싸워보세! 자네는 지식도 있고 박애 정신도 가지고 있으니 말일세."

최진우가 평양으로 돌아간 후 김태수는 사회주의 사상에 더 빠져들었다. 겉으로 안정되어가는 아들의 모습을 보고 아버지는 영등포 지하에 놋그릇 닦는 공장을 차려주고는 최혜린과 결혼을 시켰다. 설날이나 추석 때면 부잣집에서 주문이 들어왔다. 놋그릇과 촛대, 향로 등 제기를 멍석 위에 놓고 기왓장 가루나 아궁이에서 퍼낸 고운 재나 모래를 묻힌 짚수세미로 닦았다. 푸른 녹은 초산으로 제거했다. 공장 직원 3명을 두고 시작했지만, 장사는 잘 안되었다. 김태수는 아버지와 아내의 눈을 피해 사촌 형에게 '경성 콤그룹'(남조선노동당)의 공장 세포를 만드는데 공장 자리를 제공했다. 김태수는 직접 '경성 콤그룹'에 가담은 안 했지만 사촌 형의 '임'을 직접 만날 기회가 있었다. 첫눈에 그는 진실하여 보이고 노동자, 농민에게도 관대하고 포용력이 있는 분으로 느껴졌다.

김태수의 차례가 되었다. 통장을 내밀기도 전에 은행 여직원이 이마의 땀을 닦으며 신경질적으로 말했다.

"오늘은 마감입니다."

김태수 뒤에 늘어선 사람들이 김태수를 밀치며 우르르 창구로 몰려갔다. 여기저기서 욕설이 터져 나왔다.

"개새끼들! 내 돈 내놔!"

휴교령이 내린 지 이틀날 용호는 대청마루에 서서 우두커니 빗줄기를 바라보았다. 아침부터 날씨가 흐리더니 급기야 처량하게 비가 내렸다. 서울 상공에는 전투기 소리가 요란했다. 아버지는 회사에 간다며 아침 일찍 나갔다. 동생 미란은 아버지가 사다 준 꼬까신을 뽐내고 싶어 휴원인 줄 모르고 가방을 메고 유치원에 가겠다고 떼를 썼다. 용호가 담장 옆에 줄기가 곧추선 빨간 접시꽃을 따서 미란의 손바닥 위에 올려주었다. 그래도 미란은 골을 내며 파란 수국도 따 달라고 졸랐다. 용호는 작은 연못 가에 핀 수국을 땄다. 연못에는 바깥세상과 다르게 소금쟁이, 방개, 금붕어가 평화스럽게 노닐고 있었다. 용호는 수국을 미란의 머리 위에 올리곤 "공주마마"라고 부르며 너부죽이 땅바닥에 엎드리는 시늉을 했다. 그제야 미란은 까르르 웃었다.

용호는 확성기 소리에 2층으로 올라가 밖을 보았다. 큰 길가에서는 차량 지붕 위에 확성기를 단 지프 한 대가 사람들 사이를 가르며 달렸다.

"친애하는 서울 시민 여러분, 우리 국군은 지금 잘 싸우고 있습니다. 우리 손으로 서울을 사수합시다."

여자의 카랑카랑한 목소리가 확성기를 통해 2층까지 들렸다.

밤이 늦어서 들어온 아버지는 바퀴가 둘 달린 손수레를 끌고 왔다. 손수레에는 비타민이랑 포도당 등 약제와 과자와 과일을 잔뜩 실려있었다. 종일 안절부절 어찌할 바를 몰랐던 할아버지는 아버지가 들어오자 반색을 하며 물었다.

"서울은 안전하다느냐?"

아버지는 차분한 목소리로 말했다.

"유엔안보리에서 한국에 무기를 긴급 공수하기로 했답니다. 미국 트루먼 대통령이 38선 이남 지역에 국한된 것이지만 해군, 공군 작전도 승인했으니 괜찮을 겁니다."

아버지는 할아버지를 안심시키고 잠시 뜸을 들였다.

"그나저나 북한군이 전차여단을 앞세워 수유리, 정릉 유원지까지 진출했다네요."

용호는 놀란 토끼 눈이 되어 할아버지를 쳐다봤다. 할아버지는 한숨을 푹 쉬며 말했다.

"어떡해야 하나? 난 서울을 떠나기 싫다."

우르르 쾅쾅 천둥처럼 아주 큰 소리가 났다. 천지가 뒤흔들렸다.

귀를 찢는 굉음 소리에 잠에서 깨어난 용호는 벌떡 일어났다.

"엄마"

용호는 어머니 품 안으로 뛰어들었다. 어머니 품에 안겨 있었던 막내 마리가 울음을 터뜨렸다. 미란과 용제도 어머니 품으로 기어 오면서 덩달아 울었다. 어머니가 우리를 팔로 감쌌다. 순간 창호지 방문이 파란 불빛으로 환해졌다. 산이 무너지는 듯한 굉음이 뒤따랐다. 벽시계의 종소리가 세 번 울었다. 대청마루에서 할아버지와 아버지가 주고받는 말소리가 들렸다.

"아범아, 이게 무슨 소리냐?"

"뭔가 폭발하는 소리 같은데요. 북한군이 미아리 저지선을 넘은 걸까요?"

"당장 안양 과수원으로 피난 가거라. 과수원 지기 동이 부부도 있으니 편할 거야. 아무래도 서울은 위험할 것 같구나."

"같이 가셔야죠. 아버지, 어머니 두고는 못 떠나요. 식구들 모두 함께 가야죠."

아버지의 완강한 말투다. 할아버지가 말했다.

"북한군이 노인네들이야 어떡하겠어. 다 같은 민족인데. 난, 고향인 서울을 떠나기 싫다. 어서, 빨리 서둘러라. 용호를 위해서라도 떠나거라. 네 어머니가 기도로 4년 만에 얻은 장손 아니냐."

아버지가 말했다.

"그럼 어멈이랑 애들을 안양에 데려다주고 다시 모시러 오겠습니다. 누님과 매형도 벌써 피난을 갔더라고요."

"너 매형이 경찰서장이니 인민군들이 해코지라도 할까 봐서 재빠르게 피난을 갔겠지. 어서 서둘러라!"

김태수는 손수레에 생필품과 두꺼운 누비이불과 옷가지를 싣고 그 위에 용호랑 미란을 올렸다. 비옷까지 입은 미란은 무슨 일인가 싶어 어리둥절해서 두 눈만 슴벅거렸다. 용호는 새로운 상황이 흥미로웠다. 어머니는 마리를 업고 그 위에 비옷을 걸치고 기저귀 가방을 쥐었다. 한강 인도교 쪽으로 출발했다. 폭우가 쏟아지는 어둠 속에 비옷을 입은 아버지가 손수레를 끌고 어머니는 손전등을 비추며 뒤따랐다. 깜깜한 밤하늘에 번개가 쳤다. 번쩍이는 불꽃에 서울역 돔 지붕이 슬쩍 비쳤다 사라졌다. 몇 초 있다가 천둥이 우르릉거렸다. 김태수가 끈 손수레는 어느새 피난 가는 사람들 틈에 섞였다. 멈추고 싶어도 밀려오는 사람들한테 떠밀려 갔다. 용산을 지날 즈음에 부유스레하게 여명이 밝아왔다. 피난민들로 북적거렸다. 폭우 속에서 지게에 짐을 가득 싣고 짐 위에 어린 사내아이를 올려놓은 중년의 남자가 아버지를 향해 말했다.

"개새끼들, 한강 다리를 폭파해 끊어졌답니다. 피난민들이 다리 아래로 떨어지며 질러대는 고함과 비명에 소름 끼쳤소. 자동차가 강물 속으로 떨어지며 첨벙대는 소리는 생지옥이었소."

아버지가 겁먹은 목소리로 물었다.

"정말 한강 다리가 끊겼단 말인가요? 새벽에 들었던 굉음이! 그럼 지금 어디로 가십니까?"

중년의 남자가 소리를 질렀다.

"광진교도 폭파되어 남쪽으로 갈 수가 없어요. 남대문까지 피난민들이 인산인해人山人海라 어디로 가야 할지 모르겠소. 인파에 떠밀려 가는 거요."

남자의 목소리는 빗소리에 섞여 가늘게 들렸다. 김태수는 망연자실하여 폭우 속에 서 있었다. 봇짐을 지게에 진 사내가 말했다. 봇짐 위에는 노파가 올라앉아 있었다.

"나도 지옥을 봤슈. 한 치 앞도 안 보이는 어둠을 뚫고 피난민에 떠밀려 한강 인도교까지 왔더니. 아, 글쎄 앞쪽에서 다리가 끊겼다고 아우성이 들려오는 거요. 앞사람이 걸음을 멈추는 바람에 나도 다리가 끊어졌다고 소리 지르면서 멈춰 섰소. 뒤에서 밀어붙이는 통에 난 죽을힘을 다해 사람들을 해치고 옆으로 빠져나와 지금 노량진 쪽으로 가려 하오. 인도교는 폭파했지만, 철교 중 한 개만 무사하다고 해서 그쪽으로 가고 있슈."

고개가 자라목같이 되어 무거운 짐을 이고 진 사내가 소리쳤다.

"서울 시민의 피난 조치도 취하지 않고 국민을 버려두고 제가 살겠다고 대통령이 도망을 가! 이 나라가 망조지."

아버지가 중얼거렸다.

"젠장, 공산당 놈이나, 저 살겠다고 도망가는 정치하는 놈이나 몽땅 다 글러 먹었어."

어머니가 울상이 되어 말했다.

"여보 마리가 열이 나요."

어머니 등에 업혀 있는 마리는 찡얼대지도 않고 쭉 처져 있었다.

손수레에 앉아 있던 미란은 울며불며 발버둥을 쳤다.

"엄마, 배고파."

용호가 기어들어 가는 목소리로 말했다.

"아버지 집으로 가세요."

김태수가 손수레를 집 쪽으로 돌렸다. 비는 그쳤지만 구름은 아직 낮게 드리워 있었다. 잿빛 하늘은 아침인지 낮인지 분간이 안 되었다. 우리가 집에 도착하자 대청마루의 벽시계가 열한 번의 종이 울렸다. 할아버지 할머니는 우리를 반겼다. 아버지의 이야기를 들은 할아버지가 용호를 껴안으면 말했다.

"아이쿠, 우리 장손이 살아왔어! 간발의 차이로 목숨을 부지할 수 있었구먼. 죽지 않을 운명이었던 거지."

할머니 입에서는 감사의 기도가 저절로 나왔다.

"천주님! 고맙습니다. 살아 있다는 게 희망이지요."

아버지는 지하실 쪽으로 눈길을 주며 할머니에게 물었다.

"우리 집에 누가 왔어요?"

"오긴 누가 와."

"지하실로 들어가는 회색 옷자락을 본 것 같은데…."

할머니는 축 처진 마리를 안으며 얼버무렸다.

점심을 먹은 후 아버지가 라디오를 켰다. 북한군은 이미 중앙청을 비롯한 서대문 형무소, 서울시청, 대사관, 신문사, 방송국, 통신 시설 등을 장악했다는 소식과 서울을 점령한 김일성의 축하 연설이 흘러나왔고 서울 인민위원회를 설치하여 북한의 사법상 이승엽

李承燁을 위원장으로 임명했다는 방송이었다.

김용호가 재빠르게 2층으로 올라갔다. 도로에는 억새와 나뭇가지를 매단 탱크가 앞장서고 그 뒤로 인민군 행렬이 보였다. 무장한 인민군은 전투모와 야전용 군복에 나뭇잎을 소복하게 꽂고 걸었다. 다음 전쟁놀이 때는 저런 인민군 복장을 해야겠어. 용호는 나뭇잎을 꽂은 인민군 복장이 마음에 들었다.

7월의 어느 날, 아침 햇볕이 쨍쨍 내리쬤다.
'직장인은 소속 직장에 복귀하시오' 인민위원회에서 독려 방송을 내보냈다.
"절대 밖에 싸돌아다니지 마."
김태수는 용호에게 단단히 이르고는 회사로 출근했다. 김태수가 자전거를 타고 시청 앞을 지나고 있었다. 인도에는 갓을 쓰고 흰 두루마기를 입은 노인 3명과 학생 2명이 평화스럽게 걸어갔다. 쌩하니 지나가는 북한군 지프 두 대가 전쟁 중이란 것을 깨우쳐 주었다. 거리는 더위의 열기만큼이나 열성적으로 의용군이라 쓴 머리띠를 두르고 '나가자 의용군' 팻말을 든 중고등학생들이 행진했다. 걸음도 힘차고, 모습도 씩씩해 보였다. 남학생과 여학생들이 연애하기 위해 만나는 것이 아니라 의용군으로 행진하기 위해 거리로 나온 것이었다. 얼굴은 상기되었고 희망에 빛나는 눈빛이었다. 전쟁 앞에 가엾은 청춘들만 있을 뿐이었다. 선두에 선 교복 입은 여학생이 오른손을 힘차게 치켜올리면서 소리쳤다.

"함께 뭉쳐서 투쟁하자!"

뒤따르든 학생들이 일제히 합창했다.

"투쟁하자! 투쟁하자!"

구호는 마음에 들었으나 김태수 자신이 학생들과 입을 맞추어 구호를 외칠 수는 없었다. 그는 공산주의, 북한의 침공은 더 근본적이고 보편적인 어떤 악을 덮어 감춘다고 생각했다. 선두에 선 여학생이 또 선창하자, 모두 함께 합창했다.

"조선민주주의 인민공화국 만세!"

학생들은 영웅심과 군중심리에 휩쓸려 더욱 목청을 높였다. 학생들이 팔을 치켜들고 입을 맞춰 똑같이 구호를 외치며 행진하는 대열을 악의 이미지로 받아들이는 자신이 놀라웠다. 태평로로 접어들자 지게에 짐을 잔뜩 진 그 위에 어린아이가 타고 있는 젊은 사내를 만났다. 작은 손으로 지게를 꼭 잡은 아이의 모습이 안쓰러웠다. 그는 어디로 피난 가는 것일까? 그 사내를 보면서 가족들과 함께 어디로 피난하여야 할지 결단을 내리지 못하고 망설이는 자신이 한심했다. 김태수는 행동하는데 자유의지가 미약했다. 그의 자유의지가 지닌 성격은 정치적 자유와 내면적 자유가 이원적으로 공존하면서도 서로 버티어 대항했다. 저 사내처럼 당장 집으로 가서 가족들과 남쪽으로 피난을 갈까? 나는 무엇을 찾고자 함일까? 김태수는 우유부단한 자신을 채찍질하듯 자전거 페달을 힘차게 밟고 속력을 냈다.

제약회사 건물 건너편에 도착했다. 자전거에서 내려 건널목 앞에 섰다. 제약회사 입구에는 두 명의 보초가 카빈총을 정면으로 세워 들고 차렷 자세로 서 있었다. 3층의 회사건물 벽면 전체를 차지한 초대형 인공기와 소련 국기가 나란히 걸렸다. 인공기 밑에는 김일성 초상화가, 소련 국기 밑에는 스탈린 초상화가 자리 잡고 있었다. 김태수는 스탈린의 초상화를 바라봤다. 스탈린에게는 자신이 부러워하는 과단성과 신중함, 집착과 냉소가 얼굴에서 느껴졌다. 그리고 최진우가 들려준 스탈린의 인간적인 이야기가 기억났다.

'그 여자는 이기적이고 몹시 나쁜 짓을 했어⋯. 날 평생 죄인으로 만들었다고.'

23살이라는 나이 차에도 불구하고 18세의 나데즈다와 두 번째 결혼한 스탈린은 아내의 자살로 상실의 슬픔과 자식들에 대한 연민과 분노로 한 말이라고 했다. 공포 정치의 극단을 보여주었던 스탈린이 악랄하지만, 자식은 끔찍이 사랑한 모양이었다. 김태수는 자신과 같은 자식 고민을 한 사실에 인간적인 유대감을 느꼈다. 스탈린의 초상화가 겹치면서 친구 최진우의 편지도 생각났다. 두 달 전인가? 뜻밖에 박 과장이 최진우의 편지를 전했다. 그 당시 남북 간에 왕래는 오직 우편물 교환만이 이루어졌다. 검열로 인편을 통해 편지가 전해지기도 했다. 김태수는 그때 박 과장이 최진우의 끄나풀임을 눈치챘다. 김태수는 편지 내용을 뚜렷이 기억했다.

내가 김일성 위원장과 박헌영 부위원장을 모시고 스탈린의 크레믈 집무실에 갔을 때였어. 유리 상자에 안치된 레닌의 데스마스크 석고와 벽에 마르크스와 레닌의 초상화를 보고 이런 생각이 떠올랐네. 스탈린은 '능력에 따라 일하고 필요한 만큼 분배받는다'라는 마르크스 주장을 존경하였으리라 믿었지만, 볼셰비키 당에 권력을 이전해야 한다고 주장하며 당명을 사회민주당에서 공산당으로 바꿀 것을 제안한 레닌을 공개적으로 반대한 스탈린이 왜 재빨리 레닌을 지지했을까? 단순히 출세하려고 그랬을까? 아니면 레닌의 주장을 진정으로 이해하고 수긍했던 것일까? 아무튼 서울에서 다시 만나길 희망하네.

김태수는 편지 내용에서 최진우의 정치적 야심을 읽었다. 최진우가 박헌영 라인에서 김일성 라인으로 바꾼다는 의미일까? 가난한 농민을 위한 사회주의를 부르짖었던, 평양의 지주의 아들인 최진우도 공산당과 출세를 택한 것일까? 편지 끝에 서울에서 다시 만나세. 라는 의미심장한 말이 무엇을 뜻하는지 그때는 이해가 되지 않았다. 지금 생각하면 남한을 침략하겠다는 암시였을까? 김태수는 동경 유학 시절 최진우와 함께 마르크스주의에 심취해서 자주 토론했던 일이 회상되었다. 최진우는 마르크스의 공산주의 동맹의 강령을 밝히는 〈공산당 선언〉을 동조하여 '부르주아는 필연적으로 몰락하고 프롤레타리아가 승리한다.'라고 믿고 있었다. 김태수는 계급 없는 세상을 꿈꾸었다.

자동차 경적에 깜짝 놀란 김태수는 회상에서 벗어났다. 건널목을 바쁘게 건너 제약회사 문 앞에서 자전거를 세웠다. 보초가 신분을 물었다. 김태수가 신분을 밝힌 후 2층으로 올라갔다. 사장과 대부분 직원은 이미 피난을 간 상태였고, 항상 사회적 불만을 토로한 박 과장과 최 대리는 출근했을지도 모를 일이었다. 김태수는 사장실 문고리를 잡은 채 선뜻 들어갈 수가 없었다. 알 수 없는 공포가 그를 엄습했다. 한참 망설이다가 문을 열고 들어섰다.

"동무, 반갑네. 박 동무를 통해서 소식을 듣고 있었네."

김태수는 적이 놀랐다. 뜻밖에 최진우가 사장이 앉는 회전의자에서 일어나 김태수를 반겼다. 최진우는 부드러우면서 위엄이 있는 군인으로 변모해 있었다. 어깨에 부착된 계급이 대좌(대령)였다. 박 과장과 최 대리는 출근해 있었고 총을 든 인민군들도 서넛 보였다.

"박 동무와 최 동무는 우리의 동지야. 지금 막 조선민주주의인민공화국에 의용군으로 가입했다네."

박 과장은 김태수보다 한 살 아래로 김태수를 무척 따랐다. 박 과장과 최 대리가 조선공산당 서울지부 당원이라는 것은 진즉 알고 있었기에 의용군으로 가입했다는 말은 놀랄 일이 아니었다. 최진우의 다음 말이 김태수를 경악하게 했다.

"자네 아버지가 동네 인민들에게 인심을 잃었더군. 자네 부친은 지주에다 모친은 천주교 신도로 반동으로 처단될 걸세. 종교는 민중의 아편이라고 말한 마르크스의 이론을 말하지 않더라도 조선인민공화국에서는 종교인을 반동분자로 처단하지."

거리낌 없이 말하는 최진우의 말에 김태수는 당황하기 시작했다. 문 앞에서 느낀 알 수 없었던 공포심이 이런 말을 들으려는 것이었나?

김태수는 침착을 가장해서 바싹 마른 입을 떼며 말했다.

"양심껏 살아온 부모님이 반동분자라니? 노인들을 이유도 없이 반동분자로 처단한다니⋯. 자네는 마르크스의 또 다른 말은 모르는군. '종교는 억압받는 민중의 한숨이자 냉혹한 세상의 심장이며, 영혼 없는 사회의 영혼이다.'라고 한 말일세. 내 어머니가 천주교 신도라서가 아니라 마르크스 이념을 레닌에서 스탈린으로, 북한 김일성 위원장까지 이어온다면 굳이 사회주의는 신을 부정하는 견해를 취할 필요가 없다는 것이지. 마르크스 생각은 사회주의는 인간의 긍정적인 자의식이지, 종교의 폐지를 통해 더는 얻을 것이 없다는 말 아닌가?"

"지금 우리가 마르크스 이론에 대해 논쟁할 때가 아니네. 자네 부모님이 반동 처결을 받게 되었다네. 현실을 알라고."

김태수가 출근할 때만 해도 집안에는 아무 일이 없었다. 김태수는 최진우의 말이 거짓말처럼 들렸다. 최진우의 저의가 무엇일까? 김태수는 사촌 형이 가르쳐준 '자유주의 배격 십일 훈'이 생각났다. 최진우는 '자유주의 배격 십일 훈'인 조직 생활의 지침 11가지에 위배 되는 일을 하려는가? 일명 '자기비판 지침' 첫 번째를 위배하는 것이었다. 동창, 친지, 부하, 동료의 잘못을 알면서도 책하지 않고 화평의 수단으로 방임해서는 안 되는 것인데⋯. 위협을 무릅쓰고 친구로서 나의 부모를 구명하려는 것인가?

용호는 새벽부터 회사로 출근하는 아버지 김태수의 엄명을 받아 집 안에만 틀어박혀 있었다.

"곧 인민재판이 시작됩니다. 가명보통학교 운동장으로 모이기를 바랍니다."

용호는 그 소리에 대문을 가만히 열고 밖을 보았다. 붉은 완장을 찬 젊은 청년이 손 마이크로 온 동네를 외치고 다녔다. 용호의 엉덩이가 들썩거렸다. 호기심이 발동하였다. 좋은 구경거리를 놓치고 싶지 않았다. 대문을 살그머니 빠져나온 용호는 더위도 아랑곳하지 않고 동네를 싸돌아다녔다. 동네 사람들은 중림동 약현藥峴 언덕을 올라갔다. 초가집에서 흰 저고리의 소매를 걷어 올리며 아주머니가 나왔다. 용호는 땀을 삐질삐질 흘리며 그 아주머니를 뒤따랐다. 얄따란 함석지붕에 문패가 붙은 대문을 열고 아저씨도 나와 용호 뒤를 따라 약현 언덕으로 올라갔다. 약초밭에서 일하던 아주머니도 호미를 내려놓고 아저씨 뒤에서 걸었다. 언덕 위에 서양식 회색 벽돌로 지은 할머니가 다니는 약현성당이 보였다. 약현성당은 천주교 박해 때 참형 장이었던 서소문 밖 네거리를 굽어보는 높은 언덕 위에 자리 잡았다. 약현성당이 태어난 지 너보다 마흔 살을 더 먹었어. 하느님을 모시는 신성한 곳이지. 프랑스 신부님이 한국에서 맨 처음 벽돌로 만든 서양식 성당이란다. 용호야, 할미랑 성당에 열심히 다니자. 용호는 멋스러운 서양식 성당에 홀딱 반하여 할머니를 따라 성당에 다녔다. 용호는 이마에 흘러내린 땀을 손등으로 닦으며 성당 앞에 섰다.

고딕과 로마네스크 양식의 절충형으로 바실리카양식의 아름다운 성당이라고 교리 선생은 자세히 말해주었다. 성당의 지붕은 단층으로 큰 삼각형 모양을 이루었다. 주 출입구는 정면 중앙에 돌출된 정방형 종탑 밑에 있었고, 좌우 양쪽에 부출입구가 있었다. 용호는 반원형의 뾰족아치의 주 출입구 문을 밀어보았다. 열리지 않았다. 뒤로 몇 발짝 물러나 고개를 쳐들어 뾰족한 종탑을 올려다봤다. 햇빛에 눈이 부셔 콧살을 찡그렸다. 파란 하늘 아래 종탑은 위풍당당했다. 종탑은 탑신塔身, 종루, 첨탑尖塔의 세 부분으로 되어 있고, 탑신은 2층 갤러리의 백합꽃 문양을 새긴 동그란 창으로 이루어졌다. 탑신 위의 종루는 사방이 로마네스크 양식인 둥근 아치의 2연連 비늘창을 달았다. 종루 위에는 4각으로 벽돌을 안으로 쌓고 다른 모양의 벽돌로 테두리 장식대를 만들었다. 첨탑은 8각의 급경사진 지붕으로 고딕 양식의 뾰족한 지붕창Dormer이 4개가 달렸다. 비둘기 한 마리가 지붕창 귀퉁이에 앉아 있었다. 첨탑 꼭대기에는 십자가가 세워졌다. 높이 솟은 태양 주위에서 하얀 빛줄기들이 뿜어져 나왔다. 십자가는 빛줄기의 세례를 받아 반짝거렸다.

용호는 성당 옆에 있는 가명보통학교 운동장으로 걸어갔다. 운동장에는 어른들과 아이들이 꽤 모였다. 점령군은 성당과 학교와 모든 재산을 압수했다. 교장 선생과 교사들도 납치한 상태였다. 용호는 아주머니들이 주고받는 이야기를 들었다. 약초밭 아주머니가 작은 소리로 말했다.

"신부님은 매일 새벽 어두울 때 일어나 휘장을 드리우고 미사를 봉헌했다네."

흰 저고리를 입은 아주머니도 작은 소리로 말했다.

"본당 신부님과 수녀님들은 교우 집에 나누어 피신했어."

약초밭 아주머니가 저고리 소매 끝으로 코를 닦으며 소곤거렸다.

"신부님은 어디 계신지 모르겠지만, 수녀님들은 2층 기와집에 피신하셨다며?"

흰 저고리 아주머니는 눈을 찡긋하며 소곤거렸다.

"나도 그렇게 알고 있어요. 수녀님을 숨겨준 일이 들키는 날에는 안나 할머니는 죽은 목숨이에요."

운동장에 불러 모은 동네 어른들 표정은 굳어있었지만, 아이들은 낄낄거리며 어른들 사이로 뛰어다니며 장난질을 해댔다. 조회대 옆에는 서대문 형무소에서 데리고 온 60여 명의 죄수가 늘어섰다. 죄수들은 붉은 글씨로 '인민의 영웅'이라고 쓴 머리띠를 둘렀다. 어른들 사이에서 조용한 말소리가 들렸다.

"인민재판을 할 모양인가 봐요."

인민군은 보이지 않았다. 다만 황토색 인민군복을 입은 5, 6명이 운동장을 장악했다. 그들의 인민군복 어깨와 전투모에는 인민군 계급장과 마크가 부착되지 않았다. 그 대신 빨간 모포 천을 별표 모양으로 잘라서 만든 마크가 붙었다. 인민군과 인민 의용군을 식별하는 복장이었다. 군모를 쓴 사내가 높은 조회대 위에서 일장 연설을 했다. 그 사나이가 계단으로 내려가자 곧이어 붉은 완장 찬 청년이 두 손이 뒤로 묶인 빼빼 마른 사람과 뚱뚱한 사람을 조회대로 끌고 왔다. 붉은 완장의 청년은 어깨를 눌러 무릎을 꿇렸다. 용호는 잘 보이지 않아 어른들 사이로 비집고 들어갔다. 모두 흰 바지저고리를 입었다. 자세히 보니 마른 사람은 방앗간 아저씨였고 뚱뚱한 사람은 큰 기와집에 사는 아저씨였다. 또 다른 완장을 찬 동네 청년이 조회대 위에서 죄목을 조목조목 열거했다. 마른 사람은 참작해서 용서해주고 뚱뚱한 사람은 철저한 부르주아라며 소리질렀다.

"용서할 수 없습니다. 동의합니까?"

"옳소."

늘어선 60여 명의 죄수가 합창했다.

"누가 총을 쏘겠습니까?"

"저요, 저요."

60명의 죄수는 서로 쏘겠다고 손을 들고 우렁차게 소리쳤다.

그러자 붉은 완장의 청년이 땅딸막한 키에 가슴이 떡 벌어진 사내를 뽑아 권총을 쥐여주었다. 땅딸막한 죄수는 그대로 그 뚱뚱한 사람을 향해 쏘았다. 동네 사람들은 숨소리조차 내지 않았다. 아이들도 장난을 멈추고 쥐 죽은 듯이 서 있었다. 첫 번째 총성이 빵하고 올리자 그 뚱뚱한 사람은 약간 흔들거렸다. 두 번째 총을 맞고야 앞으로 팍 고꾸라지며 머리에서 피가 공중으로 치솟아 올랐다. 화산처럼 뿜었다. 솟구치는 피를 본 순간 '쿵쾅' 놀란 용호의 가슴은 계속 콩닥거렸다. 발딱발딱 뛰는 가슴은 쉽게 진정되지 않았다. 용호는 벌렁거리는 가슴을 부여잡고 있는 중에도 사람의 피가 분출하는 화산처럼 강하게 솟구칠 수 있다는 사실을 처음 알았다. 새빨간 피가 하얀 저고리를 흥건히 적셨다. 흰 저고리의 새빨간 피는 선명했다. 세상이 빨갛게 바뀐 것 같았다. 그러면서 용호는 세상을 홍백紅白 구도로 보았다. 붉은 완장과 총살당한 새빨간 피는 북한으로, 흰옷을 입은 아저씨는 남한의 상징으로 결정했다. 붉은빛은 두려움의 상대고 흰 바지저고리는 선량함을 나타낸다고 생각했다. 공산당 빨갱이는 두려움의 대상이 되었다. 솟구치는 피를 보고 무서워 덜덜 떨면서도 용호는 교훈 하나를 얻었다. 뚱뚱하면 악질 부르주아로 목숨을 잃을 수 있어 절대로 살쪄서는 안 된다는 교훈이었다.

"가시오."

군모 쓴 사내의 말이 떨어지기가 무섭게 방앗간 아저씨는 혼비백산하여 높은 조회대에서 단숨에 뛰어내려 줄행랑쳤다. 기와집 아저씨는 핏자국을 선명히 남기며 다른 완장 찬 청년에 의해 질질 끌려갔다. 그 사람 다음에 끌려 나온 빼빼 마른 할아버지와 뚱뚱한 할머니를 완장 찬 청년이 어깨를 눌러 꿇어 앉혔다.

"인민의 피를 빨아먹는 악덕고리대금업자에 농민의 피까지 빨아먹는 지주 간나새끼와 미제 놈들의 종교 밑에 숨어 당과 인민 정권을 방해하는 천주쟁이 년을 처단합니다."

완장 찬 청년이 죄목을 말하자 늘어선 사람들이 조금 전과같이

"옳소"하고 합창했다.

조회대 위에 두 노인을 보고 김용호가 소스라치게 놀랐다.

"아, 할아버지, 할머니!"

김용호의 어깨는 들썩이고 턱은 다물어지지 않고 덜덜 떨렸다. 팔과 다리도 오돌오돌 떨렸다. 오금은 얼어붙었다. 심장은 멎었고 고막은 멍멍해져 옆에서 뭐라고 소리 질러도 들리지 않았다. 넋을 잃은 얼빠진 사람이 되었다. 그때 종탑에서 그동안 울리지 않았던 '요셉 구스타브 쟌느'가 울었다. 요셉 구스타브 쟌느는 종鐘의 세례명이다. 12시 삼종 기도 종소리였다. 순간 모든 사람이 행동을 멈추었고 뾰족한 첨탑을 쳐다봤다. 첨탑에 달린 십자가가 햇빛에 반짝하고 빛났다. 십자는 기묘한 아우라를 뿜어냈다. 종소리가 멈출 때까지 모두 마술에 걸린 듯 꼼짝을 안 했다. 종소리는 모든 행동과 시간을 잠시 멈추게 했다. 고요한 침묵 속에 청아한 종소리가 끝나자 완장 찬 청년은 이번에는 얼굴에 칼자국이 있는 죄수에게 총을 쥐어줬다. 김용호는 공포로 머리카락이 쭈뼛 서서 뒤로 넘어지려는 순간 누군가가 김용호의 팔을 잡았다. 아버지였다. 그때 운동장에 먼지를 일으키며 지프 한 대가 들어와 급정거했다. 차에서 군복 복장을 한 대좌가 내렸다. 대좌는 군모를 쓴 사내와 뭐라고 말을 주고받았다. 군모 쓴 사내는 할아버지와 할머니를 집에 가라고 풀어줬다. 아버지는 잡고 있던 용호의 팔을 놓았다.

"할아버지와 할머니를 모시고 집으로 가."

김태수는 용호의 등을 떠밀고서 지프를 타고 떠났다.

하얗게 질려 혼이 나간 채 집으로 돌아온 할아버지는 대청마루에 풀썩 걸터앉았다. 어머니가 눈이 휘둥그레져서 재빨리 물사발을 할아버지께 드렸다. 할아버지가 찬물을 한 사발 들이켜고는 가쁜 숨을 고르며 정신이 드는지 할머니에게 말했다.

"하, 죽는 줄 알았네. 이승만 대통령이 농지개혁으로 지가증권은 액면가의 90%나 폭락했는데 무슨 지주냐? 거지꼴이 되었는데. 인민재판이란 게 그들이 만든 각본대로 처벌하는 재판이구면."

"할아버지 바지에 피!"

용호가 할아버지의 바지를 손가락으로 가리키며 소리 질렀다.

할아버지는 대청마루에서 일어나 뒤돌아서는데, 바짓가랑이에는 피가 묻어 있었고 엉덩이 부분이 흥건히 젖어있었다. 오줌을 싼 것이었다. 그 피는 앞에 처형당한 기와집 아저씨가 흘린 피였다.

할머니는 큰 소리로 말했다.

"아이코. 천주님 감사합니다. 우리가 살아난 것은 천주님의 은혜지요."

할머니는 성호를 그으며 종탑의 십자가를 향해 연신 굽실거리다가 중얼거렸다.

"어젯밤에 수녀님을 다른 곳으로 피신시키길 잘했지."

할머니의 치마 밑으로 오줌인지 물이 뚝뚝 떨어지고 있었다. 할머니도 오줌을 쌌다.

할아버지는 대청마루에서 천천히 뒤돌아서서 할머니를 바라보며 물었다.

"천주님의 은혜는 무슨, 얼어 죽을 천주님이야. 그런데 이상하지, 본당 신부도, 수녀들은 추방한 상태이고 사무장도 없을 텐데, 누가 종을 쳤을까?"

"예수님이시겠지요."

할머니 대답에 할아버지는 아무 말이 없이 2층으로 올라갔다.

그다음 날로 할아버지와 할머니는 안양 과수원으로 피난을 가 버렸다. 그 후에도 조회대의 그 핏자국은 잘 지워지지 않았다. 아마 선죽교 피도 그래서 안 지워지고 오래 남았다는 이야기가 거짓말이 아니구나. 김용호는 이해가 되었다.

8월로 접어들면서 무더위가 기성을 부렸다. 최혜린은 아침이면 줄줄이 출몰하는 쌀벌레를 쓸어버리며 쌀이 있다는 흔적을 감추기에 바빴다. 용호는 끼니를 그르지 않았지만, 친구가 없어 심심했다. 그때 마침 남대문 시장에서 장사하는 종이모와 육촌형이 남쪽으로 미처 피난을 가지 못하고 용호네 집으로 왔다. 놀 친구가 없어 무료하던 차에 육촌형이 오자 용호는 신바람이 났다. 육촌형은 국민학교 5학년이었다. 외할머니도 왔다. 서울에 살던 외삼촌과 외숙모, 외사촌들은 피난을 떠났지만. 외할머니는 어머니가 걱정되어 외삼촌을 따라가지 않았다.

대문의 옆 행랑채에 기거했던 식모와 참모, 마리를 업어주고 놀아주었던 복순이가 피난을 가고 없었던 터라 행랑채에 종이모 가족들이 기거했다.

정원을 중심으로 'ㄱ'자로 꺾인 본채가 있었다. 'ㄱ'자의 가로는 안채로 아버지와 어머니, 아이들의 거처였고 세로는 안채와 통하고 2층이었다. 1층은 할머니가, 2층은 할아버지가 쓰던 방이었지만 두 분은 안양으로 피난을 하였기에 외할머니는 안채에서 우리와 함께 기거했고 2층 할아버지 방은 아버지가 사용했다. 아버지가 출근하고 나면 이 집의 대장은 용호였다. 아버지가 회사에 출근하자마자 용호는 육촌형을 데리고 나무 계단으로 올라가 2층 할아버지 방으로 갔다. 할아버지가 숨겨 놓은 물건들을 마음 놓고 뒤졌다. 항아리 속의 인삼정과를 찾아 육촌형과 나눠먹었다. 둘은 서로 마주 보며 얼굴을 찡그렸다. 새까만 인삼정과의 맛은 달콤하면서도 쌉싸름했다. 용호는 책상 서랍을 뒤져 돋보기안경을 두 개 꺼냈다. 둘은 콧부리에 돋보기안경을 걸치고 방안을 맴돌다가 어지러워 쓰러졌다. 용호는 아버지가 치던 기타를 발견하고는 돋보기안경을 벗어버렸다. 기타를 어깨에 멨다. 기타 줄을 딩딩 퉁기며 총 쏘는 시늉을 했다. 육촌형은 용호가 메고 있는 기타를 뺏어 따발총 쏘듯 기타를 흔들어댔다. 육촌형의 입에서는 따르르 따르르 하고 따발총 갈기는 소리를 냈다.

"전쟁놀이같이 재미있는 건 없어."

용호는 폭격이 있을 때마다 방공호나 다름없는 안채 지하실에 잠깐 숨어 있었던 것보다 재미있었다. 둘은 땀으로 온몸을 목욕했다. 용호는 안경을 벗고 벽장의 미닫이문을 드르륵 밀었다. 벽장 안으로 들어가기에는 높았다. "형, 나 좀 올려줘." 육촌형은 용호의 엉덩이를 떠받치고 벽장 안으로 밀어 넣고 육촌형도 따라 올라 갔다. 벽장은 다락방이었다. 안은 꽤 넓었다. 용호는 서랍장을 열었다. 신기한 것이 참 많았다. 사진기를 꺼내 여기저기 눌렀다.

"야 망원경이다!" 육촌형이 소리쳤다.

용호가 다락방에 달린 작은 창문을 열었다. 용호와 육촌형은 엎드려 서로 번갈아 가며 망원경으로 밖을 내다보았다. 다락방은 요새였다. 밖에서는 안을 볼 수 없어도 안에서는 밖의 정경을 다 볼 수 있었다. 서울역과 중앙청이 훤히 보였다. 미군 포로들이 서울역 거리를 행진하는 모습이 보였다. 용호와 육촌형은 얼른 다락방에서 내려와 거리로 뛰어나갔다. 미군 포로들은 제복을 입고 있었지만, 계급장도 없이 고개를 푹 숙이고 맨발로 걷고 있었다.

'미국은 조선 침략자다. 세계 평화를 위협한다.'

'통일된 조선 인민 만세! 영용한 인민군대에 영예가 있어라!'라고 붉은 글씨로 쓴 플래카드를 든 초라한 미군이 지친 듯 걸어갔다. 용호는 육촌형을 보며 말했다.

"미국이 정말 평화를 위협한 걸까? 인민재판 할 때 보면 화평은 눈곱만큼도 없는 것 같았는데, 전쟁 없이 평화로 가는 길은 없을까?"

"아마 없을걸. 최고 지도자들이 욕심을 버리지 않는 한 평화는 없을 거야."

육촌형은 철학자처럼 말했다.

9월 15일 인천상륙작전이 성공했다는 소식을 들은 김태수의 표정이 어두웠다. 북한군이 낙동강 방어선을 제외한 남한의 90%를 점령했다는 승천보를 알려왔던 때가 7월 말이었는데…. 이렇게 빨리 역전되다니. 최진우의 초대로 승전 축하 자리에 참석했던 김태수는 그때만 해도 곧 전쟁이 끝나리라고 생각했었다. 최진우의 힘으로 부모 생명의 신세를 지게 된 김태수는 그 대가로 남아 있었던 마이신 주사약, 포도당, 영양제, 진통제 등 약품을 전부 공급했다. 약품은 만들 수 없었고 보관한 약품들마저 동이 났다. 더는 협조할 것이 없음에도 최진우는 김태수에게 당원 가입을 강요하지 않았다.

무더위가 한풀 꺾인 9월 말, 날씨는 아주 맑았다. 김태수는 여느 때와 마찬가지로 회사로 출근했다. 김태수가 사장실 문을 열고 들어서자 최진우가 언제 왔는지 책상 위에 걸터앉았다가 일어났다. 최진우는 심각한 얼굴로 말했다.

"유엔 해병대가 이화여대 뒤 고지를 점령했네. 총후퇴하라는 명령을 받았어. 중국과 소련에 직접적인 군사원조를 요청하기로 했으니 지하로 숨어 활동하라는 지령이 하달되었어. 동무도 지하로 숨어 활동해야 하지 않겠나?"

"지금 당장?"

"음, 지금 당장."

"가족은 어떡하고?"

김태수는 어떻게 할까? 한동안 망설였다.

망설이는 김태수의 태도를 보고 최진우는 다그치듯 단호하게 말했다.

"가족과 작별 인사만 하고 오게. 그 외 아무 이야기도 하지 말게. 평상시처럼 행동하게나. 잠깐 이별이네. 곧 북조선이 승리할 걸세. 박 동무와 청년 당원 2명과 같이 다녀오게나."

김태수는 처음부터 공산당 당원이 될 생각이 없었다. 가족과 작별은 생각지도 못했다. 본인 의지와 다르게 미궁 속으로 빨려드는 느낌뿐이었다. 한참 둘 사이에 침묵이 흘렀다. 최진우가 먼저 말을 꺼냈다.

"이번 전쟁은 곧 끝날걸세. 이 전쟁은 사회주의혁명을 통한 민족통일을 달성하자는데 있어. 친일 민족 반역자에서 신식민주주의자들을 없애는 싸움이지. 우리를 강제로 분단시킨 미국의 책임과 영향도 크지."

김태수는 차마 북침이 먼저라고 항의는 못 하고 부질없는 질문이란 것을 알면서도 부아가 나서 대들었다.

"미소의 이데올로기 대리전쟁이라고 생각하나? 미소가 강점하지 않고 해방을 맞이했다면 우리나라는 어떻게 변했을까?"

최진우도 지지 않고 반박했다.

"사회개혁은 필요했을 것이고 지주제도를 척결하고 친일·반민족 세력들도 처단해야 하지 않겠나. 우리는 사회혁명을 이루어 통일하자는 거네. 그런데 남쪽은 미국을 등에 업고 반민족 세력들이 제 놈들의 권력 유지를 위해 민중들을 강제 동원하여 피를 흘리게

했소. 우리 민족의 삶에 박힌 모든 갈등과 모순을 일소시키기 위해
서는 외세와 반민족 세력을 동시에 척결해야 하네."

김태수가 말했다.

"한강 다리 폭파로 심경의 변화를 일으켰지만, 완전히 공산당을
지지하는 것은 아니네. 북한, 역시 소련을 등에 업고 있지 않은가."

최진우가 탁한 목소리로 말했다.

"두고 보게, 자네도 곧 공산당원이 될 걸세. 현재 서울 인구 백
사오십만 중에 어림잡아 친일 반역들이 반을 넘을 것이네. 그중에
자네 아버지도 들어 있지 않나."

김태수가 눈살을 찌푸리며 말했다.

"친일파라도 그들의 애국적인 업적은 묻어두고 반역자로 심판
할 특권은 자네에게도 없어."

"……"

최진우는 말문이 막힌 듯 입술만 옴죽거렸다.

김태수는 소련과 미국의 대세에 휘말린 한국을 생각하면 억장
이 무너졌다. 우리 민족끼리 이상적인 세상은 요원한 것인가? 가
슴에 맷돌을 얹힌 것처럼 무겁고 답답했다. 그나저나 아내에게 뭐
라고 말을 해야지? 뚜렷한 말이 떠오르지 않아 허공을 쳐다보며
아내가 한 말을 떠올렸다.

'공산주의는 싫어요. 부르주아 없이는 민주주의가 없어요. 부자
나 지주를 무조건 부르주아로 몰아 없는 죄도 만들어 덮어씌우고,
경우도 없이 자기들 멋대로 인민재판을 열어 사람을 죽이는 것이

무섭고 치가 떨려요.'

점심때쯤 김태수가 청년 두 명과 박 과장과 함께 집에 도착했다. 김태수는 청년들과 박 과장을 대문에 서 있게 하고 방으로 들어갔다. 김태수는 아들의 어깨를 잡고 눈을 똑바로 바라봤다.

"아빠가 없을 때는 용호가 우리 집의 대장이야! 엄마와 동생들, 잘 보살펴야 해!"

"옛"

평소와 다른 비장한 아버지 말에 용호는 씩씩한 군인의 모습을 떠올리며 오른팔을 꺾어 올려 거수경례를 했다. 섬뜩하고 이상한 기분이 든 용호는 대문으로 나가는 아버지 뒤를 따라갔다. 혜린은 마리를 업었다. 용제와 미란의 손을 잡고 김태수 뒤를 말없이 대문까지 따랐다. 김태수는 아내에게 아무 말도 하지 않고 미란과 용제의 머리를 쓰다듬고 마리의 볼을 만졌다. 김태수의 마음은 갈래갈래 찢어져 아내의 눈을 바라볼 수가 없었다. 내일을 기약할 수 없는 이별이란 것을 자신은 알았다. 어쩌면 아내는 겪어보지 못할 역경에 처할 것이고 가녀린 몸으로 그 고통을 어떻게 지탱해나갈지 걱정되었다. 마리를 낳고 산후 우울증에 시달리는 아내에게 김태수는 안심시키려 했다.

"며칠 있다가 꼭 돌아올 것이오."

김태수는 고개를 떨구고 무거운 발걸음으로 대문을 나섰다. 대여섯 발짝 옮기다 말고 뒤돌아섰다. 아내는 아직도 용호와 함께 대문 앞에 서 있었다. 용제와 미란의 손을 잡고 마리를 업은 아내의 모습이 애잔하고 가엾어서 가슴이 아렸다. 시간이 없다는 박 과장의 재촉에 김태수는 마지못해 발길을 되돌렸다. 김태수는 박 과장에게 팔이 잡힌 채 파란 하늘을 올려다보았다. 솜을 쌓아놓은 듯 뭉실뭉실한 뭉게구름은 햇빛을 받아 하얗게 빛났다. 뭉게구름처럼 하얗게 빛났던 최혜린의 유년 시절과 젊은 날! 아내가 들려준 기억들이 무겁게 가슴을 내리눌러 자연 발걸음이 느려졌다. 걸어가는 김태수의 시야로 녹색영사막 같은 기억의 한 단면들이 떠올랐다.

최혜린과 붉은 수수밭,
그리고 마적

최혜린은 어렸을 때부터 울보였다. 할아버지는 혜린의 울음소리가 들리면 울리지 말라고 호통을 치곤 비단 강보에 싸인 손녀를 불면 날까, 쥐면 꺼질까, 어르고 달래었다. 언양에서 서울까지 가서 금박댕기와 가죽 꼬까신을 사서 손녀에게 신길 정도로 애지중지했다. 할아버지는 혜린이보다 7살이나 위인 오빠 최남택은 장손이라 엄하게 키우면서 늦게 본 손녀 혜린에게 특별한 애정을 쏟았다.

송대마을 앞으로 맑은 개울물이 흐르고 집 뒤로 화장산이 자리 잡았다. 조선왕조 때 지은 양반집으로 안채, 사랑채, 행랑채, 'ㄷ'자 모양으로 안채로 향한 작은 대문이 있었다. 안채의 작은 대문과 떨어진 큰 대문 옆에는 광이 있어 집 전체로 보면 'ㅁ'자 모양으로 안치되었다. 뒤 뜰에는 철 따라 밤나무, 살구나무, 감나무, 복숭아, 앵두, 각종 과수나무가 열매를 맺었고 여러 꽃나무에서는 꽃들이 피었다. 할아버지는 우물가에 열린 빨간 앵두를 따 먹고 혜린의 입술이 부르텄을 때도 혜린을 돌보는 점순이를 나무랐다. 어느 날 할아버지는 머슴이 덜 익은 복숭아를 따 먹었다고 호통쳤다. 잘 익을 때를 기다려 손녀 혜린에게 먼저 먹인 후에야 모두 먹게 했다.

　혜린은 안채로 행랑채로 사랑채, 뒤뜰로 토끼처럼 뛰어다녔다. 애기씨, 애기씨 넘어집니더. 머슴들이 일하다가도 혜린을 쫓아다녔다. 혜린이가 다쳤다간 할아버지의 불호령이 떨어지기 때문이었다. 할아버지는 다른 식구들 보다 남택과 혜린만 제일 이뻐하였다. 할아버지는 신문명을 앞서 따라갔지만, 교육만큼은 그 당시 국민학교가 있었는데도 손자 남택을 서당에 다니게 했다. 남택은 천자문과 중용, 맹자를 다 떼고 한시를 배웠다. 남택은 할아버지 성격을 닮아 생각이 깊고 똑 부러졌다. 좋은 것은 좋고, 나쁜 것은 몹시 나쁘게 보았다. 최혜린의 아버지 최규호는 종가의 맏이로 아래 두 남동생 가족과 여동생 가족과 함께 대가족을 이루며 살았다.

　최혜린이 태어나기 6년 전, '간도는 조선 영토의 일부다.'라는 성명을 발표했던 일본이 간도를 청나라 영토로 인정했다. 결국 일제는 연길~회령 간 철도부설권, 남만주철도개설권, 탄광개발권 등 각종 이권을 얻는 대가로 간도를 청에 넘겨주었다.

　1909년 9월 4일 간도間島에 관한 협약이 체결되고 열흘이 지나서였다. 나라를 걱정하는 청년들과 지방 유지들이 사랑채에 모였다. 사랑채가 천도교 경남 지부인 교당이었다. 시와 면에 있는 천도교 교인들도 왔다. 최혜린의 아버지 최규호는 천도교 경남 대표였다. 최규호가 이 소식을 듣고 분개하고 통탄하며 말했다.

"조선 백성들이 1백 년 이상 피땀 흘려 개척한 간도인데, 10만 명이 넘는 동포가 사는 광대한 지역이 하루아침에 우리 영토에서 사라지다니. 이게 다 국력이 없어서 그래요. 그래서 말인데 독립자금을 모으기로 합시다. 나부터 기부하겠소."

나도 기부금을 내겠소. 나도 내겠소. 천도교 교인들과 유지들이 서로 기부금을 내겠다고 약속을 했다.

"우리가 일본으로부터 독립하기 위해 자위력을 키워야 해요."

최규호의 말에 모두 고개를 끄덕이며 호국하기로 결의하였다.

1910년 3월 1일

전날, 삼 형제는 사랑채의 천도교 교당에서 등사판으로 독립선언문과 태극기를 만들었다. 천도교 지도자 손병희가 거사를 준비하라는 지시가 내려왔다. 천도교는 당시 결집력과 최대 규모의 대중 조직을 가진 민족종교였다. 삼 형제는 새벽부터 천도교 교인들과 동내 유지들과 이 씨, 김 씨, 많은 사람을 모아 태극기와 독립선언문을 나눠 주었다. 언양, 상북, 병영을 지나자 곳곳에서 사람들이 합세했다. 최규호는 "대한독립 만세"를 선창하며 만세운동을 주동하였다. 벌 떼처럼 세차게 일어난 민중들의 만세 소리는 민들레 홀씨처럼 퍼져나갔다. 만세 시위대가 정오가 지나서 울산에 도착하자 기다리고 있었던 일본 경찰이 총을 쏘았다. 많은 사람이 죽거나 다치거나 붙잡혔다. 둘째아버지와 막내 아버지는 대구교도소에 압송되어 1년 6개월 구류를 살았다. 둘째아버지는 고문을 아주 심하게 받았다. '학춤'이라고 다리 사이에 각목을 끼운 후 거꾸로 매달아서 각목을 튼 고문이었다. 고문 끝에 다리 병신이 되었다. 최규호는 주모자라고 서대문 경찰서로 압송되어 7년 선고를 받았다. 서대문 형무소로 이송 중 일본 영사의 도움으로 화장실을 통해 탈출해서 하얼빈으로 갔다. 일본 영사는 표면적으로는 친일파인 척했지만, 사상은 한민족국가를 위한 사람이었다. 후일 일본 영사는 최규호를 탈옥시킨 죄를 물어 심한 고문을 당하여 미쳐버렸다. 최규호를 살리려고 희생한 것이었다. 최규호는 독립운동 자금을 마련하기 위해 자신이 기부한 돈과 유지들의 돈을 모아 김구 선생님에게 독립운동 자금을 전했다. 최규호는 자금조달 책으로 활동했다. 요시찰 인물이 되었다. 일본 형사는 아버지 뒤를 쫓았다.

둘째아버지와 막내 아버지가 출소하자 일본 정부는 ×월 ×일까지 온 식솔과 함께 중국 봉천(선양. 현재 심양)으로 강제 추방 명령이 떨어졌다. 종가의 맏아들인 최규호는 하얼빈에서 독립운동을 한다는 소식만 들었던 터라 둘째아버지가 주관해서 모든 일을 처리했다. 언양 송대리의 5백 평 남짓한 양반 기와집과 화장산 밑, 일대의 삼백 마지기 넘는 전답을 헐값에 팔아 그 돈을 가지고 대가족이 이동했다. 증조할머니와 종갓집 식구로 큰며느리인 어머니, 아들 최남택과 딸 최혜린, 둘째 작은아버지와 숙모, 아들, 며느리였다. 막내 작은아버지와 숙모는 결혼한 지 석 달도 안 된 신혼부부였다. 고모, 고모부도 함께 갔었다. 고모부는 휘문고등학교 나와 3.1 운동에 합세하여 옥살이한 뒤 같이 가게 되었다. 장가 안 간 떠꺼머리총각 머슴 2명과 결혼한 머슴 2명도 식솔을 거느리고 따라 가겠다며 합세했다.

대가족은 봉천시의 외곽에 꺼우량통이란 마을에 정착했다. 꺼우량통은 30호 정도 한국 사람들만 살았고 10리 가면 옛날부터 살고 있었던 중국 사람들이 40호 정도 살았다. 대가족은 농사를 짓는 사람들이라 농사지을 땅을 샀다. 농토 1,000여 에이커를 샀다.

중국식 흙집은 방안 바닥이 벽돌이었다. 신발을 신고 나무 문을 열고 들어가면 가운데 부엌이 있고 남북으로 방이 두 칸씩 4개의 방이었다. 부엌에서 방을 데우고 바깥에서도 방을 따뜻하게 데웠다. 침대식으로 된 온돌방이라 신발은 신고 다녀 흙냄새가 났다. 혜린은 코로 킁킁거리며 흙냄새를 맡으며 말했다.

"흙냄새가 좋아!"

"엄마도 고향 냄새가 나서 좋아."

혜린의 어머니는 향수鄕愁를 달랜다면 흙집을 좋아했다. 그런 흙집이 6채나 있어 둘레둘레 모여 독립적인 가족을 이루며 함께 살았다.

꺼우량통은 산이 없고 끝없는 들판이었다. 5리 정도 지나가야 집이 한 채 있을 정도로 땅은 넓고 비옥했다. 집 옆 숲사이로 맑은 개울물이 흐를 뿐, 끝 간 데를 알 수 없는 넓은 평원에 가도 가도 오직 붉은 수수밭이었다. 수수밭에서 해가 지고 해가 떴다. 혜린의 어머니는 수수로 술도 빚고 떡도 하고 밥에도 넣어 먹었다. 혜린은 수수떡은 좋아해도 수수밥은 깔끄러워 먹지 않았다. 혜린은 어머니 손을 잡고 나지막한 언덕에 올라가 수수밭 바라보기를 좋아했다. 고향의 수수밭은 이곳처럼 광활하지는 않지만, 키 큰 수수의 이삭이 붉게 영글어 고개를 숙여 수숫대의 허리가 휘청거리는 모습은 고향의 수수와 똑같았다. 어머니는 그런 수수밭을 바라보며 고향의 그리움을 달랬다. 수숫잎을 흔들어대는 스산한 가을바람이 불면 광활한 수수밭은 처연하게 일렁거리며 수숫잎이 저희끼리 서로 스치며 와슬랑와슬랑 스산한 소리를 내었다. 어머니는 그 소리가 중국인들이 내뿜는 한의 소리이자 조선인의 나라 잃은 슬픔에 우는소리라 했다. 하지만 혜린은 달리 들렸다. 수숫잎의 와스스 와스스 와싹대는 소리가 혜린의 귀를 간지럽히며 무언가 속삭이는 듯하여 정겹게 들렸다. 수숫잎과 바람의 하모니가 아름다웠다. 와, 예쁘다! 혜린은 저녁노을로 물든 끝없이 펼쳐진 붉은 수수밭을 바라보며 탄성을 질렀다. 어린 혜린이 눈에 거친 수수밭이 어찌 그리 아름답게 보였을까? 어린 혜린의 눈동자에는 붉디붉은 노을과 진홍색 수수밭이 가득하였다. 혜린은 눈부신 붉은 수수밭에 아슴아슴하게 빠져들었다. 마치 붉은 수수밭처럼 약동躍動하는 미래를 꿈꾸게 하여 어린 영혼은 그만큼 찬란한 공상에 잠기게 했다. 광대한 수수밭의 아름다운 정경은 혜린의 마음속 깊이 각인되었다.

봄이 되면 가져간 씨앗을 뿌렸다. 한국 사람은 똑똑하고 부지런한 사람이라 먹을 양식 걱정은 안 했다. 농사는 주로 수수, 옥수수, 조, 콩, 밀, 참외를 지었다. 텃밭에는 부추, 파, 상치, 배추, 무의 씨앗을 뿌려 수확해서 반찬을 만들어 먹으며 고국의 그리움을 달랬다. 혜린은 좁쌀 섞은 쌀밥을 좋아했다. 특히 쌀밥에 달래와 간장을 넣고 비벼 먹는 게 맛있었다. 머슴 가족 여섯 명과 열세 명이나 되는 대가족은 부지런하고 농사짓는 지혜가 많아 농사를 잘 지었다. 씨 뿌릴 때나 추수 때는 쿨리들에게 싼 품삯을 주고 일을 시켰다. 놀고 있는 쿨리들이 많았다. 육체노동에 종사하는 하층 중국인 쿨리들은 40~50세가 되도록 장가를 못 가 총각으로 늙어 죽는 사람도 숱했다. 첫해부터 수익을 남겼다. 그해 참외 농사가 잘되었다. 집에서 걸어서 30분 정도 가면 참외밭이 있었다. 둘째아버지는 참외를 거두고 작은 참외들은 항상 남겨 두어 마을 사람들을 불러 따 먹게 했다. 최혜린이 일곱 살 때, 여섯 살 위인 사촌 시누와 함께 재미 삼아 참외 주우러 갔다. 참외를 줍고 있는데 갑자기 소나기가 퍼부었다. 시누가 참외도 다 버리고 혜린을 업고 뛰기 시작했다. 뛰어가다가 돌에 걸려 넘어지면서 졸도했다. 혜린은 시누가 죽었다고 울고불고 난리를 쳤다. 그때 마침 찾으러 나온 머슴 둘을 만났다. 머슴은 각각 혜린과 시누를 둘러업고 허둥지둥 참외밭을 질러서 뛰어 집에 왔다. 그 이후로 최혜린은 무서워서 집 밖으로 멀리 못 갔다. 그러나 어머니와 황혼이 지는 붉은 수수밭은 보러는 나갔다.

1월 1일 설이었다. 전날 최규호가 바람처럼 집에 왔다. 설날 최씨가 최규호 가족을 초청했다. 최 씨는 설탕과 각종 식품 무역을 하는 부자였다. 춰이崔[CUI]는 중국의 성씨였다. 한족인 부자 최 씨는 최규호와 같은 최 씨라고 형제처럼 따뜻하게 대했다.

부자 최 씨 집은 검은 벽돌로 집을 지었다. 담을 높이 쌓아 지붕만 보였다. 밖에서는 안의 구조를 볼 수 없었다. 대문에서 문지기 네 명이 지켰다. 하인의 안내로 혜린은 아버지의 손을 잡고 안으로 들어갔다. 갑자기 몽골 개가 뒤따르던 남택의 명주 솜바지를 물어 확 뜯어버렸다. 하인의 저지로 솜바지만 뜯겨나갔다.

"큰일 날 뻔했어."

어머니가 가슴을 쓸어냈다.

넓은 정원을 따라 본채는 사랑채와 나란히 대칭으로 부속 건물이 좌우에 이어져 'ㅁ'자 모양을 이루었다. 하인들도 많아 감히 마적馬賊 떼가 집안으로 침입하기는 어려웠다. 본채 거실에서 부자 최 씨와 큰 부인이 최규호 가족을 반갑게 맞았다.

"꽁시 파 차이恭禧發財"

돈 많이 버십시오. 라고 최 씨가 최해규에게 새해 덕담을 했다.

최 씨는 덩치가 우람했다. 부리부리한 눈에 뺨에는 시커멓고 무성한 구레나룻이 터부룩했다. 최혜린은 최 씨를 보자 무서워 어머니 치맛자락 뒤로 숨었다. 최 씨는 사람 좋게 웃으며 혜린의 머리를 쓰다듬으며 말했다.

"아버지는 나라의 독립운동을 위해 싸우는 훌륭한 사람이야. 아버지가 안 계셔도 놀러 오렴."

부자 최 씨가 작은 부인으로 일본 여자와 결혼했다. 작은 부인은 대단한 미인으로 그들 사이에 8살 딸이 있었다. 그 딸은 최혜린과 봉천소학교 같은 반이었다. 혜린은 그 딸이 너무 공주같이 굴어 별로 좋아하지 않았다.

온 식구가 따뜻하게 환대를 받고 집으로 돌아올 때는 월병, 닭, 돼지고기, 등 푸짐하게 많은 선물을 받았다. 달걀은 큰 소쿠리에 담뿍 담아서 줬다. 넓은 평원을 닮은 부자 최 씨의 성품대로 선물도 손 크게 했다. 하인들은 최규호가 몰고 온 마차에 선물들을 실었다. 마차가 흙길을 덜컥거리며 굴러갔다. 남택은 마차를 모는 아버지 옆자리에 앉아 말했다.

"아버진 돈하고 거리가 먼 사람인데 왜 돈 많이 벌라고 해요?"

"허허, 새해 덕담이지. 중국인들은 돈에 대해 남다른 애착이 있지. 전쟁이든 재앙이든 가장 안전한 피난처는 금(돈)밖에 없다고 생각한단다."

설을 지내고 두 달이 지났을까? 최 씨 딸이 학교에서 집으로 오는 길에 마적 떼에 유괴되었다. 이 마적은 부패한 정부를 대신하여 중국 촌락공동체의 민중 자위 조직인 기마집단騎馬集團 마적과는 다른 비적匪賊이었다. 통상적으로 마적 떼는 가을 수수밭이 우거질 때 수수밭을 이용해서 들어왔다. 밤이 되면 수수밭은 비적의 소굴이 되었다. 큰 키의 수수 때문에 살인이 나도 몰랐다. 마적들은 마치 물고기처럼 수수밭을 마음대로 누비고 다녔다. 일 년에 한두 번 와서 팥, 콩, 쌀, 수수, 등 곡식과 돈을 가지고 갔다. 달라면 다 주었다. 같은 중국인이라도 마적 떼를 두둔했다. 거처를 불기라도 하면 가족들이 몰살당하기 때문이었다. 지금은 마적 떼가 출몰할 시기가 아닌 봄이었다. 그래서 그런지 부자 최 씨 딸을 유괴했다. 하인이 곁에 있었지만 어쩔 수가 없었다. 하인만 내리게 하고 마차와 딸을 함께 데리고 간 것이었다. 마적 떼의 요구대로라면 전 재산을 내어줄 판이었다. 석 달이 흘렀다. 부자 최 씨는 많은 돈을 모아 마적 두목에게 주고 딸을 구했다. 그 딸은 말짱했다.

중국 심양沈陽(선양)을 반으로 분리해서 일본이 봉천奉天(펑톈)이란 신시가지를 만들었다. 봉천은 일본인들이 거주하면서 만철 철도설립과 은행, 등 국가정치와 관계되는 것은 전부 설치했다. 일본인은 봉천에 살았고, 심양에는 조선인, 러시아인, 중국인이 주로 살았다. 심양은 치외법권이라 일본인이 못 들어오게 되어 있어도 일본 경찰은 법을 무시하고 들어오기도 했다. 그 무렵 최규호가 홀연히 집에 왔다.

"남택은 왜놈 학교 말고 중국 소학교에 넣어."

아버지의 당부로 남택 오빠는 심양에 있는 중국 소학교 4학년으로 들어갔다. 얼마 되지 않아 일본 고등계 형사가 집에 왔다.

"남택군은 봉천 제1 소학교로 전학시키시오."

최남택은 12살로 제2 소학교에 들어갈 나이였다. 보통 아이들보다 두 살 나이가 많았다. 남택은 봉천 경찰서장 집에 인질로 잡혀 일본학교에 다니게 되었다. 경찰서장은 경위經緯가 밝은 사람으로 최남택에게 친절하고 다정하게 대했다.

"며칠간 감시가 심하니 아버지가 집에 오시지 않게 해."

경찰서장은 심검審檢이 심한 날을 남택에게 미리 알려줘 아버지를 피하게 했다. 아버지는 경찰서장 덕에 자유롭게 가족을 만날 수 있었고 일본 경찰에 붙잡히지 않고 독립자금을 무사히 전달할 수 있었다.

혜린이가 2학년 가을 어느 토요일, 경찰서장은 남택과 혜린 남매를 집으로 초청했다. 하룻밤 자기로 한 날이었다. 경찰서장에게는 소스케라는 외아들이 있었다.

"인형같이 예쁘고 사랑스러워!"

처음 만난 소스케는 얼굴 가득히 미소를 띤 채 혜린을 향해 말했다. 혜린은 부끄러운 듯 배시시 미소를 지으며 볼이 빨개졌다. 소스케의 어머니가 팔모상에 차려진 다과를 내놓았다. 소스케는 싱글벙글 미소를 지으며 혜린에게서 눈을 떼지 않았다. 소스케는 쌍꺼풀진 큰 눈을 껌벅거리며 천진하게 물었다.

"모나카 먹을래? 밤만주 먹을래?"

혜린은 기어들어 가는 목소리로 말했다.

"모나카."

소스케는 모나카를 집어 혜린에게 주었다. 혜린은 모나카를 받으면서 슬쩍 소스케를 쳐다봤다. 소스케가 긴 속눈썹을 껌벅거릴 때마다 맑고 까만 눈동자는 반짝반짝 빛났다. 혜린은 소스케의 눈이 '독립'의 눈을 닮았다고 생각했다. '독립'은 속눈썹이 길고 맑은 눈동자를 가진 우리 집에서는 없어서는 안 될 말馬의 이름이었다. 싱긋거린 소스케의 미소는 달구어진 인두가 되어 혜린의 가슴을 지짐질했다. 저녁을 먹은 후 소스케와 남택, 혜린은 정원에서 '다루마상가 고론다.(무궁화꽃이 피었습니다. 비슷한 놀이)' 놀이를 하고 있었다. 남택은 소나무 앞에서 두 손바닥으로 눈을 가리고 "다루마상가 고론다"라고 천천히 외치곤 '다'가 끝나기 동시에 얼른 뒤를 빠르게 돌아봤다. 소스케와 혜린은 손을 잡고 "고루마상가"를 외칠 때 움직여 앞으로 몇 발자국 나갔다가 "고론다"에서 멈추어 섰다. 그때 마을에서 개 짖는 소리가 일제히 한목소리로 사납게 들렸다. 밤이면 집집이 송아지만 한 몽골 개들을 풀어 놓았다. 날이 어두워지면 외출을 삼갔다. 밤이면 몽골 개들이 떼를 지어 마을을 돌아다녔다. 개 짖는 소리는 낯선 이들이 마을로 들어왔다는 신호였다. 몽골 개는 주인에게는 무한한 충성을 보이지만 낯선 이에게는 사납다. 낯 서른 사람은 물기도 했다. 마적 떼들은 사나운 말을 탄 채 장총을 휘두르며 달려드는 몽골 개에게 총을 쏘며 마을을 덮쳤다. 모두 문을 걸어 잠그고 집 안에 깊숙이 숨었다.

마적 떼들이 일본인들이 사는 지역에 나타났다. 경찰서장 집은 봉천 신시가지에서 약간 떨어진 외진 곳에 있었다. 소스케 아버지가 아이들을 불렀다. 소스케 아버지는 방 가운데 다다미 바닥을 열었다. 아이들은 허리를 구부려 계단으로 내려갔다. 다다미를 닫자

캄캄해졌다. 혜린은 어둠이 무서웠다. 좁은 공간에 남택 오빠와 소스케 사이에 쪼그리고 앉은 혜린은 발발 떨고 있었다. 소스케는 불안에 떠는 혜린의 손을 살며시 잡아주며 어머니처럼 토닥였다. 혜린은 소스케의 따뜻한 손길에 안심되었다. 모두 숨소리를 죽이고 있었지만, 소스케의 가쁘게 쌔근거리는 숨소리가 혜린의 심장에 와 울렸다. 그 숨소리는 혜린에게 온정을 느끼게 하여 무섭지 않았다. 그때 밖에서 말발굽 소리가 들렸다. 마적 떼의 소란과 개 짖는 소리가 요란했다. 탕! 하고 총소리가 들렸다. 동시에 깨갱, 개 울음소리가 났다. 칸! 소스케가 벌떡 일어나 칸을 불렀다. 쾅! 소리가 날 정도로 소스케의 머리가 천장에 부딪혔다. 소스케와 남택은 닫힌 문을 간신히 열어젖혔다. 소스케는 쏜살같이 마당으로 뛰어갔다. 남매도 소스케 뒤를 따랐다. 정원엔 큰 몽골 개가 피를 흘리며 숨을 헐떡이고 있었다. 칸이었다. 소스케는 칸을 안고 울부짖었다. 갑자기 소스케가 일어나 총을 쏜 마적을 향해 돌진했다. 마적이 총부리로 소스케를 내려치려는 순간 소스케 아버지는 중국말로 소리쳤다.

"원하는 돈을 주겠소. 아이는 건드리지 마시오."

소스케의 아버지는 금괴를 주고 아들을 구했다. 그 광경을 목격한 혜린은 그 자리에서 기절했다. 집에 온 혜린은 며칠을 앓았다.

한 달이 지나서 혜린은 여전히 학교에서도 발랄하고 까불며 명랑하게 지냈다. 학교가 파하고 집에 가는 길에 동급생 남자 두 아이가 최혜린을 불러세웠다.

"건방지게 까불고 있어." 혜린을 때렸다. 혜린은 울고불고 난리를 쳤다. 마침 소스케가 지나가면서 이 광경을 보게 되었다. 소스케는 두 남자아이를 불러 타일렀다. 덩치 큰 상급생 말에 두 남자아이는 온순해졌다.

"하이, 하이, 잘 알겠습니다."라고 대답했다. 그 후로는 남자애들은 혜린을 때리지 않았다. 혜린은 소스케가 자신을 지켜주는 수호천사라 여겼다.

꺼우랑통에 정착한 지 삼 년째 접어들어 풍년이 들었다. 돈을 많이 벌어 봉천 서탑 밑에 있는 정미소의 경영권을 넘겨받았다. 막내 작은아버지는 아이를 낳아 가족들과 꺼우랑통에 남아 농사를 지었다. 담배밭을 크게 일구었다. 막내 작은아버지는 조선에서 온 처가 식구들과 함께 살았다. 나머지 식구들은 모두 봉천 서탑 정미소 근처로 이사했다. 증조할머니가 시름시름 앓아가 세상을 떠났다. 화장해서 절에 모셨다. 머슴들도 결혼하여 각자 독립생활을 하며 정미소 직원으로 일을 도왔다. 일본 형사가 관리하게 좋게 어머니에게 경찰서 간사 옆에 집을 사라고 했다. 어머니는 일본식 큰 집을 샀다. 현관에 들어서면 응접실, 거실(8조 다다미)에 방이 5개, 목욕탕, 부엌에는 가스 놓여 있는 문화생활을 했다. 집 주위는 고급주택으로 백계러시아인 후작, 백작이 살았다. 일본 정치가들의 고급 간부가 사는 고급주택가였다. 큰 공원에는 예쁜 꽃들이 많이 피었다. 헌병대가 있는 바로 옆 빈터에는 울긋불긋 들꽃이 많이 피었다. 혜린은 봉천 소학교 3학년이 되었다. 혜린의 친구들은 경찰서 형사 딸들이 많았다. 혜린은 아이들과의 차별 대우를 느끼지 못했다. 혜린은 러시아인 친구도 일본인 친구도 잘 사귀었다. 혜린의 옆집에 러시아인이 살았다. 러시아인 친구 쏘냐는 노랑머리에 눈동자가 초록빛이었다. 혜린이보다 공부는 못해도 덩치가 크고 마음이 순수하고 착했다. 쏘냐 어머니는 혜린이가 놀러 가면 친절하게 반겼다. 큰솥에 감자, 양파, 피망, 당근, 고기를 넣고 끓여 항아리에 담아 영하 30도를 오르내리는 추운 바깥에 두었다가 혜린이가 놀러 가면 쏘냐 어머니는 국자로 조금씩 떠 따뜻하게 데워서 줬다. 혜린은 맛있게 먹었다. 쏘냐 어머니는 혜린의 어머니에게 치즈와 버터를 선물했다. 어머니는 보답으로 쏘냐 어머니에게 팥죽을 주었다. 뒤 텃밭이 넓어 어머니는 고추, 상치, 부추를 심었다. 쏘냐 어머니는 주로 토마토와 피망을 심어 러시아식 김치를 담아 먹었다. 아이들은 중국인, 러시아인, 한국인, 일본인, 가리지 않고 허물없이 어른들처럼 적대 감정 없이 함께 소꿉놀이하며 놀았다.

어느 봄바람이 살랑살랑 부는 날이었다. 혜린이가 학교에 가는 길은 공원을 지났다. 중국 사람들은 새를 많이 키웠다. 혜린은 앵무새 한 쌍을 양어깨에 올리고 공원에 나온 할아버지와 자주 만났다. 새의 몸은 녹색이고 얼굴이 빨겠다.

"이제 학교 가느냐? 새 구경하고 가렴."

새 할아버지는 혜린에게 눈깔사탕도 주고 안아주며 이쁘다고 쓰다듬었다.

"닌하오!"

혜린은 안녕, 할아버지에게 인사를 하곤 폴짝폴짝 뛰어 학교를 향했다. 그때 뒤에서 혜린을 부르는 소리가 들렸다.

"죳또맛떼!"

혜린은 잠깐만이란 소리에 뒤를 돌아봤다. 소스케가 뛰어왔다.

"큰일 나! 새 할아버지가 너 잡아가! 다시는 새 할아버지 가까이하지 마."

소스케는 큰 눈알을 부라리며 으름장을 놓았다. 혜린은 소스케 말이라면 잘 들었다. 그 후로 혜린은 새 할아버지를 피해 다녔다.

히도자야 담임 여선생이 가정방문을 왔다. 어머니는 단팥죽을 선생님께 대접했다.

"혜린은 공부 잘하고 명랑하며 재주가 많아요. 산수는 항상 100점이랍니다."

담임 선생님의 칭찬에 어머니는 미소를 지었다. 혜린은 오빠 남택과 달리 조선이 식민지인지 전혀 느끼지 못한 즐거운 학교생활이었다.

그 해 추운 겨울이었다. 최규호는 눈바람을 맞으며 일본 형사의 눈을 피해 눈꽃 바람처럼 홀연히 집에 왔다. 대가족이 혜린이 집으로 다 모였다. 최규호는 경주 최부자의 독립자금을 받아 하얼빈으로 가기까지 위기일발의 상황에서 목숨을 부지했던 이야기를 들려주었다.

막내 작은아버지의 처남과 함께 조사가 심하지 않은 함경북도 만춘 역에서 기차를 타고 국경을 넘기로 했었다. 만춘 역에 도착했을 때 아버지는 수상쩍은 사람이 아까부터 미행하고 있음을 알아차리곤 처남과 단둥에서 만나기로 약속하고 헤어져, 아버지는 재빨리 화장실로 들어가서 중국옷으로 갈아입고 모자를 쓰고 안경으로 변장을 하고 밖으로 나와보니 처남은 총에 맞아 피를 흘리고 쓰러져 있었고 주변엔 일본 순사들이 쫙 깔려 있었다고 했다.

"피눈물을 감추며 죽은 처남의 눈도 못 감기고 그 자리를 떠날 수밖에…. 누군가의 밀고였어."

아버지는 비통한 목소리로 말했다.

온 식구들은 아버지가 무사히 집에 도착했다는 안도의 빛이 떠돌았지만, 내색은 못 했다. 막내 숙모는 남동생의 처참한 죽음의 소식에 눈물을 흘렸다. 모두 애도의 흐느낌이 물결쳤다.

"나라를 구하겠다는 일념으로 목숨을 잃은…. 그 죽음은 헛되지 않을 거예요."

어머니는 숙모의 손을 잡고 눈물을 흘리며 말을 잇지 못했다.

봄이 오자 경찰서장은 바뀌었다. 소스케가 일본으로 떠나던 날, 혜린은 저녁을 먹은 후 잔디가 깔린 마당으로 나왔다. 파란 종 모양의 서탑 위로 하늘은 온통 붉었다. 진홍빛 하늘에 맑고 까만 눈동자를 껌벅거리며 미소 짓는 소스케의 얼굴이 서탑과 겹쳐 보였다. 혜린은 소스케와 살며시 손을 잡은 인연으로 언젠가 다시 만나게 되리라는 강한 예감이 들었다.

혜린은 일본 사람 중에는 소스케 아버지처럼 좋은 사람만 있으라는 법은 없다고 생각했다. 개중에는 나쁜 사람도 있었다. 새로 온 일본 경찰서장은 최규호를 놓친 화풀이로 봉천에 살았던 대가족들에게 또다시 추방 명령이 떨어졌다. 다리 병신이 된 둘째아버지가 고향 근처에 가서 살게 해달라고 애원했다. 병신 소원이라도 들어주라고 조선과 가까운 단둥으로 쫓겨났다. 그때까지만 해도 식구들은 새로 부임한 경찰서장을 좋은 사람으로 여겼다. 그러나 경찰서장은 대가족의 감시를 위해 오가다라는 순사까지 끼워서 단둥으로 추방했다. 정미소는 오가다 입회하에 반값에 일본인에게 넘겼다. 경찰서장의 재촉에 헐값에 팔았다. 남택은 따라붙은 오가다 집에서 또다시 인질이 되어 강제로 하숙 생활을 하게 되었다. 정미소 판돈 반은 오가다가 하숙비로 미리 가져갔다. 그 반의 재산으로 나머지 식구들은 넉넉하지는 않았지만 둘째 작은아버지가 대구 사람과 동업으로 정미업을 시작해서 밥은 먹고 살았다. 아버지는 별 연락이 없었다. 그러나 항상 편지로 지도했다.

혜린은 봉천과 단둥의 생활 수준 차이가 심해 실망했다. 봉천과 단둥의 생활 환경 차이는 도시와 시골 같았다. 봉천에서는 아이들이 양복 복장으로 학교에 다녔지만, 단둥에 와서 보니 일본 애들조차 의복에 차이가 있었다. 부잣집 애들은 말쑥한 양복 차림이었고 가난한 집 애들은 일본 옷을 입고 학교에 다녔다.

혜린이 보통학교 4학년이 되었을 때 단둥 생활이 버거웠던지 어머니는 신경성 위장병으로 건강이 급속도로 나빠졌다. 휴양차 오룡대 온천장으로 이사를 했다. 생활비는 작은아버지가 보내주었다. 중학교 2학년인 남택은 오가다의 인질 생활에서 벗어났다. 더는 하숙비를 받을 수 없다는 사실을 알고 오가다는 남택을 집에서 내보냈다. 오룡대 온천장에는 한국인 2가구, 중국인 5가구 그 외 철도원, 헌병대, 경찰서에 근무하는 일본인들이 살았다. 처음으로 세 식구 함께 재미나게 살았다. 남매는 온천장에서 단둥으로 기차로 통학했다. 밭 가운데 일본인 전용 온천장이 있었다. 남택과 혜린은 무료로 목욕했다. 기차표도 역무원 가족이 아닌데도 일본인과 같이 무료로 타고 다녔다. 최남택은 통학하는 학생 중에 반장을 했다. 남택은 사고가 났는지, 몇 명 타고 내렸는지, 매일 일지를 쓰고 가는 곳은 일일이 경찰서에 보고하고 다녔다. 일본 여학생 둘이서 남택을 좋아해 따라다녔지만, 남택은 거들떠보지도 않았다. 일본인을 싫어하는 남택과 달리 혜린은 개울에서 미꾸라지, 붕어를 잡으며 일본 애들과 재미있게 놀았다.

막내 작은아버지도 꺼우랑뚱에서 담배 농사를 접고 오룡대로 이사 왔다. 조선에서 당고모도 오룡대에 와서 함께 살며 어머니를 도왔다. 신기하게 어머니 위장병이 말끔히 나았다.

그러던 어느 날 둘째 작은아버지가 동업한 작은 부인과의 연애가 발각되어 공영하던 정미업에서 손을 떼게 생겼다. 해결할 사람은 최규호밖에 없었다. 일경의 눈을 피해 독립운동을 하러 만주로 조선으로 다니는 아버지와 어렵사리 연락되어 아버지가 집에 왔다. 대구 사람이었던 본 남편과 정미업의 투자금액 반만 받고 권리를 포기하는 조건으로 해결하였다. 아버지는 또 홀연히 떠났다. 대가족은 정미업을 판 조금 남은 돈을 조금씩 나눠 가졌다. 이때 대가족이 뿔뿔이 흩어져 살게 되었다. 둘째 작은아버지는 단둥에서 살기가 어려워 한국으로 떠났다. 혜린의 어머니는 오룡대에서 단팥죽 집을 차렸다. 다행히 어머니가 끓인 단팥죽 맛은 먹어본 사람들은 모두 일품이라고 말했다. 쥐꼬리만 한 수입으로 근근이 살림을 꾸려 나갔다.

최남택은 고등학교를 졸업하자 일본 세관에 취직했다. 어머니는 남택의 월급으로 궁핍한 생활을 면하나 했지만, 그것도 잠시 최남택은 석 달도 안 되어 독립운동을 한다며 직장을 그만두고 아버지가 활동하는 상해로 떠나버렸다.

최혜린은 일본인도 합격하기 어려운 안동고등여학교에 장학생으로 합격했다. 1학년에서 5학년까지 있었다. 감색 세일러복을 입은 혜린의 모습은 귀엽고 신선했다. 거울에 비친 제 모습을 본 혜린은 어쩌면 이 교복을 입기 위해 그동안 열심히 공부해왔는지도 모를 일이라며 우쭐거렸다. 나풀거리는 리본과 어깨 덮개의 가장자리를 따라 쳐진 두 줄의 흰 선이 싱그러웠다. 쌍갈래로 머리를 땋아내려 그 가르마가 두 개의 흰 줄로 에워싸인 어깨 덮개의 정중앙에 오는 뒷모습은 모든 남학생의 가슴을 두근거리게 했다. 많은 남학생이 혜린을 따라다녔다. 눈길 한번 주지 않고 지나가는 혜린에게 몇몇 남학생이 휘파람을 불어 댔다.

A반, B반으로 나뉘어 한 반에 20명 중 조선에서 온 아이는 4명이었다. 조선에서 온 학생은 대부분 친일파로 돈을 주고 학교에 들어왔다. 혜린은 일본, 중국, 러시아 아이들만 보다가 같은 민족인 조선에서 온 아이들이 너무 반가웠다. 그런데 혜린이가 조선 아이들에게 가까이 가려 해도 받아주지 않았다. 순수한 혜린의 마음을 몰라주었다. 1학년 들어가서 조선 애들 끼리 모여 사진을 찍었다. 최혜린만 빼고 찍었다. 그나마 이순임은 조금 마음을 열고 혜린을 받아주었다.

"왜 나만 뺐어?"

혜린은 눈치도 없이 순임에게 물었다.

"너는 이름만 혜린이지 조선 애냐?"

'아니, 내가 조선 애가 아니라니!' 순임의 대답에 혜린은 아연했다. 입을 다물지 못하는 혜린을 보고 순임은 순진하다는 듯 옆구리를 꾹 찔렀다.

"넌 우리 조선 애들과는 좀 달라. 일본 애 같이 생긴데다, 미모도 뛰어날뿐더러 공부는 좀 잘하냐! 미술, 중국어, 영어, 수학, 모든 과목을 최고 점수인 '갑'을 받았다는 사실을 애들이 다 알고 있어. 담임도 네 칭찬만 하잖아. 그리고 이번 프랑스에서 열린 세계 그림대회에 두 명만 대표로 뽑아 보내는데 혜린 너, 그림이 뽑혔잖아. 파리지앵 같은 총각 미술 선생님을 모두가 흠모하는데 너만 이뻐하잖아. 나라도 질투심이 나는걸, 일본 애들이 우리와 차별해서 너만 일본 애처럼 상대하잖아. 비결이 뭐니? 학예회 때 연극 주인공 뽑는데 모두 '최혜린, 최혜린.' 네 이름만 불렀잖아. 더 얄미운 것은 시오야 말이야. 그 앤, 누구든 너에게 딴지를 걸지 못하게 보호하고 따라다니는 꼴이란. 시오야가 너 꼬봉(부하)이라도 되니?" 순진하게 모른 척하지 말고. 질투심에서 너를 소외시킨 것으로 생각해."

혜린은 길게 땋은 머리끝을 만지작거리며 뾰로통해서 말했다.

"그래도 그렇지…. 난 일본 애들도 허물없이 지내는 친구고, 조선 애들도 적대감 없는 친구야. 오히려 조선 애들에게 호의적으로 잘 대하려고 하는데…. 친해지고 싶단 말이야. 조선 애들은 모가 나고 성격이 비뚤어졌어 사귈 수가 없어. 순임이 너라도 나에게 마음을 열어줘서 고마워." 혜린은 순임의 손을 잡고 샐쭉 웃었다.

그 언젠가 시오야 집에 갔을 때 시오야의 어머니가 한 말이 생각났다. 조선 애니까, 차별하지 말고 티 안 나게 일본 애들보다 더 잘해줘라. 혜린은 시오야 어머니가 이해심이 많은 참 좋은 분으로 여겼다. 소학교 때부터 같이 자라온 일본인 친구들은 혜린에게 적대감 없이 잘해주었다. 그것도 조선 애들 눈에는 혜린이마저 적대적인 일본 애들로 본 모양이었다. 프랑스 유학 다녀온 총각 미술선생은 여학생들에게 인기가 많았다. 미술선생을 흠모하는 여학생도 많았다. 미술선생이 혜린을 이뻐하니까 유독 조선 애들이 더 입을 삐죽거리며 눈을 흘기고 시기를 했다. 조선 애들은 노골적으로 복도를 지나던 혜린의 발을 걸어 넘어뜨려 괴롭혔다. 조선 애들은 당돌해 보일 정도로 당당하고 솔직담백한 혜린의 성격에 대해 부러움과 시기가 함께 일어났던 것이었다. 혜린은 조선 애들의 위압적인 기세와 괴롭힘에도 굴하지 않고 꼿꼿이 일어섰다. 자신의 당당함과 자존감, 자긍심의 심리적 자원이 어디서부터 샘솟는 것인지 가만히 생각하여 보았다. 아, 어머니의 사랑과 시대를 뛰어넘는 아버지의 적극적인 정서적 감성을 키우는 교육이었어. 안동고등여학교에 입학했을 때 아버지가 집으로 홀연히 와서 하신 말씀이 기억났다. '여자도 직업이 있어야 남자에게 속박받지 않는다. 그러려면 공부를 열심히 하여라. 그리고 조국을 위해 무엇을 할 것인지 항상 생각하고.' 아버지의 교육은 여자의 삶에 선입견과 편견을 없애주었다. 혜린은 일본 친구든 조선 친구든 멸시받지 않기 위해서라도 실력을 쌓기로 마음먹었다. 또한 장학금을 받지 못하면 학교에도 다닐 수 없기 때문이기도 했다. 학교 졸업을 하자마자 혜린은 지음이었던 순임과는 메별을 했다. 순임은 조선으로 떠나고 혜린은 봉천으로 갔다.

남만주철도 주식회사와
소스케

 1935년 1월, 다롄 일일 신문에 '남만주철도 주식회사' 합격자 발표가 났다. 합격자 명단에는 최혜린의 이름 석 자가 있었다. 여사원 12명 타이피스트 모집에 천삼백 명이 몰려왔다. 중국인, 한국인, 일본인, 러시아인들이 시험에 응시했다. 시험은 영어, 일어, 멘탈테스트, 일반상식, 가족관계, 학교 출신, 회사 관계, 타자속도와 정확도 등이었다. 10명의 일본인을 제외하고 북경고등학교 출신 중국인 1명과 조선인 최혜린이 합격했다. 일본 기자들이 몰려와 최혜린에게 인터뷰를 요청했다.

 "일본말을 잘해서 일본인인 줄 알았습니다. 이름 때문에 조선인인 줄 알았어요."

기자의 말에 최혜린은 자랑스러운 표정으로 어깨를 으쓱 추기며 턱을 오만하게 쳐들었다.

만철에 합격했다는 사실은 조선인으로서 대단한 일이었다. 그도 그럴 것이 만철의 전체 종업원 수는 3만 명 이상이었는데, 중추 부분인 조사부의 직원은 일본인이 다수를 차지하여 조선인은 없었기 때문이었다.

일본은 1932년에 만주국을 세웠다. 만주는 중국과 분리됐다. '남만주철도 주식회사'는 러일전쟁 후인 1906년 일본 승리의 전리품으로 설립되었다. '만철'은 한국 점령과 소련, 중국, 한국을 연결하는 철도회사로 일본 국가에서 경영했다. 하얼빈에서 요동반도 내 여순까지의 구간을 만주횡단철도의 남부지선이라 하고, 그 지선의 일부인 창춘-여순 간의 철도를 남만철도라 칭했다.

만철은 최고의 직장이었다. 일본 엘리트들이 만철로 모였다. 엄격한 시험과 가혹한 면접으로 제국대학을 나온 수재조차 낙방했다. 그 무렵 혜린은 안동고등여학교를 졸업한 후 1년 가까이 학원에서 타자를 배워 응시했다. 20세의 꽃다운 나이에 만철 조사부 타이피스트로 입사했다. 조사부는 '두뇌집단'이었다. 두뇌집단은 국가정책의 입안立案에 그치지 않고 문화, 스포츠도 이식移植되었다. 야구, 럭비, 아이스하키, 피겨 스케이트, 영화, 음악이 다롄大連과 창춘長春, 하얼빈을 중심으로 하나의 원을 형성하여 대전對戰과 경연 대회로 공유했다.

최혜린은 꽤 부리지 않고 열심히 일했다. 조선인이라고 괄시하지 않게 일본인 여직원보다 더 열심히 일했다. 일본인 여직원보다 월등하게 성과를 올려 다른 여직원들의 부러움을 샀다. 상사는 타이핑이나 서류처리 일이라면 최혜린에게 맡겼다. 오타가 없이 빠르게 정확했기 때문이었다. 언제나 그녀 책상 앞에는 서류뭉치가 쌓여 있었다. 회사에서는 창씨개명하라는 강요도 없었고, 표면상 민족적 차별도 없었다. 그녀는 즐겁게 회사 생활을 하며 중요한 정보는 남택 오빠에게 전하기도 했다.

첫 봉급 받는 날이었다. 같은 고졸 출신인 타이피스트인 미치코, 진밍, 혜린이, 셋은 월급 받은 기념으로 같이 밥을 먹고 '만봉백화점'에서 쇼핑하기로 약속했다. 월급봉투를 받아 쥔 셋은 기쁨에 차서 일본식 식당으로 가기로 합의를 봤다. 그들은 퇴근하자마자 8차선 아스팔트를 건너 회사 맞은편에 있는 식당으로 갔다. 월급날이라 그런지 식당은 손님들로 붐볐다. 그들은 가까스로 자리를 잡고 앉았다.

"우리 서로 월급봉투를 공개하자."

혜린의 말에 셋은 동시에 봉투를 탁자 위에 놓았다. 미치코는 40엔, 혜린은 28엔, 진밍은 15엔이었다. 그 당시 한국에서는 대졸 초봉이 30엔~40엔, 고등학교 졸업생은 20엔 정도였다. 만철의 초봉과 보너스 200%를 포함해서 5인 가족 생활비가 될 정도지만, 혜린은 일본인과 차별대우에 신경이 곤두섰다. 첫 시련이 시작되었다. 혜린은 나라 잃은 설움을 몸소 당해보니 울분이 솟구쳤다. 다음날 혜린은 진밍과 과장에게 가서 차별대우에 항의했다.

"국가적으로 차별이 되어 있어."

과장은 무덤덤하게 말을 뱉었다.

혜린과 진밍은 문을 닫고 밖으로 나오자마자 참았던 눈물을 쏟아냈다. 때마침 문밖에서 들어오는 주임과 마주쳤다.

"낙심하지 마라. 사회가 그렇다. 너희들이 잘못해서 그런 것이 아니란다."

주임이 그들을 달래기 시작했다. 다음날 주임은 루비 반지를 그들에게 위로라며 선물로 주었다. 진밍은 빨간 루비 반지에 헤벌쭉 좋아했다.

혜린은 루비 반지를 주임 책상에 놓고는 쏘아붙였다.

"조선을 아기 취급이에요."

혜린은 처음으로 일본식민지의 조선인으로서 비애를 느꼈다. 혜린은 일본인을 싸잡아 나쁘게 바라보며 멸시하기로 마음먹었다. 그래도 속이 시원하지 않았다. 사실 회사를 그만둔다고 해도 어머니와의 생활이 어려웠다. 아버지와 오빠는 독립운동하느라 가정은 돌보지 못했다. 그녀는 가장이었다. 이제 궁핍한 생활에서 벗어났는데…. 게다가 회사를 그만둔다면 남택 오빠에게 만철의 중요 정보도 제공할 수 없게 되었지만, 그래도 혜린은 일본인과 차별 대우에 반감이 생겨 도저히 만철에 있을 수가 없었다. 혜린은 남택 오빠에게 편지로 자문했다. 사표를 내라는 답장이 왔다. 혜린은 사표를 들고 주임을 만나러 사무실로 들어섰다. 주임 옆에 청년이 앉아 있었다. 혜린은 그 청년과 눈이 마주쳤을 때 전류가 흐르듯 서로를 알아봤다. 혜린은 그의 맑고 쌍꺼풀진 큰 눈을 한눈에 알아봤다. 뜻밖에 소스케의 놀란 눈이 삼빡거리며 혜린을 바라보고 있었다. 소스케는 훌륭한 청년으로 변모되어 있었다. 혜린은 사표를 내지도 못한 채 소스케 손에 잡힌 채 밖으로 나왔다.

혜린은 눈이 빨개지도록 훌쩍훌쩍 울면서 말했다.

"조선인이라고 차별하는 모멸감은 더 참을 수 없어요. 만철은 위선적이고 야비해요."

"그래, 내가 보상해줄게요."

소스케의 부드러운 말투에 혜린은 울음을 멈추었다. 소학교 시절 마지막으로 보고 지금 만났는데도 낯설지 않고 매일 만났던 사람처럼 서로가 무한한 친밀감을 느꼈다.

소스케는 동경제국대학을 졸업하고 24세에 만철에 합격하여 만철 조사부로 발령을 받았다. 소스케는 처음에는 최혜린이 같은 부서에 있는 줄 알지 못했다. 소스케가 사무 일로 주임을 찾아갔을 때 조선인 여직원이 속을 썩인다는 주임의 말을 듣던 중에 최혜린이가 들어온 것이었다.

용원의 경우는 일본인, 중국인, 조선인, 러시아인의 수가 증가하였다. 혜린은 직원과 용원 모두 일본인의 임금이 비일본인의 임금의 3배였다는 사실을 주임을 통해서 알았다. 그녀는 소스케의 만류에 못 이기는 척 계속 근무했다. 소스케와 함께 있고 싶은 마음이 컸다.

그 후, 한 달이 지난 3월 4일 원소절元宵節이었다. 영상 10도 안

팎의 창춘長春의 밤거리에 사람들로 북적거렸다. 보름달이 휘영청 밝은 번화가 거리는 각양각색의 등불을 밝혔다. 천태만상의 수많은 불빛이 혜린과 소스케를 멈추지 않게 했다. 그들은 제등행렬을 따라 불빛이 이끄는 대로 용등춤舞龍燈을 구경하며 걸었다. 각종 조형물의 색등들과 만 마리 말이 달리는 듯한 주마등走馬燈을 따라갔다. 그들은 사랑을 키우는 행복한 시간 속으로 빠져들었다.

"뭘 좀 먹자."

소스케가 혜린의 손을 잡고 행렬에서 빠져나와 가게로 들어갔다. 원소元宵라는 찹쌀로 빚은 동그란 떡을 사 먹었다. 떡에는 달콤한 복숭아 맛이 났다. 그들은 거리의 구석구석을 신이 나서 다녔다. 인파에 휩쓸려 '고다마 공원'의 입구까지 왔다. 공원 정면에 말에 올라탄 고다마 겐타로의 동상 앞에 섰다.

"고다마 겐타로는 러일전쟁을 승리로 이끈 위인이야. 만철을 탄생시키는 데 활약했던 육군 참모총장이지."

혜린은 동상을 쳐다봤다. 달빛을 받아 장군으로서 위엄이 서려 있었다.

소스케가 혜린의 긴 머리를 쓰다듬으면 달을 가리키며 말했다.

"달빛이 신비롭고 육감적이지 않아? 저 달을 보면 쇼팽의 녹턴 피아노 선율이 감미롭게 들리는 것 같아."

"맞아요. 감미로운 선율이 우리의 사랑을 이야기하는 것 같아요."

"응, 우리 사랑같이 아름다운 멜로디야."

소스케는 녹턴 2번의 멜로디를 흥얼거리며 은은한 눈빛으로 혜린을 바라봤다. 아무도 걸음을 멈추고 동상을 보는 사람은 없었다. 주변은 고요했다. 그들은 평온한 고요 속에서 포옹했다. 달빛은 행복한 미소를 짓는 그들의 얼굴을 비추었다.

"아무리 요염한 달빛이라도 혜린에겐 아무 의미가 없어. 혜린 자체가 발광하는 달빛이니까."

소스케는 혜린의 눈빛을 보며 속삭이더니 입을 맞추었다. 혜린은 달빛에 취한 듯, 소스케의 달콤한 입술에 취한 듯, 주위가 빙빙 돌았다. 혜린은 눈을 감았다. 첫 키스였다. 달콤한 복숭아 향이 입 안 가득했다. 찰떡 속의 복숭아의 단맛같이 사랑도 달콤했다.

소스케는 미소를 지으며 말했다.

"언제부터 날 좋아했지?"

혜린은 수줍게 소스케의 눈길을 피했다.

"... 음, 마적 때가 와서 다다미 지하 방에 숨었을 때."

소스케는 은근한 정을 머금은 눈빛으로 말했다.

"그때 내가 소학교 5학년 때였나? 저 달빛이 영원히 없어질 때까지 당신을 사랑할게."

최혜린의 입꼬리가 올라가고 얼굴빛도 환해졌다.

"이토록 아름다운 달빛이 있을까요? 쇼팽도 이런 달빛에 취해 피아노에 영혼을 불어넣었나 봐요."

"소중한 것은 함께하는 이 순간인걸."

소스케는 혜린의 손을 잡고 콧노래에 춤을 추었다.

폭격 속의 여인

서울의 밤은 암흑이었다.

김태수는 아지트를 제약회사에서 영등포 놋그릇 공장을 운영했던 지하로 옮겼다. 넓은 지하의 벽 구석에 짚이 쌓여 있었고, 그 옆에는 멍석을 둘둘 말아 세워져 있었다. 김태수가 멍석을 깔려는 순간 사이렌이 울리기 시작했다. 공습이었다. 김태수는 한 번에 두 단을 건너짚으면서 계단을 뛰어 1층으로 올라갔다. 그 뒤를 박 과장과 최 대리가 따라 올라갔다. 상공을 향해 조명탄을 무수히 발사하여 그 일대는 대낮처럼 밝았다. 제트기의 굉음이 쨍하니 귀청을 때렸다. 대공사격이 시작되었다. 하늘에서 떨어뜨린 수많은 폭탄은 말똥처럼 맹렬한 폭음소리를 내며 뚝뚝 떨어졌다. 비행기의 폭격은 전쟁물자를 나르는 마포 강변과 영등포 공장지대에 집중적으로 퍼부었다. 잠시 후 비행기의 폭음이 멀어졌다. 김태수는 박 과장과 최 대리의 만류에도 지하에서 나와 둑을 향해 달려갔다. 어둠 속에서 여자의 울부짖음이 들렸다. 그 소리를 향해 가까이 갔다. 가늠할 수 없는 시체들이 김태수의 발길에 차였다. 여인은 아기를 품에 안고 몸부림치며 울부짖고 있었다. 김태수가 여인을 붙들고 일으켜 세웠다.

"빨리 피하세요. 또 공습이 올지 모릅니다."

김태수가 아기를 안았다. 아기 몸에서 흐르는 끈적끈적한 피가 김태수의 옷을 적셨다. 여인은 김태수 뒤를 따랐다. 삶은 긴 고통이었고 죽음은 순간이구나! 김태수는 회의가 왔다. 인민해방이란 허울뿐 밤마다 발생하는 인민들의 희생이었다. 삶은 무겁고 죽음은 가벼웠다. 너무 많은 사람이 죽는구나! 살아 있다는 게 죄스럽군. 아내와 애들은 무사할까? 김태수는 가족들 걱정과 죄 없이 희생당한 인민들의 생각으로 복잡했다. 전쟁의 참혹함은 머릿속의 이념들이 엉클어지고 뭉개지며 뒤엉켰다. 반민족反民族 세력의 지배로부터 인민을 해방해서 통일된 민족을 형성해야 한다는 이념에 동조하고 있었지만, 인민의 희생이 갈수록 심해질 것 같았다. 미국이 개입한 이 전쟁은 승리할 것 같지 않았다.

김태수가 피투성이의 아기를 안고 숨어 있는 지하로 왔다. 박 과장이 여인을 구석에 앉혔다.

"여길 데리고 오면 어떻게 해. 여긴 피난처가 아니란 말이야."

최진우는 언제 왔는지 김태수를 보고 눈살을 찌푸렸다. 그는 의용군 다섯 명과 함께 왔다. 의용군들은 모두 젊고 건장한 체격이었다.

김태수가 최진우를 쳐다보며 말했다.

"인민의 희생이 너무 크오. 인민해방이 좌절되고 한반도의 불행이 눈앞에 보이는 것 같소. 미소의 개입으로 우리 민족만 박살 날 것 같소."

최진우는 신경질적으로 안 쓰던 평양 말투로 말했다.

"그런 방관적 패배주의 모습을 보이지 말라우."

김태수는 자신이 하고자 하는 방향과 정반대 방향으로 치닫는 것에 울분을 토했다.

"자네가 알다시피 나는 민족 제일주의야. 민족의 생존을 위해선 그 어떤 이념도 상관하지 않네. 그러나 우리 민족문제를 항구적으로 해결하기 위해선 전쟁을 한다는 것은 어렵다는 것이고 미소의 영향력에서 벗어날 지혜로운 방법이 없겠냐는 것이지. 민족운동을 한 여운형 선생님이 옳았어! 여운형 선생님의 의지대로 좌우합작 통일 정부가 실현되었으면 이런 비참한 전쟁은 일어나지 않았을지도 몰라. 선생님이야말로 자신의 영달을 버린 진정 민족의 통일을 걱정한 분이야. 안 그래?"

최진우가 애정이 어린 눈빛으로 말했다.

"민족의 문제로 해결하긴 어렵지 않겠나? 자네의 그 지혜로운 방법이란 것이 너무 막연하고 이상주의야. 비겁해."

최진우는 김태수를 향해서 말하지만, 눈길은 넋 놓고 있는 여인을 향했다. 김태수가 말했다.

"비겁하다고 해도 좋아. 내 생각은 근대사회가 민중 중심의 바탕 위에 민족주의도, 민주주의도 가능하다고 봐."

최진우는 넋 놓고 있는 여인을 힐끗 보면서 말했다.

"자네가 사회주의 방법론을 약간 거부하는 것도 자네의 크리스천인 어머니의 영향을 받은 거겠지. 저 여인은 내보내게."

"아니, 나는 크리스천이 아니네. 역사의식과 시대 양심을 가진 진보적 지식인이라고 할까?"

"역사가 불평등해도 우리가 재촉할 수 없단 말이오. 반동적인 소리는 그만 하라우, 지시가 내려올 때까지 여기 동무들하고 은신하고 있기요."

최진우는 쌀쌀하게 말하고 최 대리를 데리고 떠나버렸다. 죽은 아기는 공습이 뜸한 틈을 타서 공장 뒤편 땅에 묻었다. 열흘이 지나 식량도 바닥이 났다. 김 과장과 의용군 3명은 식량을 구한다며 나갔다. 밤이 깊었는데도 그들은 돌아오지 않았다. 김태수는 여인을 측은하게 바라보며 말했다.

"피난 갈 때가 있으면 가시오."

여인이 말했다.

"전쟁은 언제 끝날까요?"

"언젠가는 끝나겠죠."

여인의 눈에 애련의 빛이 돌더니 눈가에 이슬이 맺혀 김태수를 보며 말했다.

"갈 때도 없어요. 전쟁이 끝날 때까지만이라도 같이 있게 해주
세요."

"남편이 있을 거 아니요?"

"남편은 폭격에 돌아가셨어요. 아이도 죽고 저만 혼자 죄스럽게
살아 있네요. 저는 중학교 미술 교사였어요. 무엇이든 시키면 잘할
게요."

김태수가 말이 없자 여인은 구석진 제자리로 갔다. 지친 김태수
는 잠깐 잠이 들었다. 여자의 비명에 잠에서 깨어났다. 의용군 2명
이 여인을 겁탈하고 있었다. 김태수는 몸을 날려 의용군의 뒷덜미
를 움켜잡았다. 발버둥 치는 여인의 두 팔을 잡고 있던 의용군 한
명이 후다닥 일서서 김태수의 얼굴에 주먹세례를 퍼부었다. 김태
수는 뒤로 나동그라졌다. 의용군 2명이 합세해서 김태수에게 발길
질해댔다. 눈이 퍼렇게 멍이 들었고 부어올랐다. 코에서 피가 흘렀
다. 그때 박 과장과 의용군 3명이 들어오지 않았다면 김태수는 맞
아 죽었을지도 몰랐다.

아시아 열차와
당고모의 사랑 이야기

3일 동안 비가 내렸다 그쳤다 했다. 최혜린은 2층으로 올라갔다. 망원경을 통해 밖을 내다보았다. 비를 맞으며 국군이 중앙청에 태극기를 게양하는 모습이 보였다.

날씨가 맑은 9월 29일 정오, 이승만 대통령이 서울에 입성했다. 중앙청에서는 감격의 수도탈환식이 거행되었다. 북한군 남침 3일 만에 빼앗겼던 서울을 3개월 만에 완전히 수복하였다. 국민은 이번 기회에 통일 정부가 수립할 수 있다고 기대했다. 모두 손에 태극기와 성조기를 들고 거리로 나가 환영했다. 어떤 남자가 태극기와 성조기를 나눠주고 있었다. 최혜린은 마리를 업고 거리로 나가 태극기와 성조기를 흔들었다. 용호와 육촌형도 최혜린을 따라 나가 태극기와 성조기를 흔들었다.

김용호가 육촌형에게 말했다.

"빨강 나라가 없어지고 하양 나라가 오겠네."

육촌형이 말했다.

"전쟁이 끝나는 건가? 우리는 남쪽으로 피난을 가지 않아도 되겠네."

미군은 잔류한 적을 소탕하기 위해 집집이 수색에 들어갔다. 미군이 한바탕 소란을 피우고 집 밖으로 나간 후 경찰이 닥치기 전에 최혜린은 한아름 책을 안고 부엌으로 갔다. 남편이 간직한 카를 마르크스 〈자본론〉, 마르크스와 엥겔스가 공동 집필한 〈공산당 선언〉, 레닌, 등 사회주의에 관한 책들을 모두 아궁이에 넣고 불을 질렀다. 책들이 붉은 화염 속에 활활 타올랐다가 잠시 후 반딧불처럼 반짝거리다가 재만 남았다. 당신의 사상도 반딧불처럼 반짝거렸다가 재가 되어 사라졌으면…. 무사한가요? 최혜린은 남편이 걱정되었다. 부엌 밖에서 경찰의 말소리가 들렸다.

"빨갱이 김태수는 어디 있어?"

최혜린은 친정어머니가 시키는 대로 남정네들이 흑심을 품지 못하게 꾀죄죄한 몰골로 만들려고 아궁이의 재를 얼른 찍어 얼굴에 발랐다. 하얀 피부가 얼룩덜룩했다. 경찰은 구두를 신은 채 이 방 저 방을 뒤졌다.

"빨갱이 녀석 쥐새끼처럼 빠져나갔군."

부엌에서 나온 혜린은 경찰과 마주쳤다.

"당신이 김태수 부인이요?"

"예"

"경찰서로 갑시다."

친정어머니는 침모가 벗어놓고 간 흰 치마저고리를 혜린이에게 입히고 마리를 업게 했다.

"마리가 너를 지켜줄 거야. 경찰이 마리 때문이라도 심하게 굴지 않을 거야."

그녀는 말없이 마리를 업었다.

"나도 엄마 따라갈 거야. 아버지가 엄마 보호하라고 말했단 말이야."

포대기를 붙잡고 떼를 쓰는 용호를 친정어머니가 붙잡았다. 최혜린은 경찰서에 도착하자 곧바로 취조실로 들어갔다. 어깨가 떡 벌어진 젊은 경찰이 큰소리로 위압적으로 말했다.

"남편이 어디 있는지 말해."

혜린은 울먹이며 말했다.

"모릅니다. 살았는지 죽었는지 전혀 소식조차 몰라요."

어깨가 떡 벌어진 젊은 경찰이 고압적으로 말했다.

"따끔한 맛을 봐야 불겠어. 아기는 내려놓고 겉저고리와 치마를 벗어."

곁에 있던 핏기없는 중년의 경찰이 마리를 받아 안자 마리가 울었다.

"고 녀석, 눈 코 입이 또렷하니 예쁘기도 해라. 우리 아기 둥개

둥개."

핏기없는 중년의 경찰은 우는 마리를 얼러서 달래며 밖으로 나갔다.

혜린은 속적삼과 속치마 차림으로 양팔이 V자로 묶였다.

"빨갱이 남편이 어디 있는지 말해. 자백할 때까지 매일 매질할 거니까."

떡 벌어진 어깨의 젊은 경찰은 굵고 거친 채찍으로 최혜린의 등을 후려쳤다.

그녀는 비명을 질렀다.

"악!"

그녀는 칼로 베는 듯한 아픔에 이를 악물었다. 사실 육체적 아픔보다 남편의 무책임한 행동이 가슴을 칼로 도려내는 듯 아팠다. 나를 향한 복수였나? 무책임한 사람. 견뎌야 한다. 자식을 위해서라도…. 그녀는 매질을 당하면 당할수록 남편에 대한 원망이 가슴에 불같이 일어났다가도 눈꺼풀 안에서 자식들의 얼굴이 나풀거리다가 사라졌다. 그녀는 경찰의 채찍에 견디지 못하고 실신했다. 젊은 경찰은 그녀의 양팔을 풀어주고는 취조실로 데리고 나와 작은 방으로 밀어 넣었다. 옷가지도 던져주었다. 최혜린은 방바닥에 엎어졌다. 방바닥은 뜨끈뜨끈했다. 핏기없는 중년의 경찰은 마리를 건네면서 사뭇 딱하다는 듯 쓴 입맛만 쩝쩝 다셔대다가 말했다.

"두 시간 동안 뜨거운 방에 누웠다가 집으로 가시오. 맞은 등이 좀 덜 아플 것이요."

피로 물든 찢어진 속적삼을 입은 채 방바닥에 등을 깔고 누었다. 등짝이 쓰라리고 아팠다. 그녀는 마리를 가슴에 올려놓았다. 마리가 젖을 찾았다. 혜린은 젖을 물렸다. 마리는 나오지도 않는 젖을 빨았다. 그녀가 눈을 감았다. 뜨거운 눈물이 와락 쏟아졌다. 가족을 내팽개치다니, 내 고통을 알긴 한 걸까? 비겁해. 그래도 남편을 원망할 수도 없어. 그렇게 떠날 거면 차라리 나를 용서하지 말고 내쳐버리지…. 칼로 살을 베는 육체적 고통뿐만 아니라 정신적 고통도 견디기 힘들었다. 얼마의 시간이 지나자 신기하게도 매 맞은 자리가 덜 아팠다. 이 순간만이라도 이 모든 고통을 잊고 자신이 가지고 있는 것에 즐거움을 얻으려고 했다. 그녀는 행복했던 추억을 떠올려 고통을 잊고자 했으나 고통에 마음마저 짓눌려 앓는 소리만 낼뿐이었다.

다음 날도 혜린은 경찰서에서 매를 맞고 뜨끈한 방에서 팔베개하고 누워 마리에게 젖을 물렸다. 어제보다 더 쓰라렸다. 목구멍까지 울음이 치미는데 눈물은 나오지 않았다. 마리가 나를 구해줬어! 오히려 마리로 인해 어떤 위협에도 굴하지 않는 배짱이 생겼다. 마리가 어느새 나비잠이 들었다. 혜린은 새근새근 잠든 마리의 얼굴을 하염없이 내려다보았다. 쌍꺼풀진 눈만 빼고는 오뚝한 코며, 갸름한 얼굴, 백옥같이 고운 살결은 나를 닮은 게 얼마나 다행스러운 일인지…. 그녀는 마리를 가지게 된 자신의 실수를 가만히 기울여보았다. 실수는 나를 말해주는 열쇠야. 진짜 내 인생을 찾아주었어. 그녀는 마리의 머리를 쓰다듬었다. 혜린은 눈을 감은 채 그녀의 마음 한구석에 강한 인상으로 남겨졌던 즐거웠던 추억이 가뭄 끝에 내리는 빗발처럼 회상되었다. 과거의 순정 앞에서 더욱더 그리웠다. 그런 때가 있었나 하고 그 순수함에 눈물까지 흘렸다. 혜린은 현재의 고통에 위안을 주는 묘약을 찾아 즐거운 추억으로 내달았다.

  창춘역은 언제나 거대해. 신세계로 들어가는 문이야! 혜린은 설레는 마음으로 일등 대합실로 걸어갔다. 이곳에서 소스케를 기다리기로 했다. 흰색과 검은색의 기하학적인 대리석 바닥과 천장의 전등은 삼등 대합실과 구분 지어 더 으리으리했다. 여러 개의 방사형으로 나 있는 꽃 모양의 화려한 샹들리에가 눈부시게 반짝거렸다. 혜린은 찬란한 샹들리에를 향해 탄사를 연발했다. 아, 고향 집 앞 개울물같이 영롱하구나! 햇빛을 받아 반짝거리던 개울물이 눈앞에 아른거렸다. 샹들리에의 반짝이는 빛을 따라 주마등이 빙빙 돌면서 만 마리의 말이 혜린을 태워 고향 집으로 데려갔다.
  화장산을 등지고 집 앞에는 개울이 흐르고 있었다. 맑은 개울물 속에 고기들이 노니는 모습이 보였다. 집 뒤로 빼곡히 들어찬 대나무 숲에는 뱀이 많아 머슴마저 가기를 무서워했다. 그런데 당고모는 속옷 차림으로 대나무 숲에서 하룻밤을 지냈다. 당고모는 소금 장수 아들을 사랑했다. 시집을 보내려고 해도 소금 장수 아들이 아니면 안 간다고 떼를 썼다. 그런데도 작은할아버지는 억지로 당고모를 경주 양반 집으로 시집을 보냈다. 첫날밤도 안 지내고 흰 속

옷 바람으로 도망쳐 대나무 숲에서 밤을 지새웠다. 새벽녘이 되어서야 하인을 시켜 올케언니인 최혜린의 어머니에게 연락했다. 당고모는 친어머니보다 올케언니인 어머니를 더 따랐다. 어머니는 당고모를 몰래 집으로 데리고 들어왔다. 어머니는 당고모의 흙투성이인 버선과 찢어진 속치마를 벗기고 손과 다리에 난 상처에 약을 발랐다. 작은할아버지는 소리소리 지르며 야단했다. "저년, 당장 때려죽인다!" 그러나 할아버지는 개화기에 선구자적인 사상을 가진 민족파라 사촌 동생인 작은할아버지를 나무랐다. 양반·상놈이 어디 있어. 나는 노비 문서를 불태워 버린 지 오래구먼.

고종 황제는 울산 군수였던 할아버지를 일본 밀정으로 보냈다. 그 당시 친일파와 민족파가 있었는데 할아버지는 민족파였다. 일본에서 각기병으로 고생한 할아버지는 밀정역할도 제대로 못 하고 조선으로 왔다. 울산에서 관직을 내려놓고 언양으로 왔다. 사랑방에는 늘 손님들로 가득하였다. 애국 청년들과 나라 걱정하는 선비들이었다. 생활이 어려운 사람들도 할아버지를 찾아왔다. 할아버지는 쌀도 주고 재워주기도 했다. 그중에, 언양으로 흘러들어온 소금 장수가 할아버지를 자주 찾아왔다. 소금 장수 부부는 움막집에서 살았다. 무식했지만 성실했다. 소금 장사로 모은 돈은 할아버지에게 맡겼다. 할아버지는 그 돈으로 전답을 사주었다.

울산에서 자신이 소유하고 있던 넓은 동산을 공원으로 기증한 명망이 높고 영향력을 가진 부자 유지有志가 있었다. 이 유지는 똑

똑한 청년을 두 명 추천해서 일본으로 유학 보내자고 할아버지께
제의했다.

"한 명은 총명한 군수님의 자제로 하고 한 명을 추천해주십시
오."

할아버지는 관직에 물러났어도 모두 군수님이라고 불렀다. 할
아버지는 소금 장수 아들을 추천했다. 소금 장수 아들과 최규호는
장학금을 받아 일본으로 유학을 떠났다. 유학 생활 중 소금 장수
아들은 친일파로 빠졌고 최규호는 민족주의 독립운동가가 되었다.
귀국하여 소금 장수 아들은 부산 한국은행에 근무하게 되었다. 최
규호는 한국은행 취직자리를 마다하고 민족을 계몽하는 운동에 앞
장선 손병희 선생의 뜻을 따르기로 했다. 언양 본가에 천도교 영남
지부를 설치했다.

"소금 장수 아들이 비록 양반은 아니라도 저토록 목매다니….
결혼을 시킵시다" 할아버지는 작은할아버지를 설득했다. 첫날밤
도망 나온 지 두 달이 지나 당고모는 소금 장수 아들과 결혼식도
안 올리고 옷가지를 꾸려 부산으로 갔다. 동래에서 은행 관사에서
살았다. 당고모는 소금 장수 아들의 뜻대로 혼인신고도 안 하고 출
생신고도 미룬 채 아들, 딸 낳고 5년을 제일 행복하게 살았다. 소
금 장수 아들이 28세 되던 해, 서울 총독부 외교관(통역관)으로 발
령이 났다. 소금 장수 아들은 부산에 식솔을 남겨 두고 서울 관사
에 살면서 총각행세를 했다. 이때 돈을 모아서 충정도 양반 가문을
샀다. 종삼품까지 올라갔다. 영등포 일대 큰 집들을 사들이고 전북

정읍의 옥답과 논을 사고 서울에서 가회동 큰 양반집에서 살았다. 뚝섬 일대 강변과 명동 상가, 돈암동 집과 땅을 몇 푼 안 주고 사재기하였다. 산과 전답을 사서 부모 묘소를 크게 꾸몄다. 동네에서는 친일파로 치부하여 양반으로 인정하지 않고 무시했다. 소금 장수 아들은 일가친척이 없어 어중이떠중이 조금이라도 걸리면 전답을 사주고 친척으로 삼았다. 출세욕에 불탄 소금 장수 아들은 총각이라 속이고 수원 고관의 딸과 결혼을 했다. 서울 장안이 떠들썩할 정도로 결혼식을 올렸다. 수원댁에서 아들 셋을 낳을 때까지 부산에서 당고모는 전혀 모르고 지냈다. 매달 생활비를 꼬박꼬박 부산으로 보냈기 때문이었다. 서울에서 결혼했다는 소식을 듣고 작은할아버지는 맥을 놓았다. 사람을 키운 게 아니라 짐승을 키웠어! 할아버지가 한탄하며 분노를 참지 못하고 소금 장수 아들을 고소했다. 당고모를 전처라고 주장했지만, 소금 장수 아들은 재력으로 밀어붙여 재판에 지고 말았다. 당고모는 본부인으로 호적에 입적도 못 하고 아들은 다른 문중에 양자로 보내고 딸만 데리고 살았다. 작은할아버지는 재판으로 가산家産을 탕진하여 폐인이 되었다. 그 일로 우리 할아버지마저 화병으로 돌아가셨다. 세월이 흐른 후 혜린이가 만철에 입사했을 무렵 당고모는 딸을 데리고 봉천으로 왔다. 올케언니가 그리워 왔다고 했다. 마음 좋은 어머니는 당고모 식구들을 따뜻하게 맞이했다. 이 먼 곳을 어디라고 왔어! 당분간 자리를 잡을 때까지 우리 집에서 함께 살자. 혜린은 자신의 월급만으로 생활비를 대는 것도 벅찼지만 어머니 말을 거역할 수가 없었다. 혜린은 냄새도 나고 꾀죄죄한 당고모를 당장 목욕부터 시켜야 겠다는 생각에 공중목욕탕으로 데리고 갔다. 혜린은 옷을 벗어 옷장 속에 넣었다. 당고모는 쑥스러운 듯 몸을 움츠리며 실눈으로 벌거벗은 혜린을 곁눈질했다. 공중목욕탕이 처음인 당고모는 부끄러워 옷을 벗지 못하고 엉거주춤 서 있었다. '고모, 옷 벗고 탕 안으로 들어오세요.' 혜린은 먼저 목욕탕의 문을 열고 들어갔다. 아무리 기다려도 당고모는 들어오지 않았다. 얼마 후 수증기 속에서 움직이는 허연 사람의 형체가 보였다. 수증기 때문에 시야가 흐려 형체가 분명하지 않았다. 혜린이 가까이 갔다. 앗, 혜린은 깜짝 놀랐다가 피식 웃음이 나왔다. 당고모는 긴 흰 치마를 쓰개치마처럼 쓰고 얼굴만 빼꼼 내밀고 서 있었다. 머리서부터 온몸을 가린 채 소복 귀신처럼. 혜린은 그때 생각이 나서 피식 웃었다.

"뭘 그렇게 웃고 있어?"

어깨를 툭 치는 바람에 혜린은 웃음을 거두며 옆을 쳐다봤다. 소스케의 잘생긴 얼굴이 미소를 짓고 있었다. 양복을 쭉 빼입은 소스케는 빛이 났다. 혜린은 활짝 웃었다. 최혜린은 조선 후기 신윤복의 '미인도'를 보듯 외꺼풀에 청순한 외모로 동양적인 매력을 풍기는 눈매를 가지고 있었다. 그녀는 깃털 달린 모자를 쓰고 허리가 잘록 들어간 양장차림으로 멋을 부렸다. 둘은 신혼부부 같았다.

"요렇게 이쁜 블란스 인형이 또 어디 있을까!."

"쌍꺼풀 없는 블란스 인형도 있나요. 난, 인형이 아니라 최혜린이에요."

혜린은 볼이 빨개져서 뺑 토라져 말했다.

"앗, 미안."

소스케는 멋쩍은 웃음을 지었다. 그들은 개찰구로 들어갔다.

그들 앞에 짙은 남색의 유선형 덮개를 씌운 특급 급행열차 '아시아'가 기다리고 있었다. 지름 2m로 보이는 거대한 바퀴와 담녹색의 객차 여섯 량을 단 증기기관차였다.

"와우! 작은 산처럼 느껴져요. 다른 증기기관차도 범접하지 못하겠어요. 여섯 살 때 부산 물금역에서 기차를 타고 서울에 와서 신의주로 해서 3일 걸려 봉천까지 타고 온 기차와는 완전 달라요."

혜린은 쌍꺼풀 없는 큰 눈을 동그랗게 뜨고 탄성을 질렀다.

그들은 후미의 전망차에 앉았다. 혜린은 '아시아'의 호화로움에 또 한 번 놀랐다.

소스케는 흥분한 듯 달뜬 목소리로 말했다.

"짙은 레드 벨벳 소파가 고혹적이지 않니?"

"고혹적이긴 하나, 난, 한국인, 중국인들의 피땀으로 물들인 것 같아요."

"누가 독립투사 딸 아닐까 봐. 그런 무시무시한 말을…. 탁자며, 에어컨을 장착한 달리는 일류 호텔 같잖아. 시속 100km를 달리는 초고속 기차야. 마음껏 즐기자."

11월의 추운 날씨에도 열차 안은 따뜻했다.

"다롄까지 가는 거야."

"다롄까지?"

"본사로 출장 가는 김에 혜린이 마음을 위로해 주려고 벼르고 있었지. 월급으로 조선인이라고 차별대우 받는다고 서럽게 우는 혜린을 보고 마음이 아팠거든. 원소절 제등행렬에 비하겠어."

"그래서 나보곤 휴가를 내라고 했군요."

"혜린을 위해 특별한 자리를 마련했어. 이 좌석표를 얻기 위해 내가 많이 노력했지. 두 달 치 월급을 쏟아부었다고. 다롄 본사에서 일보고 야마토 호텔에서 묵자."

르네상스식 석조 3층 건물인 만철滿鐵 본사는 다롄大連에 있었다. 다롄은 러시아가 만들어서 도시 전체가 러시아풍이었다. 다롄의 땅을 밟아본 일본인은 하나같이 러시아를 통해 유럽의 향기를 만끽했다. 야마토 호텔은 영국 성같이 대리석으로 지은 세련된 바로크 양식이었다. 혜린은 호텔 커피숍에서 소스케를 기다리기로 했다. 커피숍에는 서양인과 일본인으로 보이는 6, 7명이 소파에 앉아 조용히 담소를 나누고 있었다. 긴 머리 여인이 피아노를 쳤다. 쇼팽의 발라드 1번 피아노 연주가 감미롭게 흘렀다. 혜린은 다리를 꼬고 음악을 감상하며 커피숍 벽에 걸려 있는 '나쓰메 소세키' 초상화에 시선이 꽂혔다. 소스케 오빠는 나쓰메 소설의 〈도련님〉을 연상시켜. 딱 도련님이지. 용감하다 못해 막무가내인지라 손해만 보고 살았어. 누가 아첨하는 거 듣기 싫어하는 성격 하며, 인정도 많아 조선인 나를 끔찍이 위해주잖아. 혜린은 소스케의 막무가내를 생각하자 옛날 무서웠던 마적馬賊 떼 앞에서 소스케가 용감하게 대들던 장면을 떠올렸다.

어느새 창밖엔 달빛이 요요히 비쳤다. 피아니스트는 피아노에 영혼을 불어넣은 듯 드뷔시의 '달빛'을 연주했다. 몽환적인 부드러운 피아노 터치가 혜린의 마음을 뭉클하게 했다. 피아노의 선율은 한 마디에서 다음 마디로 미끄러져 그녀의 가슴을 파고들었다. 멜로디는 신비스러우면서 슬픔이 깃들었다. '달빛'은 그녀를 소스케에 대한 사모의 정으로 애끓게 했다.

"음, 나쓰메의 초상화를 보고 있었군."

소스케의 말소리에 혜린은 화들짝 놀랐다. 음악에 취해서 소스케가 곁에 오는지도 몰랐다. 소스케는 혜린 곁에 앉으며 말했다.

"나쓰메는 만철의 2대 총재인 나카무라 고레키미의 메이지 대학, 고교 친구야. 그래서 나쓰메는 그의 초대로 만주와 한국을 여행했었지. 난, 소세키의 〈나는 고양이로소이다〉를 감명 깊게 읽었어. 인간 심리의 불안과 고뇌를 고양이 눈으로 참 예리하게도 풍자했어. 마지막 장면에서 고양이는 맥주를 마시고 취해서 비틀거리다 물항아리에 빠져 죽거든. 그 마지막 문장이 인상적이야. '고양이는 죽는다. 죽어서 태평을 얻는다. 태평은 죽지 않으면 얻을 수 없다. 나무아미타불, 나무아미타불, 고마운지고, 고마운지고' 죽음의 찬미인지, 인생의 무상인지……."

"난, 〈도련님〉을 재미있게 읽었어요. 소설 속의 도련님이 소스케 오빠와 닮았거든요. 회사가 아니니까 오빠라고 불러도 되죠? 엉뚱한 행동 하며 대쪽 같은 성품과 인정 많은 것은 꼭…."

"나?"

"오래전 일이지만 아직도 기억이 생생해요. 마적 떼가 소스케 오빠를 총으로 쏘는 줄 알고 얼마나 무서웠던지. 소스케 오빠가 죽는 줄 알고 내가 기절했잖아요."

"음, 11년 전 일인가? 그때 아버지가 평생 모아둔 금괴를 마적 떼들에게 주었지. 그래서 내가 아직 살아 있게 됐잖아. 방 두 개를 예약했어. 혜린을 온전히 지켜주기 위해서야. 밤에 내가 늑대로 변할지도 모르니까? 하하."

혜린은 소스케의 순수를 지닌 배려심에 감동했다가 서운하기도 했다.

삼 남매

마리는 창 너머 새빨갛게 물든 청단풍나무를 바라다본다. 세찬 바람이 쏴 지나가면서 붉은 단풍잎은 스산한 소리를 낸다. 바람에 요동치는 단풍나무만큼이나 마리의 마음은 뒤숭숭하다. '자진 송환'. 사무국 직원의 음성이 마리의 귓전에 맴돌자 43년 전에 파혼했던 때의 일이 선명하게 떠오른다. 아물었던 마음의 상처가 또다시 찢어지고 쑤시면서 후끈거린다. 아, 우리 아버지의 월북 사실을 눈치채고 아들의 장래를 망칠까 봐 결혼을 반대했나? 지금 생각해 보니 그 남자의 어머니가 이해된다.

마리는 사범대학 4학년 졸업을 앞두고 결혼을 약속한 남자가 있었다. 그 남자의 아버지는 납북되었다. 마리는 아버지가 납북되었다는 같은 처지라 그 남자에 대해 애잔함은 커졌고 약혼까지 했다. 갑자기 그 남자 어머니가 예고도 없이 결혼을 격렬하게 반대했다. 반대 이유는 아버지가 안 계신다는 거였다. 그 남자는 자기 어머니의 반대를 말릴 생각이 없는 듯했다. 처음부터 아는 사실을 지금에 와서 왜? 메이지대학 법학부를 나온 아버지에 대한 모독이야. 서로가 사랑하긴 한 걸까? 사랑의 감정은 늘 세상 저 너머 있는 것처럼 느껴졌다. 마리는 밀려오는 감정의 파도를 막을 수가 없어 어머니의 만류에도 앞뒤 재지 않고 파혼을 선언했었다.

과거의 기억이 생생해지자 분노는 더 강렬해진다. 떠올리고 싶지 않은 가슴 아픈 기억이 잿빛 연기처럼 스멀스멀 피어오른다.

파혼 후 남자가 해외 공관원으로 스페인으로 떠나자, 오기에 쥐 잡는 꼴이 되어버렸나 싶어 스스로 파혼을 선언한 것이 후회도 되었다. 마리는 한 번도 본 적 없는 허상의 아버지를 껴안고 목젖을 떨며 흐느꼈다. 결혼 못 한 모든 불행의 책임을 아버지에게 떠넘기며 원망했었다. 그래서 서울에서 더 멀리 떠날 방법을 생각한 나머지 교사들이 발령받기를 꺼리는 경상남도 산간山間 오지奧地로 자원했다. 졸업 후 시골 오지로 교사 발령이 떨어졌다. 면 소재지인 중학교였다. 마리는 발령지로 떠날 채비를 하면서 아버지에 대한 원망을 접고 생각을 고쳐먹었다. 결혼을 안 한 것도 나의 자유의지로 선택한 것이 아닌가. 아버지에 대한 자부심을 안고 차라리 학생들의 미래를 꿈꾸게 만드는 교사가 되기로 했다.

그녀는 그 쓸쓸함과 허망했던 마음을 학생들의 교육에 집중하기로 마음먹었던 일이 엊그제 일처럼 떠오른다. 조국을 누구보다 사랑한 민족주의 아버지로 알고 살았는데…. 그녀는 탄식을 자아낸다. 그렇게 다잡았던 마음이 아버지 소식으로 유년 시절의 서러움이 새롭게 복받쳐 오른다. 아부지도 없으면서. 유년 시절 동네 친구와 다 이긴 싸움에서 그 말 한마디에 울음을 터뜨리고 지고 말았던 기억이 난다. 그때, 아버지가 큰 힘이요, 방패막인 줄 처음 알았다.

삼 남매는 아버지에 대한 데이터베이스를 확인하기가 두려워서 지금까지 침묵하고 있다. 마리는 장식장 위에 디지털시계를 본다. 2016년 11월 13일 14시 37분, 시간과 분 사이에서 노란 두 개의 점이 깜박이고 있다. 깜빡이는 두 개의 점이 지체할 수 없음을 경고하듯 마리의 마음을 조급하게 한다. 갑자기 다급해진 마리는 오빠와 언니에게 모이자고 전화한다.

삼 남매는 해거름 녘에 김미란이네 집으로 모인다. 불그레한 저녁 해가 너울너울 넘어가고 있다. 정원에는 새하얀 구절초와 노란 국화와 보랏빛 솔체꽃이 싸늘한 바람에 흔들거린다.

김용호가 정원을 들어서며 웃으며 말한다.

"꽃들이 우리를 반기네. 이 서방은 어딜 가셨나? 미국서 사는 애들은 소식 오냐?"

김미란은 오빠와 동생을 반기며 말한다.

"아버지가 좋아하시던 꽃이잖아요. 이 서방은 마작 두러 친구 집에 갔어요. 밤 11시나 돼야 들어올 거에요. 두 애들은 미국 생활이 재미있는지 소식이 없네요. 오빠는 노총각아들과 둘이 밥해 먹기 힘들지 않아요?"

김용호는 너털웃음을 웃는다.

"허허, 네 올케언니가 죽은 후 갈수록 아들이 의지가 되네. 요즘 마트에 가면 손질된 음식 재료와 양념까지 넣은 밀키트식품도 잘 나오고 집에서 만든 반찬처럼 입에 맞는 반찬가게도 많아 두 남자가 살기에 좋은 세상이야."

김용호의 말이 끝나기가 무섭게 마리는 재촉한다.

"우리 빨리 국방부 군사편찬연구소 사이트로 들어가서 아버지를 확인해봐요."

김마리는 먼저 컴퓨터 방으로 들어간다. 컴퓨터 앞에 앉은 마리는 가슴이 두근거린다. 김용호와 김미란은 마리 곁에서 컴퓨터 화면을 지켜본다. 컴퓨터의 자판을 두들기는 마리의 손은 떨고 있다. 거제도 포로 수용자 DB(데이터베이스)의 검색란에 아버지의 생년월일을 친다.

'성명 KIM TAI SOO 주소 SEOUL CITY JUNG LIM DONG. 계급 PVT. 처리상태 53년 8월 19일 REP'가 뜬다.

삼 남매는 4개월 전 각자 전화로 아버지의 소식을 들었던 순간의 흥분이 되살아났는지 잠시 침묵이 흐른다. 그들은 납북진상위원회 연구원이 전화로 아버지의 소식을 알려줬을 때보다 더 소름 끼치게 확실히 다가온다. 그들은 이 짧은 한 줄짜리 자료로 아버지의 긴 역사를 말한다는 것이 이해하기도 어렵고 인정하기도 싫은 눈치다. 김용호는 화를 버럭 내며 큰소리친다.

"뭐, 송환이라니! 말도 안 돼. 계급 PVT, 의용군 이등병이라니, 이건 또 뭐! 개뼈다귀 같은 소리야! 아직도 기억이 생생해. 내가 그 당시 아홉 살이었거든. 판단력이 있는 나이잖아. 7월의 무더운 날이었어. 그땐 인민군이 장악했지. 제약회사 이사셨던 아버지가 출근하신 지 얼마 안 되어 아마 11시쯤이었나? 늦은 아침을 먹고 얼마 지나지 않은 걸로 기억해. 아버지가 뭔가 쫓기듯 불안한 기색으로 집에 오신 거야. 나는 휴교라 집에 있었고. 미란은 유치원 휴원인지도 모르고 유치원에 가겠다고 떼를 쓰며 가방을 메고 있었지. '네가 장남이니 모든 집안일을 책임져야 한다. 어머니 말씀 잘 듣고 동생들 잘 보살피고.' 아버지는 내 머리를 쓰다듬고 꼭 껴안아 주시곤 당부하셨어. 그게 아버지와 마지막이 될 줄이야. 나도 이상한 기분이 들어 아버지를 따라 나갔는데, 문밖에서 낯이 익은 회사 부하 직원 한 명과 완장 찬 사람이 기다리고 있었어. 안 그래도 막내 마리를 낳고 우울증으로 불안했던 어머니가 파랗게 질려 마리를 업고 미란의 손을 잡고 황망히 나가는 아버지 뒤를 따랐단 말이야. 두 사람이 아버지 양쪽에 서서 대문을 나선 모습이 눈에 선해. 강제로 끌고 가는 같아서. 가족의 생명을 담보로 북을 선택하라는 협박을 받았는지도 몰라."

김용호金龍浩는 74세란 나이에 비해 훨씬 젊고 카랑카랑한 목소리로 며칠 전 일어난 이야기처럼 확신에 차 말한다.

"아, 나도 기억이 나. 그때 아빠가 사주신 꼬까신을 애들한테 자랑하고 싶어 유치원 가겠다고 울고불고 매일 떼를 쓴 것 같아."

김미란은 71세의 나이가 무색할 정도로 주름 없는 은행알처럼 팽팽한 얼굴로 소녀 같은 목소리로 말을 보태자, 김마리가 못마땅한 듯 언성을 높여 말한다.

"난, 아버지에 대한 추억보다 상처만 있어요. 우리는 아버지가 납북되었다는 엄마 말을 믿었잖아요. 오빠, 아버지가 왜 53년에 포로 교환 때 인민 의용군으로 북을 선택했는지 이유를 알아야 하지 않겠어요? 미국 국방성에서 입수한 자료니까 확실할 거예요. 그 이유를 알아야겠어요. 아버지가 왜 우릴 버렸는지…."

마리는 이유를 밝혀야 할 의무라도 있는 듯 입에 거품을 문다.

"그건 거짓 날조라니까. 아버지는 결코 빨갱이 소굴인 북을 선택하지 않았을 거야. 박헌영을 따르긴 했어도 활동을 하거나 직책을 부여받지 않았어. 오! 우리 아버지! 염천교 다리 밑에 떨고 있는 거지에게 당신의 코트를 벗어 줄 정도로 휴머니스트였어. 인정이 많은 분이셨지. 그러니, 그 기록은 믿을 수 없어. 잘못된 거야."

속이 탄 김용호는 탁자에 놓인 오렌지 주스를 마시고 한 옥타브 낮춘 음성으로 말한다.

"빨갱이라니까 옛날 생각이 나는군. 그때 나는 북한과 남한을 홍백으로 갈라 북을 홍이라 규정지었는데, 이제는 의미가 없는 것 같아. 왜냐하면 온통 하얀 나라가 있더라고. 자동차, 건물, 동상, 거리의 모든 것이 하얘."

미란이 말한다.

"그런 하얀 나라가 있어요?"

"응, 투르크메니스탄이란 나라인데 체제가 북한과 비슷해. 이제 빨강을 북한으로 규정짓는 건 무의미해졌어. 마리야, 66년 동안 비밀의 장벽에 갇힌 폐쇄된 북한에서 일어난 일들을 우리가 어떻게 알겠어. 이제 다들 늙어가는 판에 이유를 알아서 뭘 해. 아버지가 우릴 버린 게 아니야. 사랑한 것만 믿어. 피치 못할 이유가 있었겠지. 모든 아들의 내면에는 아버지가 있어. 우리를 사랑하신 아버지의 진실은 내 가슴속에 촛불처럼 꺼지지 않고 타오르고 있단 말이야! 아버지가 살아 계신다면 107세야. 이미 아버지는 돌아가셨는지도 몰라. 공식적으로 전두환 대통령이 연좌제를 폐지했지만 나는 아직도 연좌제에 데어서 혼겁이 나간 적이 있어 완전히 자유스럽지 못해. 그래서 난 싫어. 처음 하얀 나라를 TV를 보고 궁금해서 가보고 싶었는데 북한과 체제가 비슷하다고 해서 흥미를 잃었어. 아니 북한이라면 치가 떨려!"

"오빠, 세상에 나쁜 아버지도 있어요. 며칠 전 청소년 성폭력상담소에서 만났던 중학교 2학년 여학생의 말이 생각나네요. 자기 아빠를 죽이고 싶대요. 친아버지에게 상습적으로 성폭력을 당했거든요. 우리 아버지는 오빠 말대로 좋은 아버지일까요?"

마리의 물음에 미란이 말한다.

"내가 느끼기에 우리 아버지는 착하시고 좋은 아버지셨어. 6.25 전쟁만 아니었으면 아버지는 마리를 많이 예뻐하셨을 거야. 넌 정년퇴직하고도 봉사하러 나가는구나. 마리란 이름을 지어주신 할머니가 선견지명이 있으셨어. 이름처럼 좋은 몫을 가졌어."

논리적이고 숫자 단위로 세상 읽기를 좋아하는 마리로서는 이 중대한 아버지 일을 그냥 묵인할 수가 없어 오빠 김용호에게 다그쳐 묻는다.

"박헌영을 따른 아버지가 북으로 갔다면 숙청당하지 않았을까요? 아, 아니다. 박헌영이 1952년에 북한에서 구금되었다면 아버지가 북송된 것은 53년 8월 19일이니까 북송되어도 다시 구금될 리는 없었겠죠. 1954년 2월 9일 인도 관리군인을 따라 인도행 수송선을 탄 중립국을 택한 76명 포로 중에도 내가 찾아봤는데 아버지는 없었어요. 이승만 대통령이 53년 6월 18일 각 지역 있는 반공포로 3만7천여 명을 한꺼번에 석방했는데, 아버지는 그 기회마저 왜 놓쳤을까요? 53년 8월에서 9월 사이에 송환 희망자 9만5천여 명이 송환되었는데 친공포로들은 휴전선에 도착하자 미제 보급품을 벗어던진 채 맨몸으로 갔다는 것인데 그 속에 끼어 있었더란 말인가요? 그런데 전쟁의 포로 문제가 끝나고 한국 정부에서 조사한 월북자, 납북자 명단에도 아버지는 없었잖아요. 할머니 말대로 거제 포로수용소에서 폭동으로 사망했다고 하더라도 미국 국방성에서 알려준 거제도 포로 수용자 데이터베이스에 기록은 어떻게 설명해요? 오빠는 그것마저 날조라고 하는데, 나는 기록을 믿어요. 도대체 아버지는 어디로 사라진 것일까요? 오빠는 아버지가 어디로 갔다고 생각해요?"

김용호는 투사처럼 두 주먹을 뿔끈 쥐어 보이며 말한다.

"야, 그만하자. 난, 광화문으로 나가야 봐야 해. 촛불집회에 맞불을 놓기 위해서야. 대통령의 퇴진을 반대하며 우리는 이 나라를 지킨다! 민주주의 국가를 위해 죽을 각오로 맞서야지. 한반도가 홍익인간의 이념으로 큰 사명이 있는 게야."

마리는 젊은이의 생각이 궁금해서 묻는다.

"오빠 아들 현진이는 어느 쪽이에요?"

"젊은 애들은 정치에 관심 없어. 오로지 돈에만 관심 있지. 다니던 게임회사가 망해서 새로운 일자리 찾느라 애쓰는 중이야."

김미란은 마리를 힐긋 보며 말한다.

"마리, 넌 촛불시위에 참석하러 안 가니?"

마리는 오빠가 적이라도 되듯 대들며 말한다.

"저녁에 전교조 선생님들이랑 광화문에서 모이기로 했어요. 우리는 대통령의 퇴진을 촉구해요. 권력과 돈으로 자녀를 명문여대에 부정하게 입학시킨 게 말이나 돼. 비리 특권을 대통령이 묵인해. 이게 나라에요. 우리는 촛불을 들고 외칠 거에요. '박근혜 퇴진하라. 비선 실세 최순실 국정 농단 수사하고 구속하라!'라고 외칩니다."

김미란은 한숨을 쉬며 혀를 끌끌 찬다.

"오빠는 태극기 집회, 마리는 촛불집회, 멀미 난다. 이 나라가 왜 이러는지 싫다 싫어. 좌파니, 우파니, 진보니, 보수니, 편 가르기도 싫고, 빨리 국가가 이런 싸움에서 빠져나왔으면 좋겠어. 해방 이후 이념 싸움의 시간이 흘러간 것이 아니라 쌓인 것 같네."

며칠 후 김마리는 거실에서 팔짱을 낀 채 창밖을 바라본다. 잎이 누렇게 바랜 사이로 산수유 열매가 빨갛게 옹기종기 매달려 있다. 퇴색된 잎은 싸늘한 가을바람에 팔랑거린다. 겨울이 오면 잎은 떨어지고 앙상한 가지만 남겼다가 내년 봄에 다시 연둣빛 새잎을 피울 것이다. 산수유나무에서 열매가 열리기까지 얼마의 시간이 걸릴까? 3~4월에 노란 꽃이 잎보다 먼저 피어 열매는 10월경에 빨갛게 익는다. 열매를 보기까지 7개월이 걸린다. 그런데 66년 만에 아버지의 소식을 듣는데, 단 1분도 안 걸린다. 1분 동안 빛보다 빠른 우주선이라도 타고 시간이 째깍째깍 소리를 내며 과거로 여행을 떠난 기분이다.

인간이 빚은 역사의 시간에도 자연의 시간은 무심히 지나간다. 인간의 시간은 자연에 시간에서 보면 티끌만큼 작은 존재인가? 하지만 역사의 시간은 숭고하고 진실하다. 그녀는 전화상으로 아버지의 소식을 들었을 때, 그녀가 만든 아버지의 허상에서 벗어나 아버지 역사의 진실을 대면한 것이다. 마리는 퇴색한 기억을 추적해서라도 진실한, 확실한, 아버지의 역사를 되찾으려고 애쓴다. 봄에 다시 필 산수유의 새잎처럼 진실의 기억을 새롭게 돋아나게 하자! 아버지 역사의 진실을 밝혀내야 한다.그래, 아버지는 역사의 시간에 살해당했어. 그것도 삼대가! 그녀는 언젠가 전후 세계문제시집에서 읽었던 헨리 트라이스Henry Treece 의 '시詩'가 떠오른다.

누가 시간을 살해하였는가,

그 화려한 자색 시간을, 믿음의 한 시간

　한 시간을.

검정 외투를 입은 교사敎師가 말한다.

　내가

내가 나의 책과 나의 종鐘과 나의 펜으로써

내가 시간을 살해하였다.

　그녀는 삼대가 100년이란 긴 역사를 지나왔다고 생각한다. 하지만 지구의 역사에 비하면 100년은 한순간의 분分에 지나지 않는다.

누가 분分들을 살해하였는가,

그 찬란한 금빛 분分들을, 청춘의 일 분

　일 분을.

붉은 코트를 입은 군인이 말한다.

　내가,

내가 나의 나팔과 나의 칼과 나의 깃발로써,

내가 분分들을 살해하였다.

　'시詩'는 역사의 시간에 삼대가 살해당했음을 분명 대변한다. '시'와 결부시켜 아버지에 대한 자부심을 다시 찾는다면? 그녀는 웜홀(웜홀과 우주 끈을 사용하여 과거로 시간 여행을 하는 연락로)에 빠져서

라도 아버지에게 묻고 싶다. 사랑하는 가족을 버리고 북을 선택한 이유가 무엇인지. 납북 당시 아버지 나이는 41세다. 그 시간으로 멈추어 있다. 지금 아버지를 만난다면 영화 인스텔라의 부녀처럼 나이가 뒤바뀐 채 만날 것이다. 우리는 3차원 공간에 구속된 존재다. 우리가 1차원과 2차원은 쉽게 이해한다. 3차원의 세계에 대해서는 직접적으로 받아들일 수 없지만, 현실 세계에 3차원의 가상물체를 띄워서 보여주는 기술이 있다. 바로 증강현실이다. 현재, 미래, 과거의 공간과 시간이 있다. 시간이란 계속 변화하는 환상이다. 그래서 마리는 꼭 돌아오겠다는 아버지를 찾아 과거의 시간 통로를 따라가다 보면 진실을 찾지 않을까? 혹시 그들의 말대로 북으로 송환되었다면 그 후 아버지의 소식을 알고 있는지 왜 아버지는 북을 선택했는지 실마리를 찾을 수 있을 것 같다. 마리는 납북진상위원회에 전화를 건다.

"김태수에 대해 DB 외에는 별다른 기록은 없지만, 메이지 대학 법학과까지 나오셨으면 그 당시 몇 안 되는 지식인이라 북한에서 환영받았을 겁니다. 53년대의 북한 노동신문을 검색해보십시오. 혹시 김태수 씨의 소식이 실렸을지도 모르죠."

마리는 납북진상위원회 연구원의 대답은 다소 엉뚱했지만, 굵고 차분한 나이가 든 듯한 목소리는 신뢰가 간다. 연구원의 말에 일말의 희망을 건다.

마리는 차를 몰아 서초동 중앙국립도서관으로 향한다. 자동차의 백미러처럼 66년 전 과거를 돌아보기 위해서다. 과연 아버지가 북에서 환영을 받았을까? 숙청을 당했을까? 북을 선택한 삶이 행복했을까? 새 가족은 만들었을까? 가족을 버리고도 그 삶이 빛이 났을까? 의문들은 갑자기 쏟아지는 우박처럼 마리의 머릿속을 후려치며 맴돈다. 카스테레오 안에 CD를 넣는다.

"아버지 목소리를 들을 때마다, 세상을 향한 눈의 문을 열게 되었고……."

장사익의 껄껄한 목소리로 절규하는 노래가 흘러나온다. 마리는 이 노래를 좋아한다. 세상을 향한 눈의 문은 아버지의 목소리가 아니라 어머니의 눈물이 세상을 향한 눈의 문이었다. 마리는 자는 척했지만, 밤마다 어머니의 소리 없이 흘리는 눈물을 보았다. 그 눈물은 고난의 풍랑을 헤쳐 온 어머니의 아픔이었다. 마리는 어떠한 일이 있어도 어머니의 아픔과 함께하리라 결심하며 눈물을 삼켰던 일이 떠오른다.

'요렇게 예쁜 마리가 자라면 대문 밖 고추나무까지 베어버려. 마리를 짝사랑한 총각이 목매달지도 모르니까.'

아버지의 목소리를 들은 적은 없었지만, 어머니가 들려준 이 말 하나로 아버지와 살을 맞댄 듯 살가운 정과 아버지의 존재감을 느낀 것이다. 이 말을 되새기기만 하면 마리의 마음속에서 아버지의 진실을 알고 싶은 열망이 점점 거세게 타오르게 한다.

그녀는 도서관 입구에 회원증 카드를 데고 들어가서 북한 자료실 입구에서 다시 카드를 데고 안으로 들어간다. 마이크로필름 창 너머 1953년 8월 19일 날짜부터 북한노동신문을 보기 시작한다.

찾는 기사가 없다. 다음날로 돌린다.

'남조선에서 온 지식 있는 동무들을 환영합니다. 김일성 위원장께서 집과 일자리를 보장합니다.' 라는 기사가 눈에 들어온다.

실제로 존재했었구나! 마리는 여기가 도서관인지도 잊은 채 스마트폰으로 거리를 비추면 인근의 상점이나 건물의 전화번호 등의 정보가 영상에 비치듯 증강현실 AR, Augmented Reality 속으로 빠져든다.

1953년 8월 20일 평양.

'남조선에서 온 동무들 환영합니다!'

김일성은 흰 이빨을 보이며 외친다. 단상에 우뚝 선 김일성을 환호하는 군중들의 소리가 들린다. 군중들 속에서 아버지를 찾는다. 남한에서 발간한 월북자 명단에도 없었던 아버지를 북한 노동신문에서 아버지 이름 석 자라도 찾을 것 같다. 앗, 찾았다. 김. 태. 수. 그러나 생년월일이 아버지랑 다르다. 실망이다. 그때, 갑자기 아버지의 목소리가 상상인지 희망인지 들린다. 예쁜 내 딸아! 사랑한다. 그토록 배반감에 떨었던 감정도 자신도 모르게 아버지의 사랑을 애타게 갈망하고 있다. 마리는 아버지의 사랑이 본능적으로 연결되어 아버지가 꼭 하고 싶었던 말로 믿는다. 아버지는 돌아가셨을지도 모르지만, 아버지와 새로 맺은 가족을 만나보고 싶은 열망이 강하게 일어난다. 만나서 아버지의 삶을 듣고 싶다. 마리는 북한 노동신문보기를 그만두고 열람실로 자리를 옮긴다.

열람실 책장에 꽂혀 있는 1950년대 북한에 관한 책 중에서 대여섯 권을 뽑아 책상이 있는 의자에 앉는다. 빨간 바탕에 흰 글씨로

6, 25라고 쓴 표지가 눈에 확 들어온다. 마리는 책장을 넘기며 읽어내려간다.

'김일성은 광복 직후 33세의 나이에 소련군 장교로 4파 중 지지 세력이 비교적 약한 갑산파의 우두머리였다. 1950년 12월 평양이 함락한 책임을 물어 연안파 수장인 '무정'을 숙청. 2년 후 북한의 부수상인 박헌영과 남로당 출신 13명을 미국과 일본 간첩으로 몰아 구금, 1956년 7월에 총살했다. 이후 2년에 걸쳐 무자비하고 대대적인 숙청으로 1958년 김일성 유일 독재체제를 확립했다.'

마리는 살인도 주저하지 않는 김일성의 권력 욕심에 몸을 부르르 떤다. 만약 아버지가 북으로 가셨다면 숙청당했을지도 몰라. 저런 포악한 악의 소굴에서 아버지가 살아남을 수 있었을까? 마리는 책을 덮고 오빠 김용호가 이야기한 1950년 9월로 돌아간다.

무성영화
"똘똘이의 모험"

국군의 전세가 우세하자 김용호는 일기를 쓰기 시작했다.

1950년 9월 21일 목. 날씨가 맑음.

영등포 북한군 보급소 폭파. 서울 전역에 북한군 소탕전으로 공
산당원은 서울에서 달아났다. 전쟁이 끝나겠다. 아버지는 어디
에 계실까?

9월 26일 화. 비.

2층에 올라가 비 오는 서울 거리를 바라보고 있었다. 망원경 속
에서 국군은 중앙청에 태극기를 게양했다. 하얀 나라가 되었다.

태극기를 봐도 아버지가 안 계셔서 슬펐다.

9월 28일 목. 날씨가 흐렸다가 맑음.

밤새 귀가 따갑도록 박격포 포탄 터지는 소리와 소총 소리가 콩 볶듯이 들렸다. 아침에 일어나 밖으로 나갔다. 서울역은 무사하고 그 주변 큰 건물들은 폭격에 거의 다 뭉그러졌다. 서울역이 무사해서 안심했다.

9월 29일 금. 날씨가 맑음

이승만 대통령이 서울에 입성했다. 모두 손에 태극기와 성조기를 들고 거리로 나가 환영했다. 세상은 다시 하얗게 바뀌어도, 전쟁은 끝나지 않았다.

미군이 잔류한 적을 소탕하기 위해 집집이 수색에 들어갔다. 미군이 우리 집으로 들어와 한바탕 소란을 피웠다. 무서웠다. 아버지는 여전히 집에 들어오지 않았다. 아버지가 보고 싶다. 아버지는 우리가 보고 싶지 않을까?

10월 3일 화. 날씨가 흐림

어머니가 막냇동생 마리를 업고 나가시더니 저녁이 되어 초주검이 되어 돌아왔다. 어머니 등에 큰 구렁이를 감아 놓은 것처럼 검붉은 피멍 자국이 선명했다.

"경찰이 굵은 가죽 혁대로 아범 거처를 말하라며…"

어머니는 말을 잇지 못하고 외할머니와 부둥켜안고 흐느꼈다.
나도 울었다.

10월 5일 목. 날씨가 아주 맑음
오늘도 어머니는 초주검이 되어 돌아왔다. 외할머니는 어머니
가 나갈 때마다 꼭 막내 마리를 업혀 보냈다. 경찰서에서 매질
을 당할 때마다 방긋방긋 웃는 막내 마리 때문에 어머니는 풀려
났다고 했다.

10월 6일, 날씨가 맑음
어머니가 경찰서 가서 매 맞는 것도 끝이 났다. 형사는 지쳤는
지 어머니를 인제 그만 오라고 했다. 서울시에서 쌀 1일 1인당,
1홉 4작씩 무상 배급 시작하여 할머니가 배급받아 왔다.

10월 7일, 날씨가 맑았다가 흐림.
어머니는 심한 매질에 그만 병이 났다. 아버지 대신 내가 다락
방에 올라가 제니스 라디오를 틀어 소식을 듣고 어머니에게 전
했다. 한국군은 38선 통과 북진 계속. 미군은 개성 점령. 제니스
라디오를 숨겨 놓길 잘했다.

10월 9일, 날씨가 맑았다.
어린이를 위한 무성영화가 상영되었다. 나는 육촌형과 저녁을

먹고 폭격으로 폐허가 된 건물을 지나 어둑어둑한 골목길을 신바람이 나게 달려갔다. 벌써 창고 안은 어른과 어린이들로 가득 찼다. 영화 제목은 '똘똘이의 모험'이었다. 사람들 틈을 비집고 들어가 거적이 깔린 맨 앞자리에 앉았다. 징 소리가 나고 변사가 걸쭉한 목소리로 입을 열었다.

"달이 휘영청 밝은 밤이었습니다. 보통학교 같은 반인 똘똘이와 복남이는 밤에 창고에 트럭을 대고 쌀을 훔쳐내는 도적단을 발견하였던 것이었다. 그 트럭에 매달려 도착한 똘똘이와 복남이는 도적단 소굴에 잠입하여 도적들의 대화에서 쌀을 북한으로 실어 가려는 것임을 안 똘똘이는 '복남아, 너는 경찰에 알려, 난 계속 숨어서 도적단의 행동을 감시할 테니.' 변사는 어린아이 목소리를 냈다.

"아, 이를 어찌합니까, 똘똘이가 그만 도적들에게 붙들리고 말았으니."

나는 육촌형의 손을 꼭 쥐고 "어쩌나, 큰일 났다."라고 소곤거렸다. 무성영화가 상영되는 동안 잠시 현실을 잊었다.

"이놈, 여기에 왜 숨어들었어. 매를 맞아야 실토를 할 테냐?"

변사의 호통치는 소리에 눈물을 흘리며 훌쩍거리는 소리가 여기저기 들렸다.

"용감한 똘똘이는 모진 매질을 당하여 생명이 위태롭게 되었던 것이었습니다. 때마침 복남의 고발로 출동한 경찰이 그 도적단을 일망타진하고 똘똘이를 구출해내었던 것이었던 것이었습니다.”

박수 소리는 창고가 떠나갈 듯이 났다.

나는 결심했다. 똘똘이처럼 북한 괴뢰도당을 무찔러 용감한 표창장을 받아야겠다고 마음먹었다.

12월 24일 일요일 날씨가 흐렸다 눈.

성탄절 전날, 할머니가 믿는 예수님은 다시 태어나지 않으실 모양이었다. 우리를 전쟁의 소용돌이 속에 내버려 두니까. 다락방에 올라가 제니스 라디오를 켰다. 국군 포함한 10만 5,000명 유엔군과 피난민 1,000명, 132척 수송선을 동원하여 흥남지구 완전 철수 소식을 듣고 숫자까지 적었다. 이승만 대통령은 중공군 참전으로 서울 시민에게 피난 명령을 내렸다. 어머니는 아직 피난 떠날 생각이 없었다. 아버지가 오시 길만 눈이 빠지도록 기다렸다.

1951년 한 해의 시작하는 날이었다. 혹한의 바람이 맵짜게 몰아쳤다. 서울은 텅 비었다. 용호는 책상 위에 일기장을 두고 아버지가 집에 온다면 볼 수 있게 안양으로 간다는 편지를 일기장 옆에 두었다.

중공군이 몰려온다는 소식에 어머니는 얼음 귀신이 되더라도 서울을 떠나기로 했다. 아버지를 더는 기다릴 수가 없어 이 엄동설한에 안양으로 피난 가기로 했다. 모두 피난을 떠난 터라 돈을 준다고 해도 짐꾼을 구할 수가 없었다.

외할머니는 마리를 업고 기저귀 가방을 들었다. 용호는 배낭에 쌀 20kg을 지고, 미란은 누룽지와 미숫가루와 사탕, 과자를 넣은 유치원 가방을 둘러멨다. 혜린은 냄비, 식기, 소금, 쌀 등을 꾸린 봇짐을 짊어졌다. 봇짐 위에 이불을 올리고 그 위에 3살 된 용제를 올렸다. 혜린은 커다란 등짐을 추어서 바로 졌다. 용제는 울상이 되어 떨어질까 봐 고사리 같은 손으로 이불 보따리를 꼭 잡았다. 최혜린은 자축거리며 대문을 나섰다. 세월이 덧칠된 낡고 거칠거칠한 나무 대문을 혜린은 손바닥으로 쓰다듬었다. 대문은 그녀에게 가족의 안위와 행복을 빌어주는 것 같았다. 대문은 그녀의 삶을 지켜본 문지기였다.

마리 가족은 휘몰아치는 눈을 맞으며 꽁꽁 얼어붙은 한강을 건너고 있었다. 용호는 두꺼운 옷으로 꽁꽁 싸매었지만 추웠다. 눈을 밟는 신발 소리만 뽀드득 들릴 뿐 미란은 춥고 배가 고픈지 징징거리며 어머니 뒤를 종종걸음으로 걸었다. 한강을 채 건너기도 전에 "엄마, 나 못 걷겠어." 미란은 훌쩍거리며 얼음 바닥에 주저앉아 버렸다. 어머니는 어찌할 바를 몰랐다. 상상을 초월한 인내의 한계점에 달했는지 어머니는 미란을 일으켜 세워 엉덩이를 때렸다. 미란은 엉엉 발버둥 치며 소리쳐 울었다. 어머니가 허리를 굽히는 바람에 이불 위에 올라앉은 용제가 꽁꽁 언 손으로 이불을 잡지 못해 그만 밑으로 떨어졌다. 용제도 울었다. 어머니도 울었다. 얼음판 강바닥에서 눈물바다를 이루었다. 외할머니가 마리를 등에 업은 채 힘겹게 미란을 안았다.

"강 건너가서 좀 쉬자."

어머니는 미안한 듯 눈물을 훔치고 일어나 걸었다. 밤이 되어서야 안양에 도착했다. 모두 저녁도 먹지 않고 기진맥진하여 잠에 빠져들었다.

다음 날로 할아버지는 동이 식구들도 있어 집이 좁다며 가까운 안양역 근처에 방을 얻어주었다. 최혜린은 허름한 농가 방에 외할머니와 마리, 미란을 남겨 두고 소달구지와 사람을 샀다. 최혜린과 용호는 소달구지를 타고 서울 집에 갔다. 재봉틀과 세이코사 우드 벽시계, 사진기 등 값나가는 물건들을 싣고 왔다. 어머니는 그 짐 중 일부를 시장에 내다 팔았다. 예쁜 비단 베개, 비단 이불은 인기가 많아 내놓기가 바쁘게 잘 팔렸다. 사진기는 별 인기가 없었다. 독일제 화려한 유리그릇 몇 개는 남겼다. 세이코사 시계는 제법 돈을 많이 받았다. 그래도 재봉틀과 축음기는 팔지 않았다. 제니스 라디오는 과수원에 두었다. 어머니의 안목으로 사들인 값나가는 좋은 물건들을 가져와 판 것이 생활에 많은 도움이 되었다.

중공군과 승덕
(와키자시와 은장도)

1951년 1월 초순, 영하 30·40도 오르내리는 추운 겨울이었다. 중공군과 북한군은 죽기 아니면 살기로 남쪽으로 쳐들어왔다. 전세가 좋지 않자 안양시마저 위험했다.

할아버지가 어머니에게 말했다.

"늙은 사람을 북한군이 어떻게 하겠냐. 그래도 서울 가까운 안양 인덕원에 있는 포도 과수원에서 있고 싶구나. 너희들이나 피난 가거라. 아비 소식은 아직 못 들었냐?"

할아버지는 오로지 아버지 걱정뿐 우리는 안중에도 없었다. 4년 만에 얻은 장손이라고 용호를 귀하게 여겼던 할아버지의 배신에 용호는 정이 뚝 떨어졌다. 혜린은 안양역 근처보다 안전한 더 시골로 들어가기로 했다. 식구들은 안양역 농가 집에 남겨 둔 채 혜린은 방을 구하기 위해 용호를 경호원으로 삼아 안양 시내를 벗어나기 직전이었다. 이 경호원이 호기심이 많아 피난민들 틈에서 여기 기웃 저기 기웃하느라고 어머니를 보필하지 못하고 출발한 지 얼마 안 되어 혜린과 헤어지게 되었다. 한나절 동안 서로 찾느라고 시간을 다 보내고 우여곡절 끝에 용호가 어머니를 만나게 되었을 때. 길거리에서 방송이 들렸다.

"곧 국군이 철수하고 안양시를 폭파하니 지금 빨리 피난하시기 바랍니다."

안양역 근처에 있던 군수물자를 갖고 퇴군할 수 없는 급박한 상황이라 적군에게 빼앗기지 않으려고 폭파하고 철수하는 모양이었다. 혜린은 안전한 거처 구하기를 포기하고 부랴부랴 안양 집으로 달려갔다. 위험을 알리는 사이렌 소리에 마음이 급했다. "빨리 빨리" 혜린은 소리를 지르며 마리를 업었고 외할머니 옷 보따리를 챙기고 꽁꽁 언 기저귀를 빨랫줄에서 걷었다. 용호는 배낭을 메고 미란의 손을 잡았다. 모두 황급히 집 밖으로 뛰기 시작했다. 그들이 안양 시내를 조금 벗어나자마자 '광' 하는 굉음과 함께 안양 시내는 불바다가 되었다.

용호는 휴 숨을 내리 쉬며 말했다.

"어머니, 아마 나를 잃어버리지 않고 순조롭게 어머니와 시골로 안식처 구하러 갔더라면 외할머니와 동생들은 저 불바다에서 죽었을지도 모르는 일이에요."

며칠 후 혜린은 가족을 이끌고 인덕원 근처 피신했다가 안양역 농가에 다시 갔다. 농가는 폭삭 내려앉아 잿더미만 남아 있었다. 귀하게 여겼던 재봉틀도 잿더미 속에서 형체만 남았다. 독일제 초록 유리잔은 엿가락처럼 찐득하게 녹았다. 혜린의 사랑이 다 타버려 재가 되듯이 애지중지 다루었던 축음기도 형체만 알아볼 수 있었다.

　"어머니, 제니스 라디오는 할아버지 집에 두고 오길 잘했어요."

　용호는 건질 것이 있는지 꼬챙이로 재 속을 뒤적거리면서 말했다. 숟가락을 주어 옷자락으로 문질렀다. 시꺼먼 숟가락이 하얗게 반짝거렸다. "은수저다." 용호는 보물을 발견한 듯 소리쳤다. 혜린은 잿더미를 뒤집어쓴 시꺼먼 깡통을 찾아냈다. 깡통을 열었다. 검게 그은 사진들 사이에 말짱한 사진 2장을 집었다. 한 장은 김태수가 친구 최진우와 긴자거리에서 망토에 사각모를 쓴 대학생 시절 사진이고, 또 한 장은 김태수와 최혜린이 약혼 때 다정히 찍은 사진이었다. 혜린은 사진을 가슴 속에 품었다. 제기 놋그릇들이 시커멓게 널브러져 있었다.

　"조상 제사는 지내야지."

　혜린은 제기 놋그릇을 대충 닦아 보자기에 쌌다.

　용호가 어머니를 쳐다보며 물었다.

　"다 타버려서 서운하지 않으세요?"

　최혜린은 허무한 마음으로 잿더미를 쳐다보며 말했다.

"속 시원하다! 저 재물이 네 발목을 잡았는데 다 없어졌으니 이제 마음 편히 피난 갈 수 있겠구나. 그래도 패물은 몸에 지니고 다녀 다행이야."

해가 지자 날씨는 더 추웠다. 마리 가족은 다시 인덕원으로 왔다. 허름한 문간방에서 하룻밤을 더 묵기로 했다. 금반지를 주었기 때문인지 인심 좋은 농가 아낙이 바가지에 감자가 듬성듬성 들어 있는 꽁보리밥을 꾹꾹 눌러 담아 주었다. 꽁보리밥은 어머니와 애들에게 주고 혜린은 감자 한 알만 먹었다. 밥알은 잔돌을 씹는 듯 입안에서 대글대글 겉돌아 목구멍으로 넘어가지 않았다. 배에서 쪼르르 소리가 났다. 혜린은 고픈 배를 움켜쥔 채 잠을 청했다. 마음에 허기 같은 공허가 스며들었다. 잠이 오지 않았다. 혜린은 뜬 눈으로 지새운 다음 날 피난 가기 위해 집을 나섰다. 혜린의 두 눈이 퀭했다. 피난 짐보따리는 한결 가뿐했다. 마리 가족은 골목길로 나와 큰길로 들어서자 밤사이에 중공군들이 까마귀 떼처럼 물밀듯 쳐들어와 하얀 눈밭에 포진하고 있었다. 마치 중국에서 겨울을 나기 위해 남쪽으로 이동한 떼까마귀 같았다. 혜린은 놀라 오도가도 못하고 그 자리에 섰다.

"중공군이 인해전술로 쳐내려오고 있다는 말이 사실이구나."

아니나 다를까, 마리 가족은 큰길에서 중공군을 만났다. 누비옷에 쑥색 운동화를 신은 중공군은 마리 가족을 붙잡아 대장에게 데리고 갔다. 혜린은 중공군이 가족을 다치게 할까 봐 무서웠다. 중공군 대장은 기와집의 대청마루에 앉아 있었다. 중공군 대장은 며

칠 밤을 자지 못했는지 몰골이 꾀죄했다. 충혈된 눈은 선한 눈빛이
었다.

최혜린은 중공군 대장에게 중국말로 사정했다.

"우리는 피난민입니다. 저는 중국에서 살다 왔어요."

대장은 퉁명스럽게 물었다.

"중국 어디요?"

혜린은 겁에 질려 말했다.

"승덕承德에서 살았어요."

중공군 대장은 고향 사람이라도 만난 듯 최혜린을 반기며 말했
다.

"청더Chengde에서 살았어요? 정말 청더에서 살았다고요!"

"네. 승덕 세관에 근무했어요. 지금도 가보고 싶은 란핑현灤平縣
의 금산령장성이 눈에 선해요. 산등성이를 따라 굽이굽이 절경을
이룬 금산령 만리장성은 장관이죠."

"청더의 란핑현은 제 고향이지요."

할머니 등에 업혀 있던 마리가 울었다. 중공군 대장은 마루에 짐
을 내려놓게 하곤 모두 앉으라는 손짓을 하며 말했다.

"늙으신 할머니가 고생입니다."

중공군 대장은 따뜻한 차와 마른 빵을 할머니 앞에 놓으며 먹으
라는 시늉을 했다.

혜린은 안심이 되어 마리를 눕혀 놓고 기저귀를 갈며 말했다.

"고향엔 부모님이 계시겠네요."

중공군 대장은 우울한 표정으로 혜린을 잠시 응시하다가 말했다.

"연세가 많아 살아 계실 때 찾아뵐 수가 있을지 모르겠어요. 전쟁이 빨리 끝나야 할 텐데…. 남으로의 피난은 의미 없으니 도로 돌아가시오."

중공군 대장은 부하를 시켜 마리 가족을 안전한 지대로 갈 때까지 바래다주었다. 혜린은 할 수 없이 다시 안양으로 돌아왔다. 중공군 대장의 도움을 받아 무사하긴 했지만 계속해서 남쪽으로 피난 갈 수가 없게 되었다. 피난 가기를 단념하고 인덕원 주변에 어느 농가에 들어가 금가락지를 주고 식량을 얻어 뜨듯한 부엌에서 잘 수 있게 되었다. 혜린은 가마솥에 물을 붓고 쌀 한 주먹 넣고 감자도 몇 알 넣었다. 잔솔가지로 불을 지폈다. 아궁이 속에서 불꽃이 활활 타올랐다. 그 붉은 불꽃이 활활 타오르는 소리만이 귓속에서 타닥거리며 울렸다. 솔향이 코끝에 닿았다. 솔향으로 정신이 맑아졌다. 바로 그때 혜린의 맑아진 머릿속에서 불꽃이 타닥타닥하며 타올랐다. 그 불꽃은 그녀가 잊어버리고 있었던 사랑의 추억을 선명하게 되살려주었다. 추억은 스스로 퇴화하거나 축소되는 법이 없는 것인지 뚜렷한 기억만으로도 지금 행복했다. 현재의 혹독한 시련과 아픔에도 추억이 있어 살아지는 것인지도 모를 일이었다. 낮에 만난 중공군 대장의 고향인 승덕承德에서 소스케와 보낸 마지막 밤을 추억하는 혜린의 눈이 흐릿해지고 있었다.

소스케와 혜린은 휴가를 얻어 승덕承德으로 여행을 떠났다. 승덕 시내를 관통하는 강의 이름이 열하熱河였고 열하는 승덕의 옛 지명이었다. 겨울에 영하로 내려가더라도 강만큼은 얼지 않아 잉어들이 헤엄칠 수 있다고 해서 붙여진 이름이 열하였다. 승덕은 북경이 가까워 비단 장사들이 많았다. 동북쪽으로 가면 몽골이었다. 교통은 아주 불편했다. 소스케와 혜린은 황제의 여름 별장인 피서산장에 가기 위해 자동차를 대절했다. 길은 좁아서 차들이 오갈 때는 비켜 지나갔다. 단오절端五节인데도 거리엔 사람들이 별로 없었다.

차 안에서 소스케가 무료했던지 혜린의 손을 만지작거리며 말을 꺼냈다.

"피서산장은 말이야, 청나라 전기 황제들이 피서 겸 군사, 정치, 외교 등의 정무를 보고 외교사절단이나 소수민족의 정치, 종교의 수령들을 접견하는 장소이기도 했어. 그래서 승덕은 베이징 다음으로 제2의 정치중심지였지. 승덕에 있는 일본 세관도 규모가 크고 정치적으로 중요한 역할을 해."

자동차가 피서산장 앞에 정차했다. 소스케는 운전기사에게 대기하라고 이러고는 혜린과 차에서 내렸다.

소스케는 피서산장의 전체 배치도를 보고 눈이 휘둥그레졌다. 황실 정원은 10km에 달하는 성벽에 둘러싸여 있었다.

"마치 만리장성을 보는 듯하네. 자금성의 8배, 이화원의 2배나 되겠어."

그들은 피서산장의 정문인 여정문麗正門으로 들어섰다. 넓은 마당을 지나 오문午門을 지나서 사절단을 검색하고 친견하는 열사문閱射門 앞에 섰다. 문 위에 '避暑山莊'이라고 쓴 편액이 걸려 있었다. 편액의 네 면은 황제가 아니면 감히 사용하기 어려운 용 문양을 둘렀다.

"와, 필체에 황제의 권위가 서려 있군."

혜린은 소스케의 해박한 지식에 내심 감탄했다.

그들은 수양버들이 넌출지게 늘어져 잇는 호반 길을 따라 말없이 거닐었다. 5월의 신록이 싱그러웠다. 시원한 호수 속에 군락을 이룬 연잎과 군데군데 누각이 어우러져 아름답게 조화를 이루었다.

하호와 은호를 잇는 수로의 돌다리 위에서 소스케는 호수에 희미하게 비친 숲과 정자를 쓸쓸히 바라보았다. 양수가 겹친 날 중 가장 햇볕이 강한 날인 단양절임에도 가랑비가 솔솔 내리기 시작했다. 소스케는 자신의 심경을 내비치는 듯 추구抽句 집에 나오는 시를 읊었다.

세우지중간細雨池中看

가랑비는 못 가운데서 볼 수 있고

미풍목말지微風木末知

산들바람은 나무 끝에서 알 수 있네.

화소성미청花笑聲未聽

꽃은 웃어도 웃음소리 들리지 않고

조제루난간鳥啼淚難看

새는 울어도 눈물은 흘리지 않네.

혜린은 한 가닥 슬픔의 그림자가 시를 읊은 소스케의 얼굴에 스치는 걸 보았다.

황제가 머물며 정무를 보았던 궁전구宮殿區는 꽃과 나무, 예쁜 돌들로 예쁘게 꾸며 자금성보다 규모는 적었지만 아늑했다.

해가 저물고 있었다. 소스케는 입맛을 다시며 말했다.

"오늘은 늦어서, 몽골의 대초원을 옮겨 놓은 '평원구'는 다음에 볼 기회가 있겠지. 배고프지 않아? 뎬핀(디저트. 일종의 양과자), 먹으러 가자."

혜린은 소스케의 기분이 풀린 듯해 활짝 웃으며 말했다.

"건륭황제가 음식 중 가장 맛있다고 찬사를 아끼지 않았다는 뎬핀말이죠."

그들은 차를 타고 '도향촌'(중국 전통 디저트를 파는 집)으로 갔다.

혜린은 꽃잎 모양의 과자를 입에 넣고 오물오물 씹으며 말했다.

"황제가 찬사를 보낼 만큼 맛있지 않네요."

"우리 해지기 전에 라마사원에서 하룻밤 묵을까? 승덕은 몽골과 가까워서 라마사원이 여덟 곳이나 있어."

혜린은 고개를 끄덕였다.

차는 라마사원 앞에 도착했다.

"감사합니다. 내일 오전 10시에 이곳으로 와 주세요. 그럼 내일 뵙겠습니다."

소스케는 운전기사에게 깍듯이 인사를 하곤 두둑한 팁을 건네
주었다.

라마사원은 당나라 건축양식과 네팔, 인도의 건축양식이 혼합
된 4층 높이의 아파트처럼 지은 사원이었다. 사원 안에는 학교도
있고 살림을 차리고 아내와 자식을 거느린 대처승들이 살고 있었
다. 그들은 층계를 올라가 산문山門 앞에서 두 손을 모아 합장을 했
다. 소스케가 엄숙하고 조용한 목소리로 말했다.

"오늘 이곳에서 세속의 번뇌를 말끔히 씻을까?"

혜린은 오늘따라 소스케가 이상하다는 듯 고개를 갸우뚱하며
힐끗 쳐다보곤 말없이 소스케 뒤를 따라 천왕문을 지났다. 사원의
처마 네 모서리 끝에 매달린 풍경 소리만 바람에 달랑거리며 한적
한 절간을 깨뜨렸다. 그들은 범종, 법고, 목어, 운판이 있는 종고루
앞에 섰다. 홍의紅衣를 입은 라마승이 그들을 맞이했다.

스님은 조용한 미소를 머금고 "옴마니밧메훔"이라고 인사하며
두 손을 합장했다. 소스케와 혜린은 스님의 인사에 합장으로 화답
했다. 소스케는 절에 꽤 많은 돈을 시주했다. 시주 때문인지 그들
의 외모 때문인지 스님은 그들을 대웅전으로 안내했다.

"평상시에는 잘 안 보여줍니다만⋯. 두 분께서 육체의 번뇌에서
해탈하시길⋯."

스님은 일본 말을 곧잘 하는 것을 보아 일본인들이 많이 오는 모
양이었다.

대웅전 안은 향냄새가 가득했다. 스님이 천장에서부터 드리워

져 벽을 온통 가린 황금빛 휘장을 걷자 그들은 놀라서 입을 다물 수가 없었다. 두 개의 목조불상은 지금까지 소문을 듣고 상상했던 보다 훨씬 더 높고 거대하고 충격적이었다. 누워 있는 부처의 가느 다란 눈은 감은 듯 뜬 듯 자비로움을 담고, 붉은 혀를 쑥 내밀어 보 살과 키스를 하고, 두 개의 수박 덩어리를 매단 듯한 보살의 풍만 한 젖가슴, 부처의 옥경玉莖이 빳빳하게 발기된 모양, 보살의 옥문 玉門 모양을 사실 그대로 적나라하게 조각하여 부처와 보살의 성교 하는 모습인 커다란 불상이었다. 혜린은 낯이 뜨거워 고개를 돌렸 다.

육체는 신이 거주하는 사원이자 해탈을 위한 신성한 도구로 여 긴 것인가? 인간의 성을 억압하지 않고 성 에너지를 우주의 창조 력으로 구체화한 힘으로 해탈하고자 함인가? 혜린은 부처의 해탈 방법도 묘하다고 생각하며 부끄러워 얼굴이 빨개져 작은 목소리로 말했다.

"모든 사람은 남성과 여성의 이원적 에너지를 함께 지닌 우주 에너지의 집합체라고 보는 걸까요? 해탈이 성적인 오르가슴보다 더한 희열을 느낄까요? 일본 사람들은 해탈의 경지보다 이걸 보려 고 20리를 걸어서 이곳 사찰로 몰려오는군요."

소스케가 빙긋 웃으며 짓궂게 말했다.

"혜린은 붓다의 좌도밀교左道密敎를 말하는 것 같은데, 일본도 남녀의 성적인 결합을 즉신성불의 비술로 삼은 밀교가 있었지. 성 적 요소가 강한 진언종의 입천류立川流가 헤이안 시대 말기부터 가

마쿠라 시대까지 크게 유행했던 거야. 에도 시대 중기에 소멸하고 말았지만…. 부처님한테 미안하지만 난 흥분되는걸."

두 사람의 대화를 들은 스님이 말했다.

"밀교의 수행은 관상觀想과 집중을 통한 육체적 번뇌를 짧은 시간에 해결함으로써 성불에 이룰 수 있다는 수행이지요. 밀교가 남녀교합을 강조하는 것이 아니라 음양의 성적 절정보다 더한 희열을 느끼는 수행으로 해탈의 한 방편이지요. 핵심은 깨달음으로써 널리 중생을 교화하려는 보리심菩提心과 자신의 에고ego와 오만, 편견을 끄집어내 비우고 어느 관점에도 묶이지 않고 텅 비어 있으나 동시에 모든 가능성으로 충만한 공성空性의 지혜이죠."

소스케는 멋쩍은 듯 머리를 긁적거리며 말했다.

"그 해탈의 경지까지 가기엔 저에겐 요원하겠습니다."

스님은 유창한 일본 말로 설명했다.

"밀교 수행은 단계가 있지요. 여차하면 삼악도에 빠질 수 있습니다. 악인이 죽어서 간다는 세 가지 괴로운 세계지요. 중생이 죄를 지어 죽은 뒤에 태어날 지옥 세계, 지옥도요. 짐승의 몸이 되어 괴로움을 받는다는 축생도, 먹으려고 하는 음식은 불로 변하여 늘 굶주리고 매를 맞는 아귀들이 모여서 사는 아귀도이지요."

혜린은 소스케의 옆구리를 꾹꾹 찌르며 속삭였다.

"삼악도에서 구제해 달라고 보시를 많이 했나요?"

밖은 어두워지기 시작했다. 저녁을 먹은 후 스님은 그들을 절의 요사로 안내했다. 방문 앞에는 심검당尋劍堂이란 현판이 붙어 있었다.

"이 방은 지혜의 칼을 찾기 위하여 공부하는 곳이죠. 옴마니밧메훔."

스님은 말을 끝내자 떠나갔다.

그들은 방으로 들어갔다. 방안은 아늑했다. 한쪽 구석에 침상이 놓여 있었고 침구는 간결했다. 죽절형竹節形 4족足의 작은 탁자 위에 놓인 두 개의 촛대에서 촛불이 일렁거렸다. 서로를 바라보는 가슴 떨리는 마음들이 촛불처럼 하늘거렸다. 소스케는 혜린을 향해 두 팔을 벌리며 말했다.

"좌도밀교는 그 경전에 이렇게 말하지. 남성이라면, 힘차게 장시간 여체를 품에 안아라! 여성이라면, 남성의 뜨거운 품 안에서 몸과 마음을 남김없이 녹여라!"

혜린의 심장은 뛰고 호흡이 가빠졌다. 혜린은 소스케의 건장하고 단단한 가슴에 안겨 애무를 나누었다. 그들은 부처의 성교 장면을 떠올리는 듯 서로 허리를 껴안고 혀로 키스했다. 침상에 누워 서로를 어루만지며 쓰다듬었다. 서로의 몸은 뜨거워지고 숨소리는 거칠어졌다. 둘은 완전한 포옹으로 격렬한 불길이 일어났다. 소스케의 손이 혜린의 치마를 가슴까지 걷어 올려 음부로 향하였다가 갑자기 멈추고는 벌떡 일어났다. 소스케는 머리를 절레절레 흔들고 거친 숨소리가 잦아들자 탁자 위에 있는 물을 마셨다. 아직도 세포 하나하나가 격렬하게 움직였다.

"난 너를 원하지만 소중하게 생각해. 온전하게 지켜줘야 해. 오늘 너에게 이별을 통보해야 한다고 생각하니 가슴이 아프고 긴장이 됐나 봐. 욕정을 태움으로 그 긴장감을 누그러뜨리고 싶었는지도 몰라. 욕정은 참으로 참기 힘들구나."

혜린은 침상에서 일어나 헝클어진 옷매무새를 고쳤다. 그들은 흥분을 가라앉히느라 잠시 침묵이 흘렀다. 소스케는 비장한 각오를 한 듯 단연한 표정으로 말했다.

"내가 아버지께 너와 결혼하겠다고 말씀드렸더니, 아버지는 와키자시(일본도.小刀)에 눈길을 주며 말했지. 조센징의 딸과 결혼하느니, 네 손으로 배를 갈라라!"

혜린은 슬픈 눈빛으로 소스케를 쳐다보며 말했다.

"아버지는 저를 이뻐하셨잖아요. 그런데 저와의 결혼을 반대해요?"

소스케는 녹아내리는 촛농처럼 눈물을 흘리며 말했다.

"아버지는 무사도 정신을 이어받았어. 칼은 무사에게 자존심과 군주에 대한 책임감을 부여했지. 우리의 사랑보다 아버지에 대한 효와 국가가 먼저라는 생각이 들어 괴로워, 오늘이 너와 마지막이 될지도…. 촛불을 불어 끄듯이 번뇌를 소멸시킬 수 있다면 이렇게 괴롭지는 않았을 텐데…. 흑흑"

소스케의 큰 눈에서 눈물이 뚝뚝 떨어졌다.

혜린은 눈물에 젖어 떨리는 목소리로 말했다.

"어쩜 두 분의 아버지가 칼로 우리 사이를 갈라놓을까요. 우리 아버진…. 조선의 원수 아들과 사랑하느니! 차라리 조국과 가문의 명예를 위해 은장도로 자결하여라! 하시며 나에게 은장도를 던졌어요."

혜린은 두 무릎 사이에 얼굴을 파묻고 더 애섧게 울었다. 소스케는 혜린을 가만히 안았다.

"울어, 괜찮아! 이별 후에 찾아오는 사랑의 아픔은 견디기 더 힘들지만, 우리가 이별해도 늘 함께 있는 거야."

혜린은 어깨를 들먹이며 울었다. 그 울음소리는 애절하고 정감이 넘쳐 소스케의 몸을 감쌌다. 혜린의 마음은 천 갈래, 만 갈래로 찢어졌다. 감정이 한바탕 소용돌이치며 극렬해졌다. 세상 모든 게 미웠다. 두 아버지가 우리를 불속에 집어 던지려 하다니! 차라리 소스케와 함께라면 불구덩이라도 뛰어들고 싶었다. 소스케의 가슴은 혜린의 눈물로 흥건히 젖었다.

그때 밤 예불을 알리는 인경 소리가 은은히 들려왔다. 끊어질 듯 이어지는 종소리!

"뎅그렁뎅그렁"

낮고 부드러운 종소리는 혜린의 가슴에 여운을 남겼다. 세속의 번뇌와 망상을 잊게 하는 천상의 소리였다. 종소리의 깊은 울림에 진정된 혜린은 울음을 멈추고 혼잣말을 했다.

"저 종소리는 부처님의 자비를 전하는 소리일까?"

부처님은 공空과 쾌락, 인간 행위는 모두 본래 맑고 깨끗한 것이었다고 설법하는 것일까? 한차례 울고 난 뒤 혜린은 가슴이 텅 빈 듯, 슬픔이 채워진 듯, 일진의 회오리바람이 머릿속을 쓸고 간 듯,

맑아진 기분이었다.

'심검당'에서 양쪽 아버지가 휘두른 독기 품은 칼이 효험이 있었는지 그들은 눈물을 머금은 채 이별을 예감했다.

그 후 혜린과 소스케는 만철에 각자 사표를 냈다. 중일전쟁이 발발하기 1년 전이었다. 소스케가 일본으로 떠나기 전 최혜린에게 이별의 선물을 했다. 동그란 판에 개와 축음기 그림이 있는 음반과 축음기였다. 음반은 차이콥스키의 〈교향곡 4번〉'이었다.

"'이것은 운명입니다.' 〈교향곡 4번〉 1악장을 완성하고 차이콥스키가 한 말이야. 차이콥스키 말대로 우리가 결혼한다면 우리 인생은 파국으로 치닫게 할 운명인가 봐!"라고 마지막 말을 남기고 소스케는 혜린이 곁을 떠났다.

최혜린은 소스케가 없는 만철은 차별대우를 처음 느낀 곳이라 더 있고 싶지 않았다. 주임이 만류했지만, 혜린은 고집을 꺾지 않았다. 주임은 인정이 많은 사람이었다. 퇴직금 외에 기차표와 전별금을 챙겨주면서 인자한 웃음을 흘리며 말했다.

"혹시 직장 옮길 때까지 심심하면 이 책을 읽어 봐요. 이건 추천장이요. 승덕 세관장은 나와 막역한 사이요. 혜린 씨에게 도움이 될 거요."

주임은 추천장이 든 얇은 봉투와 제법 두툼한 누른 봉투를 혜린이 손에 쥐여주었다.

혜린은 승덕 세관의 추천장이란 말에 주임이 소스케의 부탁을 들어준 게 아닌가 싶어 소스케의 배려에 눈물이 왈칵 날 뻔했지만,

꾹 참고 하얀 이를 보이며 웃으며 말했다.

"고맙습니다. 제가 책을 좋아하는지 어떻게 아셨죠?"

사랑하는 사람과의 이별만큼 슬픈 일은 없었다. 혜린은 자취방에서 우울한 나날을 보냈다. 그녀는 슬픔에 잠겨 팔베개하고 누워 멍하니 천장만 쳐다보거나 종일 빈둥거렸다. 소스케와 함께 한 일 년 반의 시간은 이제 과거의 일이었다. 돌이켜 보니 이미 추억이 된 시간이 그때 느꼈던 것보다 훨씬 달콤하고 아름답게 느껴졌다. 그녀는 소스케와 함께 보낸 세월을 되돌아보았고 둘은 비극적인 만남일 수밖에 없다는 생각이 들자 허기를 느꼈다.

혜린은 겉옷을 아무렇게나 걸치고 일본식당으로 갔다. 저녁 식사로 우동과 돈부리를 시켰다. 자신의 처지가 슬퍼 눈물의 밥을 먹었다. 밥을 먹다 보니 우울감이 좀 풀렸다. 그녀는 이 지독한 우울에서 벗어나는 최상의 길은 음악감상이라 생각했다. 소스케가 선물한 차이콥스키의 '교향곡 4번'을 매일 들었다. 듣다 보니 악기의 하나하나 음색마저 파악되어 대화가 되었다. '이 곡은 당신의 운명을 말합니다.'라고 차이콥스키가 말했다. 그녀는 오케스트라의 선율을 따라 마음으로 소스케와 교감했다.

창가에 여명이 밝아오는 어느 날, 습관처럼 축음기판에 바늘을 놓았다. 다른 날과 다르게 곡의 시작을 알리는 호른의 웅장한 음향에서 혜린은 심장이 쿵쿵했다. 운명! 순간 차이콥스키와 소스케가 운명을 어떻게 감지하라는 것일까? 혜린은 어둡고 아름다운 선율에 따라 소스케와 이별의 슬픔에 젖기도 하고, 행복했던 순간이 교차하였다. 첼로의 선율은 말했다. 당신들은 인생의 물결에 휩쓸려 지쳐버렸어. 낮고 묵직한 콘트라베이스는 으르릉거리며 슬프게 울었다. 그녀는 흐느끼기 시작했다. 소스케와의 사랑을 슬퍼하며 그리움으로 치달았다. 그러다가 소박하고 쾌활하고, 목가적인 선율은 혜린을 더욱 쓸쓸하게 만들었다. 소스케가 없는 새로운 삶을 시작할 수 있을까? 용기마저 상실했어. 그녀가 실의에 빠졌을 때 새소리처럼 청아한 플루트 소리와 클라리넷, 오보에, 바순의 부드럽고 슬픈 곡조에 현을 뜯는 현악기의 피치카토Pizzicato 는 혜린의 마음을 몽상적으로 순화시켜 경쾌하게 했다. 결국 오케스트라의 변화무쌍한 힘찬 선율은 혜린을 희열과 환락 속으로 이끌었다. 만날 운명이라면…. 다시 만날 수 있다는 낙관적 희망 속으로 빠져들게 했다. 혜린은 곡이 끝나자 에너지를 느꼈다. 삶의 환락과 희열을 찾아가리라! 그녀는 슬픔과 소스케를 향한 욕망이 시나브로 잦아들자 차이콥스키를 사랑하게 되었다. 음악에서 힘을 얻자 혜린은 방구석에 던져두었던 주임이 준 누른 봉투에서 책을 꺼냈다. 일본어로 번역한 톨스토이의 '부활'과 '안나 카레니나'였다. 혜린은 먼저 안나 카레니나의 책장을 넘겼다.

'행복한 가정은 모두 고만고만하지만, 무릇 불행한 가정은 나름으로 불행하다' 첫 문장부터 자신의 불행한 처지를 말해주는 것 같아 흥미가 당겼다. 밤을 새워 그 두꺼운 책을 이틀 만에 다 읽고는 부활을 읽기 시작했다. 혜린은 매일 눈이 피곤하여 글자를 알아볼 수 없을 때까지 톨스토이의 부활을 읽고는 가만히 생각하였다.

"용서하세요." 카추샤가 네플류도프에게 하는 마지막 작별 인사의 말에 혜린의 가슴속에서는 신선한 감동이 물결쳤다.

'묘한 사팔눈의 시선과 애처로운 미소와 함께 그녀가 한 말은 〈안녕히 가세요〉가 아니라, 〈용서하세요〉였다.' 이 대목을 서너 차례 읽었다.

"아, 카추샤의 작별은 완전히 놓아주는 용서하는 자세구나!"

끝없는 용서와 사랑으로 부활하는 두 사람, 한 사람을 바꾸는데 얼마나 사랑과 희생의 노력이 필요한지. 혜린은 자신이 카추샤가 된 듯 시베리아로 유형을 가는 카추샤에게 동정을 가지고 가슴 저리며 읽었다. 혜린은 오직 고행의 가시밭길만 가는 순례자가 된 기분이었다. 혜린은 음악을 듣고 책을 읽을 때 제일 행복했다. 음악과 책은 사랑과 같아 혜린에게 힘이 되고 위안이 되었다. 석 달이 지나는 동안 책과 음악의 세계에서 한층 성숙해진 자신을 발견했다. 이번엔 톨스토이도 사랑하게 되었다.

최혜린은 승덕으로 왔다. 주임이 써준 추천장 하나로 승덕 세관에 근무하게 되었다. 매일 아침 일어나서 차이콥스키의 교향곡 4번을 듣는 것으로 하루를 시작했다. 혜린은 침상에 누워 기지개를 켜고는 오케스트라의 선율에 녹아들었다. 공기 속에 사랑의 선율이 떠다녔다. 소스케와의 아름다웠던 추억과 막연히 다시 만나리라는 희망으로 채워줬다.

승덕 세관은 일본인과 차별 없이 혜린에게 극진한 예우를 했다. 중국 제일 부잣집의 뒤채 전체를 빌려 일본 관사로 사용했다. 본채는 한족인 집주인이 살았다. 대문에는 중국인 문지기가 네 명이 지키고 있었고 망아지만 한 몽골 개 두 마리도 문을 지켰다. 그 몽골 개는 한집에 사는 사람은 물지 않았다. 낯선 이는 물었다. 든든한 문지기였다. 관사에 사는 사람은 모두 일본 사람이었고 혜린이 혼자 조선인이었다. 부장, 차장, 과장은 각각 한 채씩 가족들과 기거했다. 타이피스트 3명 중 전문대를 졸업한 나오꼬는 따로 한 채를, 일본서 여고를 졸업한 미도리와 혜린은 작은 별채에 거처했다.

혜린과 미도리는 중국 일류 식당에 한 달간 돈을 지불하고 식사를 하기로 정했다. 매일 저녁 밥상에 닭 한 마리씩 상에 올라왔다. 너무 기름져서 식당에서 정한 식사는 그만두고 집에서 밥을 해 먹기로 했다. 미도리가 주로 밥과 반찬을 했다. 미도리는 가정적이었다. 썩 잘 생기지는 않고 촌티가 났지만, 마음씨는 착해서 궂은일은 혼자서 맡았다. 혜린은 밥하기 싫어서 퇴근해서 집에 와서 음악을 들으며 책을 읽었다. 그들은 가끔 옆집에 사는 부장 부인이 주는 음식을 얻어먹기도 했다.

어느 날 부장 부인이 음식을 주면서 혜린에게 미도리가 과장하고 불륜관계인 것 같아.라며 귀띔했다. 과장의 부인은 대련에 살고 과장은 관사에 혼자 살았다. 혜린은 모른 척했다. 얼마 후 미도리는 소문이 무서워 사표를 내고 일본으로 가버렸다.

승덕에서 제일 농사가 잘되는 것이 양귀비재배였다. 노랑, 빨강, 분홍, 흰, 홍자색 양귀비꽃으로 눈부시게 지평선을 이루었다. 붉은 양귀비꽃 노란 꽃술 아래 검붉은 반점은 유혹적이었다. 당나라 현종의 황후이자 최고의 미인이었던 양귀비의 이름을 따올 정도로 양귀비꽃은 아름다웠다. 5월서부터 피기 시작하여 6월까지 지평선을 이룬 양귀비꽃은 혜린을 황홀경에 빠지게 했다. 혜린은 양귀비꽃에 매료되어 아편 맛이 궁금했다. 중국 부자들은 주로 양귀비를 재배하였고 중국인 대부분이 아편쟁이였다.

집주인은 첩이 둘이었다. 첫째 작은 부인은 예뻤다. 아편을 먹고 주인과 잠자리 상대가 주된 일이었다. 큰 부인이 살림 전체를 지배했다. 사람 두셋 들어갈 정도의 큰 항아리에 짜장을 담아 뚜껑을 열어 놓고 가끔 저으며 집안 살림을 도맡았다. 큰 부인은 라마교의 독실한 신자였다. 방에다 부처를 모셔놓고 매일 절을 하며 오랜 종교 생활에 젖어 있었다. 후덕하고 원만히 생긴 얼굴에는 인품이 넉넉하고 너그러워 작은 부인이나 하인이나, 관사 사람들로부터 신망을 받고 있었다. 큰 부인은 아편을 멀리했다.

큰 부인에게 열아홉 살의 아들과 열일곱 살의 딸이 있었다. 딸은 일본 바람이 들어 일본으로 여행을 갔다가 일본인과 결혼을 한다며 제 어머니를 괴롭혔지만, 허락하지 않았다.

관사에 온 지 얼마 안 되어 집주인 아들의 결혼식이 있었다. 관사의 사람은 풍성한 음식 대접을 받았다. 아름답고 흥미진진한 결혼식은 2주나 이어졌다. 주인 남자는 잇속 관계가 있으면 마음이

넓고 폭이 컸다. 부자이기도 했지만, 인심이 좋았다. 하인들에게
도 많이 베풀었다. 나날이 하객들에게 푸짐한 음식을 대접하고 악
사를 불러 중국 전통음악을 연주하게 했다. 승덕에 있는 사람은 다
온 것 같았다. 며느리가 미인이었다. 신부는 빨간 양단 옷에 꽃신
을 신었다. 머리 장식은 최고로 치장했다. 머리카락을 양쪽으로 나
누어 좌우로 엇갈리게 교차시켜 꽃과 나비를 수놓은 검은 비단으
로 감싼 각진 널빤지와 함께 감아올려 고정한 양파두兩把頭라는 머
리 모양을 하였다. 머리에 봉황과 녹색, 연보라색, 흑색의 비취와
진주로 장식을 올려 화려하게 치장했다. 혜린은 새 신부가 부러
웠다.

　결혼 잔치도 끝나고 미도리도 떠난 어느 서늘한 초여름 쉬는 날
이었다. 혜린은 마당으로 나갔다. 정원에는 빨간, 노란, 분홍, 흰색
의 분꽃, 작약, 옥잠화, 모란이 꽃대궐을 이루고 있었다. 어머니가
좋아하는 붉고 탐스러운 모란꽃을 바라보았다. 혜린은 어머니가
그리웠다. 생활비는 보내고 있지만, 약한 몸으로 병약한 아버지를
돌보시느라 고생하시는 어머니 생각에 젖어있었다. 그때 첫째 작
은 부인이 종종걸음으로 정원 앞을 지나다가 혜린과 마주쳤다.

　"혜린, 미도리도 떠나고 쓸쓸하지. 내 방으로 가."

　작은 부인은 혜린보다 두 살 위였다. 전족을 한 작은 부인은 양
팔을 춤추듯이 휘젓고 엉덩이를 씰룩거리며 앞장섰다. 혜린은 붉
은 꽃이 수놓아진 신을 신고 뒤뚱뒤뚱 걷는 모습이 가엾어 보였다.
죽순 끝처럼 뾰족한 작은 발이 남성들에게 성적 매력을 느끼게 한

다니…. 혜린은 작은 부인의 방으로 들어갔다. 방안은 아편 피운 연기로 자욱했다.

"이리 와, 침상 위에 비스듬히 누워."

작은 부인의 말에 혜린은 얼떨결에 팔걸이 목침에 기대어 비스듬히 누웠다.

"한 번 피워 봐. 도화경에 취하게 돼. 세상만사가 다 귀찮아, 이것만큼 좋은 게 없어. 신파극 구경이 두 번째고 아편 먹는 것이 제일이야."

하인은 60cm 정도의 긴 담뱃대를 가지고 와서 작은 부인과 혜린이 앞에 놓았다. 피울 때는 하인이 시중을 들어주어야 했다. 하인은 주먹만 한 담뱃대 대가리에 아편을 꾹꾹 눌러 넣고 불을 붙였다. 작은 부인은 낮은 침상의 비단 보료 위에 비스듬히 누워 담뱃대를 입에 물고는 볼이 쏙 들어갈 정도로 빨았다. 혜린도 작은 부인이 하는 대로 따라 했다. 아편 맛은 숭늉 맛같이 구수했다. 혜린은 한 번 빨고는 현기증이 나서 그만 피웠다.

"그만두면 안 돼. 다 피워야 해."

작은 부인의 말에 혜린은 다시 담뱃대를 입에 댔다가 울렁거리고 현기증이 나서 살며시 담뱃대를 내려놓았다. 작은 부인은 벌써 구름 위를 걸으며 복숭아 꽃잎이 떨어지는 무릉도원을 헤매는지 눈동자가 풀리고 몸은 요염한 자태로 흐느적거렸다.

혜린은 작은 부인이 나약하고 무능한 군주 밑에서 시달린 희생자로 보였다. 혜린 자신도 작은 부인과 같은 군주의 무능함의 희생자로 느껴졌다. 문득 아버지에게 배운 조선 역사가 생각났다.

'조선이 일본의 식민지가 되리라는 예시는 언제부터였느냐면, 1842년 '난징조약'부터라고 생각해. 당파 싸움으로 세월을 보내던 조선은 난징조약을 어떻게 받아들였을 것 같냐? 조선은 그 내용은 커녕 제대로 파악도 못 했지. 흥선대원군이 21세 때 '난징조약'을 만났어. 이후 권력을 잡은 것은 1860년부터였지. 일본은 흥선대원군이 등장하기 이미 20여 년 전에 청의 종말을 피부로 느꼈는데 말이야. 흥선대원군은 난징조약을 맺은 지 20여 년이나 흘렀는데도 중국의 실상도 모른 채 죽어가는 청조淸朝만 쳐다보고 살은 꼴이지. 대원군의 통상수교거부정책은 조선을 서서히 목을 조여 죽인 것이지. 넌 비록 일본에서 교육을 받지만, 일본의 교육만큼은 배울 점이 많아. 흥선대원군처럼 우물 안 개구리가 되지 말고 세계를 배워서 조선을 위해 힘쓰거라. 알겠지!'

그래서 혜린은 아버지의 훈육을 깊이 새겨 열심히 공부했었다. 특히 외국 문학 소설을 많이 읽었다. 문학을 통해서 조국의 해방과 자유를 꿈꾸었다.

무더운 여름도 지나고 선선한 가을이 왔다. 야마사또 부장은 정직하고 인정스러웠다. 혜린에게는 잘해주었지만, 동료들 사이에 따돌림을 당했다. 혜린은 조선인으로서 긍지를 가지고 일등만 하겠다는 독한 마음을 먹고 열심히 일했다. 야마사또 부장은 혜린의 됨됨이와 책임 있게 신속한 사무처리 보고, 일반 사무직에서 승덕 세관장비서실로 추천했다. 혜린은 세관장비서실로 근무하게 되었다. 월급도 올랐다. 퇴근 후 저녁을 먹고 감사 인사차 양과자를 사들고 부장 집에 갔다. 부인이 반갑게 혜린을 맞이하며 녹차를 내놓았다. 녹차를 마시며 이런저런 이야기 끝에 혜린이 불쑥 말했다.

"부장님, 아편 피워봤어요?"

"아니, 아편에 중독되면 폐인 돼. 쾌락을 위한 사치품이지. 중독되면 자식과 아내마저 팔아먹는 패륜적인 행동을 일삼지. 결국 집 안까지 망하게 만든다고. 난 그런 중국인을 많이 봤어. 혜린 씨는 절대 아편에 손대지 마세요."

"얼마 전에 작은 부인이 아편을 피워 보라고 해서 한 번 피워 봤어요. 현기증이 나서 더는 못 피우겠더라고요. 그런데 일본 정부에서 왜 나쁜 양귀비재배를 중국인들에게 권장하죠?"

"아편은 20세기 초반까지는 만병통치약이었지. 마취나 진통제로 사용했거든."

혜린은 호기심이 발동해서 물었다.

"아편전쟁은 어떻게 시작한 거예요?"

"차 한잔 때문이었지."

혜린은 더욱 궁금했다.

"차 한잔이라니요?"

"런던 신문에 광고가 실릴 정도로 중국 차가 인기 있었어. 커피의 6배로 판 사치품이었어. 산업혁명으로 왕실에 시작한 차 문화가 노동자들에게도 인기를 끌었지. 영국은 중국에서 대량의 차와 도자기를 수입하는 대신 적은 양의 은과 시계를 팔았단다. 영국은 기후 때문에 차 재배가 불가한 나라야. 적자가 생기자 영국은 이 적자를 메우기 위해 영국의 식민지였던 인도의 아편을 중국에 수출하는 거였어. 영국은 육체노동으로 지친 중국의 하층민을 상대로 아편을 팔기 시작했지. 아편에 맛 들인 사람은 아편을 계속 사기 시작했어. 중국 인구의 1/4이 아편 중독자로 만들었지. 아편으로 인해 중국은 부패와 국가 기강이 해이해지고 재정 능력이 파탄에 이르게 되자, 임칙서란 정치가가 왕의 칙령을 받아 외국인 상점을 봉쇄하고 외국 상인들의 아편을 불태웠지만, 냄새 때문에 태우기도 쉽지 않아서. 소금과 석회를 섞어서 바다에 버려 없애버렸지. 그 양이 어마어마했어. 아편 담은 상자가 큰 집채의 서너 채가 될 정도였다니."

"왜 아편을 소금과 석회를 섞어요?"

"그래야 아편 성분이 사라진다는 거야. 아편상들은 홍콩으로 철수했어. 화가 난 영국은 1840년 중국을 침략했어. 결국 중국은 영국에게 무릎을 꿇고 항복했지. 항구를 개항하고 무역 독점 상인을 없애고 중국에서 물건을 팔 때 세금까지 면제해주는 1842년 '난징 조약'을 맺고야 홍콩을 영국에게 넘겨주었단다. 서방국가는 산업화와 과학의 힘으로 전쟁 무기가 발달하여 청나라가 질 수밖에 없었어. 어린아이 팔 비틀기지. 1858년 2차 아편전쟁으로 영국, 러시아, 미국, 프랑스와 '톈진 조약'을 맺어 결국 1860년 '베이징 조약'이 체결로 아편 무역이 합법화되면서 기독교 포교가 허용되었지. 아시아의 강대국 청나라를 무너뜨린 거야. 그 후 영국, 독일, 프랑스, 러시아, 일본 등 중국의 12군 요지에 열강 군대가 주둔하게 된 거지."

혜린이 말했다.

"영국은 가장 부도덕한 아편전쟁을 일으켰네요. 그런데 일본은 왜 나쁜 양귀비재배를 국가적 차원으로 장려하는 거예요?"

부장은 녹차를 마시고 한참 뜸을 들이곤 입을 열었다.

"일본은 말이다. '난징조약' 이후 청을 굴복시킨 서양의 강력한 힘을 두려워했지. 서양의 무력에 일본도 식민지로 전락할 것이란 공포감이 1842년 이후 일본 지식인 사이에 퍼져나갔더랬어. 그래서 일본 정부도 과학 문명과 군사력에 관심을 가지게 됐지. 그러려면 돈이 필요하거든. 일본도 중국인들의 양귀비재배를 장려할 수밖에. 큰돈이 되거든."

"영국은 나빠! 일본도 교활해요!"

부장과 부인이 웃어넘겼다.

인덕원에서 사는 동안 화폐는 소용없었다. 혜린은 유똥 치마저고리, 비로드 코트, 금가락지로 동네에서 쌀과 채소, 양념 등과 교환해서 삶을 이어갔다. 땔감은 용호가 산속을 헤매어 구했다. 그러던 어느 날, '콰 광 쾅' 요란한 박격포 터지는 소리와 제트기 소리에 모두 방구석에서 벽을 지고 앉아 이불을 덮어쓰고 숨소리마저 죽이고 있었다. 집이 흔들리고 흙가루가 천장에서 쏟아져 내렸다. 폭탄이 떨어지고 빗발치는 총알이 쏟아질 때 외할머니는 이불 속에서 우리를 감싸고는 기도하기 시작했다.

"천주님! 저희를 아버지의 손에 맡깁니다. 저희를 구원하소서!"

몇 시간이 흘렀을까? 밖이 조용해지자 용호는 허기진 배를 쥐고 집 밖으로 나왔다. 옆집이 온데간데없이 휑하니 뚫려있었다. 그 폭격 맞은 자리에 모락모락 검은 연기가 피어올랐다. 고소한 콩 냄새가 허기를 자극했다. 용호는 고소한 냄새를 따라 동생 미란을 데리고 잿더미 속을 헤집기 시작했다. 여기저기 깨진 항아리 속에서 콩, 보리, 쌀이 볶아져 있었다. 항아리 속의 탄 콩은 버리고 속은 잘 볶아져 있었다. 용호는 웬 횡재인가 싶었다.

"여우야, 여우야 뭐하니. 밥 먹는다. 무슨 반찬! 콩! 콩! 콩!"

미란과 용호는 입이 시커먼 줄도 모르고 노래를 부르며 주워 먹었다.

한참 배를 채운 용호는 주위를 살펴보았다. 집 앞에 인민군이 죽어있고 그 집식구들은 시체도 보이지 않았다.

"이거 기적이야!"

용호가 소리쳤다. 용호는 담 하나 사이로 우리 가족이 살아난 기적이라고 생각했다. 그 당시 제공권制空權은 미국이 쥐고 있어 B29 제트기가 쏘아대는 소리가 낮엔 요란했다. 아마 그 집 처마 밑에 인민군이 있어 그것을 보고 폭격을 한 모양이었다. 용호는 그 모든 것을 견뎌 나가는 법을 몸으로 익혀 갔다. 모든 삶이 운명에 달린 것이 아니라 자신의 운명은 스스로 용감하게 버텨내고 개척하는 것으로 생각했다. 전쟁 통에 스스로 생각해도 게을렀던 습관이 부지런해졌다. 살기 위해 성격이 바뀌었다. 자기 성격을 바꾸면 운명도 바꿀 수 있다는 생각이 들었다. 용호는 짓궂게 심술을 부렸던 일을 떠올렸다. 금줄 쳐 놓은 남의 집 앞에 지렁이를 잡아서 갖다 놓은 일, 골목길에 허방다리를 만들어 아이들을 빠지게 한 일, 입이 짧아 반찬 투정도 많았고, 욕심이 많아 자기가 먹지 않아도 동생들은 주지 않고 혼자서 닭고기를 차지하고 있었던 일, 아침이면 늦잠을 자, 할머니가 깨워서 밥을 먹여서 학교를 보냈던 일이 떠올라 후회되었다.

"그래도 낙천적이고 명랑한 성격과 호기심 많은 성격은 나의 장점이야."

용호는 스스로 자신을 쓰다듬고 쓰다듬었다.

다시 하얀 남쪽 세상이 되었다.

용호는 미군들이 박격포 쏘는 옆으로 갔다. 겁 없이 탱크 옆에서 귀를 막고 발포하기를 기다렸다가 떨어지는 기름종이 탄피를 콧노래 부르며 주었다. 탄피들은 아주 훌륭한 땔감이 되었다. 탄피 2개면 온 가족이 밤새 따뜻하게 하루를 지낼 수 있었다. 미군이 포 쏘기를 멈추고 잠시 쉬었다. 미군이 들고 있는 카빈총에 작대기가 7개 그어져 있었다. 용호는 7의 표시가 궁금했다. 궁금한 것을 참지 못하는 성미라 손짓, 발짓으로 미군 병사에게 물었다. 미군 병사는 손가락 7개를 보이며 꽥 소리를 내며 사람이 죽은 시늉을 했다. 아, 7명을 죽인 표시이구나. 용호는 생존기술만 늘어났다. 행동하다 보면 생각의 변화를 알았다. 용호에게는 이 현실이 전쟁놀이였다. 잿더미 속에서 밝게 웃으며 즐겼다. 그 즐거움 속에 희망을 주었다. 희망은 죽음의 공포를 몰아내었고 자신의 모습을 그려보게 했다. 목표가 생겼다. 장남으로서 가족을 지켜야 한다는 사명감과 커서 하늘을 나는 비행사가 되는 꿈이었다.

어머니는 남한이 차지한 세상일 때 피난 가야 한다며 고향인 경상남도 언양을 목적지로 삼았다. 언양에는 이미 가까운 친척들은 없었지만, 어머니는 무엇이 두려운지 되도록 서울에서 먼 곳으로 피난 가고 싶어 했었다. 안면 있는 고향 사람들을 원군 삼아 외할머니를 등판 투수로 앞세워 행군이 시작되었다. 외할머니는 마리를 업었다. 피난 봇짐은 사뭇 적어졌다. 어머니는 이불, 옷, 끓여 먹을 식기 등을 싼 등짐을 지고 그 위에 네 살인 용제를 올렸다. 일곱 살의 여동생 미란은 유치원 가방에 좁쌀을 넣어 메고, 열 살 용호는 그래도 장남이라고 곡식을 넣은 큰 배낭을 둘러멨다.

처음에는 제법 60리까지 걸었지만, 점점 줄어 40리 15리, 하루 해가 있을 때 종일 걸어야 15리이었다. 살을 에는 추위에 남북이 서로 밀리고 올리고 하는 와중에 위험한 행군이었다. 용호는 가족 중에 유일한 남아 대장부로서 책임을 느껴 신발이 늘 젖어있어 발이 시려도 참았다. 그 시린 발로 가다가도 땔감 마련을 위해 다른 식구들보다 더 많이 걸었다. 힘들 때면 용호 자신의 가슴에 대고 말했다. '나는 무성영화에 나오는 똘똘이다. 이 가정의 대장이라는 아버지의 말씀을 기억하자!' 그리곤 다시 용기를 냈다. 마리의 기저귀는 언제나 꽁꽁 얼어 살이 벌겠다. 착한 용제는 어머니가 짊어진 짐 위에서 곱은 손으로 간신히 이불옷보따리를 잡고 어머니가 힘들까 봐 울지도 못하고 떨어지지 않으려고 안간힘을 썼다, 곱게 컸던 미란이는 걷는 것이 힘에 부쳐 안 간다고 떼를 쓰고 울며 길바닥에 주저앉기를 여러 번 했다.

"미란아, 조금만 가서 쉬자. 응"

어머니는 죽을힘을 다해 지칠 대로 지친 몸을 이끌고 식구들을 끌고 가려고 애썼다. 길가에는 버려진 짐 보따리와 죽은 부모 옆에서 울고 있는 아이들, 널브러진 시체들을 본 미란은 안 간다고 떼를 쓰다가도 일어나 다시 걸었다. 걷다가 어두워지면 잠잘 집을 찾는데 편안히 잘 방은 아예 엄두도 못 내고 외양간이나 부엌이라도 걸리면 행운이었다. 온기가 남은 부엌이 특등석이었다. 온기에 제일 민감하게 느낀 '이'는 몸 밖으로 나와 옷 솔기에 일렬로 줄을 섰다. "요놈의 흡혈 곤충!" 용호는 날개가 없고 아주 작고 납작한 이를 잡아 양쪽 엄지손톱으로 눌렀다. 손톱에는 피범벅이 되었다. 몸니는 피부 색깔과 비슷하고 미란의 머릿니는 머리카락 색깔같이 검었다. 어머니는 아궁이의 재를 밖으로 꺼냈다. 부엌 막대기로 재를 휘저 아직도 반짝반짝 불기가 남은 숯덩이 위에다 옷 솔기에 붙은 살진 이를 꼬챙이로 쭉 틀었다. '이'들은 불 위로 우수수 떨어지며 탁탁 소리를 내었다. '이'가 타죽으며 내는 소리였다. 용호는 그 소리가 이상하게 쾌감을 주었다. 괴롭히는 것은 지옥으로 떨어지는 쾌감 같은 거였다. '이'의 소탕 작전은 또 있었다.

피난을 가던 중 햇볕이 좋은 낮에 담벼락에 붙어서 쉬고 있으면 '이'들도 햇볕을 쬐려고 몸 바깥으로 기어 나왔다. 어머니는 용호, 미란, 용제의 겉옷을 벗겨 햇살을 쪼이며 이잡이를 했다. 코트의 깃을 따라 일렬로 하얗게 띠를 두른 '이'가 보였다. 꼬챙이로 깃에 붙은 이를 주르르 털어내고 입혔다. 외할머니 등에 업힌 채 강보를 뒤집어쓴 마리는 따뜻한 햇볕을 받아 기분이 좋은지 고개를 까딱까딱했다. 강보를 들추면 마리는 해맑게 생끗 웃었다. 그 모습을 본 식구들은 따라 웃으며 힘을 내고 다시 출발했다. 혜린이 뒤를 따르던 용호가 말했다.

"어머니, 마리가 온 가족에게 웃음을 선물하네요. 마리를 보면 힘이 나요."

거제 포로수용소와
똥간

2월의 바람은 매서웠다.

유엔군이 공산군 공격으로 연천 북서쪽 진지에서 철수했다는 소식을 들었을 때쯤 최진우가 지하에 있는 김태수를 찾아왔다.

"당 정치위원회에서 새로운 임무가 자네에게 내려왔네."

"무슨 임무?"

"반공포로로 끼어 수용소로 들어가라는 임무일세."

김태수는 뜻밖의 말에 놀라며 불쾌한 낯빛이 되어 말했다.

"반공포로? 나를 시험하는 것인가? 불신하는 것인가?"

"반민족 세력에 합류해 반동 노릇 하라는 것이 아니네. 이건 자네에게 주어진 과업이네. 휴전에 따른 투쟁의 장기화에 대비해 조직을 인민들 속에 확보하자는 것이네. 그 임무를 수행하기 위해 반공포로로 활동하는 것이 지금 숨어서 지하에서 활동하는 것보다 낫지 않겠나?"

"참 뜻밖의 임무일세. 내가 반동 노릇을 하면 어쩔 텐가?"

최진우는 예의 바르게 조심스럽게 말했다.

"난 자네의 성품을 아네. 반동분자가 못 된다는 것을. 그런 면에서 자네는 서울 출신이라 최적의 인물이네. 강요는 하지 않겠네. 정 싫다면 다른 임무를 당에 이야기해 볼 테니까."

"자네가 목숨을 걸고 우리 부모님을 구명했는데, 따라야지."

김태수는 최진우를 똑바로 바라보았다.

"고맙네. 선선히 허락해줘서. 앞으로 서서히 반공포로로 태도를 밝히는 게 좋을 걸세."

"그런데 그 반공포로로 언제쯤 내보낸다는 거야?"

"지리산 일대 우리 인민군들이 많이 사살되고 생포되었네. 빨치산이 소멸하였네. 지난 1월 16일에 남쪽 국회에서 포로 석방 결의안이 가결되었어. 남쪽 국방군들은 반공포로 세력 확장이 시작되었네. 그러면서 석방 소문이 도는데 그게 언제인지는 모르네. 그러나 그곳은 서로서로 의심해야 하는 전쟁터보다도 더 무섭고 살벌한 곳일세. 동무는 이제부터 서울 중부 조선노동당 책임요."

"감투는 필요 없어. 그냥 의용군으로 해주게."

박 과장과 최 대리가 거수경례를 하며 합창을 했다.

"서울 중부 조선노동당 지도자 동무, 축하합니다!"

미술선생이 최진우를 향해 말했다.

"김태수 지도자 동무와 함께 가게 해주십시오."

최진우가 말했다.

"당신은 김태수 동무의 수족이 될 수 있갓소?"

"예, 죽은 딸과 남편의 원수를 갚기 위해서라도 김 동지와 함께 포로로 가도록 허락해주세요."

한참을 망설이든 최진우는 승낙했다.

1951년 무더운 6월 말, 누구나 원치 않는 삶을 강요받는 시대였다.

김태수가 부산 포로수용소를 거처 거제 포로수용소에 도착했을 때는 북한, 중국 등 포로들의 수가 14만 명을 넘어섰다. 거제도의 들판이 온통 천막으로 덮여있었다.

끝이 안 보이는 막사 수용소 가운데 장갑차가 다녔다. 4중 철망이 쳐진 거제 포로수용소는 또 하나의 전쟁터였다. 악질 포로수용소 옆에는 반공포로 수용소가 있었다. 74, 81, 82, 83 수용소가 반공 세력에 장악되어 태극기가 게양되고 그에 맞서서 76, 77, 78 수용소가 친공세력에 장악되어 인공기가 게양되면서 피를 뿌리는 사상전쟁은 각 단위의 수용소마다 소용돌이를 일으켰다. 서로의 이념 갈등으로 포로들이 쥐도 새도 모르게 죽어 나갔다. 한 단위 수용소에 6천 명씩 수용된 포로들은 미군의 규정에 따라 움직였다. 의복과 모든 공급품은 미제가 공급되었다. 모두 미군 작업복 앞뒤

에는 백색 또는 황색으로 PW(Prisoner's of War, 전쟁포로)라는 영어 이
니셜이 찍혔다. 김태수가 도착했을 무렵엔 76 천막 수용소에는 좌
익이 활개 쳤다. 김태수는 친공산주의 포로들이 악쓰는 소리를 들
으며 생각했다. 그들은 공산주의 체제가 천국으로 가는 유일한 길
이라 생각하는 것일까? 무지하여 주위를 돌아볼 눈이 없는 것일
까? 김태수는 참담함을 느끼면서도 무지한 그들의 선동과 선전에
동조하기 시작했다. 선동과 선전은 중독성이 강한 마약같이 서서
히 김태수에게 현실과 환상 사이에서 혼란을 초래했다.

　겨울이 되자 김태수는 76 천막 수용소에서 흙벽돌로 담을 쌓은
수용소로 옮겼다. 박 과장과 영등포 지하에 같이 있었던 의용군 3
명과 함께였다. 제네바협약의 인도주의 원칙에 따라 국제적십자사
의 대표들이 수시로 점검하고 관리되었고, 그 실태를 서방 언론에
보도되었기에 난방이 잘 되어 추위를 면할 수 있어 수용소는 편안
한 생활이었다. 수용소의 질서는 포로 자치제에 맡겨졌다. 자체 군
사훈련도 했다. 전장에서 생각해 볼 수도 없었던 숙소에서 하루 세
끼의 훌륭한 식사를 받으며 편안하게 보냈다. 할 일이 별로 없었
다. 형식적인 작업뿐. 여가 활동과 후일 포로 생활에서 해방된다면
자립 능력을 키워 줄 기술 교육과 교양강좌였다. 교양강좌 시간에
는 인간의 자유와 존엄을 존중해주는 자유민주주의체제의 우월성
과 전체주의의 문제점을 제시하며 교육했지만, 친공산주의 포로들
에게는 먹히지 않았다. 수업 내용을 비판하는 것으로 저항을 표시
했다. 그뿐만 아니라 라디오 방송용 유선과 스피커 장비를 파괴하

거나 숨겼다. 그 저항에는 '해방동맹'의 조선노동당 거제지부의 뒷받침이 있었다. 김태수가 친공산주의 포로들의 문자 해득 교육을 맡은 후부터는 생기가 났다. 포로들 상당수가 문맹이라 편지도 못 쓰고 책도 못 읽었다. 얼마 전에는 위험이라는 단어도 읽지 못해 동지 한 명이 죽었다. 포로들은 적극적으로 수업에 참여하였다. 동지들은 김태수를 따랐다. 김태수는 포로 생활에서 문자 해득 수업을 맡은 것이 가장 큰 보람이었다. 이때만큼은 자신이 생리적 욕구에만 만족하는 생물체가 아니라, 남을 위해 도움을 주는 지적인 인간으로 자부심과 긍지를 느끼게 했다. 최소한 동지들끼리 피를 부르는 싸움을 하지 않는 한 이곳은 낙원이었다.

김태수는 포로들의 일과표를 벽에 붙였다.

- 오전 5시 30분　기상과 동시에 아침 식사

- 오전 6시 30분　전원 집합 점호

- 오전 7시　　　　오전 일과 시작

- 오후 11시 30분　점심 식사

- 오후 1시　　　　작업 인원 집합, 오후 일과

- 오후 4시　　　　일과 종료

- 오후 5시　　　　저녁 식사

- 오후 8시　　　　점호 후 취침

- 저녁 식사 후 취침 점호 전까지는 자유시간. 각종 운동, 독서, 목욕, 세탁을 할 수 있음.

급식은 좋았다. 잡곡밥에 노루고기, 소고깃국, 돼짓국, 소금에 절인 쇠고기, 고기와 달걀, 채소, 깡통에 든 완두콩, 등 배불리 먹었다. 김태수는 체중이 늘어나면서 변비가 생겼다. 제일 괴로운 일은 대변 처리였다. 김태수는 저녁을 먹은 후 이날도 변비로 고통을 겪으리라 예감했다. 막사 밖으로 나갔다. 공산 포로 3명이 야외에 놓인 드럼통 물로 벌거벗은 채 웃고 장난을 치며 목욕하고 있었다. 조금 지나자 큰 드럼통 위에 널빤지를 두 개 올려놓은 노천 똥간이 보였다. 김태수는 똥간에 엉덩이를 까고 앉았다. 서너 명의 포로가 지나갔다. 그들 중 한 명이 김태수를 향해 히쭉히쭉 웃으며 말했다. "허연 궁뎅이 사이에 박고 싶구먼!" 그러자 그 옆에 있는 사내가 한 손으로 엄지와 검지로 원을 만들어 다른 손의 중지를 넣었다 뺐다 반복했다. 김태수는 똥을 누는 모양이 꼴사납고 자존심이 상했다. 게다가 자신이 성희롱을 당한다는 것이 몹시 불쾌했다. 인간적 고상함에서 동물적 불결함으로 전락한 자신의 존재를 구체적으로 느낄 수 있었다. 먹고 싸는 게 생존의 기본 방식이겠지만, 똥물이 튀어 올라 엉덩이를 적실 때면 발이 저려 벌떡 일어설 수도 없어 자신이 동물보다 더 더럽고 냄새나는 하등 동물로 전락한 것 같아 이념이고 뭐고 비참한 생각만 들었다. 김태수는 담배를 입에 물고 성냥불을 붙여 한 모금 맛있게 빨았다.

그나마 똥간에서 버틸 수 있었던 것은 수용소 안에서 공급하는 '자유'라는 담배를 피울 수 있었기 때문이었다. 피우지도 않던 담배를 배웠다. 하루에 열 개비 주는 담배를 똥간이나 식사 후 한 모금 길게 빨아 후후하고 내뿜으며 위안거리로 삼았다. 마치 속에서 문드러지는 울분이나 자괴감이 니코틴에 녹아 담배 연기로 사라지는 것 같아 이곳에서 배운 담배 맛이 아주 좋았다.

김태수는 항문에 힘을 줬다. 머리에서 배까지 아무리 힘을 줘도 변이 항문에서 나오지도 않고 막혀 있었다. 현기증이 나고 숨이 막혔다. 오늘도 진땀을 흘리며 항문이 찢어지는 고통을 느끼며 간신히 일을 끝냈다.

김태수는 주당 21시간의 한국어 방송과 7시간의 중국어 방송을 들으며 편안한 생활을 보내던 중 1952년 2월 18일 사건이 터졌다.

찬바람이 도는 쌀쌀한 날씨였다. UN군 측이 포로들을 대상으로 본국으로 돌아갈 것인지, 남한에 남을 것인지, 제3국으로 갈 것인지, 그 여부에 대한 의사를 확인하는 과정에서 일부 포로들에게 본국으로의 귀환 포기를 권유했다는 이유로 친공산주의 포로들이 격렬하게 저항했다.

한 동지가 큰소리로 외쳤다.

"빨간색에 노랑을 섞어도 빨강이다, 말입니다. 붉은 혁명사상에 노랑 자본주의 사상을 아무리 주입해도 붉은 혁명사상은 영원하기요."

모두 합창했다.

"북으로 가자!"

친공산주의 포로들이 악쓰며 미군의 강압적인 심사를 거부하며 붉은 깃발을 흔들었다. 미군이 총부리를 겨누고 있었다. 김태수는 두려웠지만, 자신도 모르게 '북으로 가자!'를 외쳤다. 친공산주의 포로들의 집단적인 압력에 의해 동조현상이 일어나기 시작했다. 붉은색 문구와 붉은 깃발과 함성은 집단과의 일치감을 느끼며 소속감은 안정감을 높여 두려움을 잊게 했다. 자신의 사상개조가 달걀로 바위 치기만큼 어렵다고 생각했는데, 달걀에 붉은 사상을 주입하면 바위도 깰 수 있다는 자신의 변화에 놀라웠다. 또한 조직의 영향력에서 벗어나기가 어려웠다.

앞에 선, 포로 한 명이 "탕!"하고 미군을 향해 총을 쏘았다. 미군들이 일제히 사격을 가했다. 미군이 한 명 죽었다. 포로 사망자가 77명이었고 140명이 부상했다.

며칠 뒤에도 미군 경비대와 포로들이 충돌하여 포로 12명이 죽고 26명이 다쳤다. 이러한 크고 작은 폭동 속에서도 자기방어도 못하는 김태수가 무사히 살아남을 수 있었던 것은 곁에서 보호해 주는 동지들이 있었기 때문이었다. 김태수는 공산주의로 세뇌되었다. 민족주의 사상이 시나브로 사라지고 공산주의로 가는 것이 살길로 여겼다. 북한이 사회주의 조국이라고 마음 한구석에 자리 잡았다. 그러나 김태수는 고민되었다. 무조건 북한으로 송환되면 가족이나 친구는 물론이고, 다닐 직장도 없고 아무것도 할 수 없는 상황에 직면하게 될 것이다. 좌익사상에 투철한 사람도 아니고 어쩔 수 없이 인민군에 입대해서 포로가 되었는데….

송환을 거부하는 포로가 인민군은 8천여 명이었는데 중국군은 무려 배에 가까운 만4천7백 명에 달했다. 이들은 대만으로 가길 원했다. 중국의 체면이 구겨지는 일이었다. 과연 누가 포로의 자유 의지를 확인할 것인가?

17만의 공산 포로 중 10만여 명이 자유 송환을 원해. 중국과 북한이 강력히 항의하는 중이었다. 이런 사실을 김태수는 전혀 모르고 북한으로 송환되기를 원하는 포로가 많은 줄 알았다.

53년 잔인한 4월이 왔다.

판문점에서 포로 교환 문제로 논의가 진행 중에 거제도 포로수용소에서는 공산 포로 간의 갈등이 날카롭고 과격해졌다.

이념의 용광로였던 거제도, 소리 없는 전쟁터였다.

'해방동맹'의 조선노동당 거제지부의 도움으로 야밤에 최진우가 막사에 들어왔다. 최진우는 독이 오른 듯 사뭇 달라져 있었다. 그는 강력한 카리스마와 뛰어난 지도력으로 공산 포로들을 지도했다.

"이제부터 이데올로기 싸움이기오."

전쟁의 양상은 전투에서 승리하지 못한다면 '이데올로기 싸움'에서라도 이겨서 명분상의 승리라도 얻자는 새로운 전략이었다.

최진우는 암암리에 김태수에게 지령이 전달되었다. 주로 남한 출신의 의용군 포로들을 북을 선택하도록 세뇌하는 임무였다. 김태수는 감시인지 보호인지 자신 곁에 항상 인민 의용군이 붙어 다녔다. 함께 따라온 미술선생은 여자 포로수용소로 갔다. 미술선생은 여성 포로들의 문자 해득과 그림 활용법을 가르쳤다. 가끔 별미를 만들어 김태수에게 전달하기도 했다.

최진우는 목에 핏발을 세우며 말했다.

"UN 측에서 본국으로 돌아갈 것인가의 여부에 대해 의사 타진을 할 것이외다. 동무들, 무조건 각기 북 송환을 외치시오. 주장하기요. 미군이 본국 귀환 포기를 권유해도 절대로 속지 말기요. 남쪽에 남는다면 모조리 죽임을 당한다 이 말이오. 동무들, 참고 견디시오. 곧 휴전협정이 되면 북으로 송환될 것이오. 부상 포로들부터 먼저 교환이 이루어질 것이오."

최진우는 말을 끝내자 김태수 곁으로 왔다.

김태수는 비스듬히 누워 '자유' 담배를 입에 물고 성냥불을 붙이고는 맛있게 쭉 빨아 고개를 젖히고 천장을 향해 연기를 내뿜었다. 뿜어 올린 담배 가락지가 허공을 돌아다니다가 사라지는 모양을 보며 최진우가 말했다.

"동무는 북으로 가기만 하면 위대한 령도자께서 특별 대우를 할 겁네다. 경애하는 최고 영도자께 충성 동지가 되기요. 부드러움과 인격으로 지도자 동무로서 잘하고 있다는 보고를 받았시오. 북 송환 임무에는 일 없습네까?"

김태수는 다시 담배를 길게 빨아 들이켜고 담배 연기에다 말을 섞어 내보냈다.

"동지들의 도움으로 견딜 만하오. 단지 대변 보기가 제일 괴로워. 똥이 더럽고 하찮아도 자존심과 결부되거든."

최진우가 이번엔 서울 말투로 말했다.

"스탈린이 죽었어."

김태수가 벌떡 일어나 말했다.

"뭐 언제?"

"3월에…. 똥 때문에 목숨을 바친 스탈린의 아들 이아코프도 있는데 드럼통 위에서 똥 누는 고통쯤이야 참아야지."

최진우는 기분에 따라 평양 말투로 말하기도 하고 서울말을 쓰기도 했다.

김태수는 머쓱하여 머리를 긁적였다.

"스탈린의 아들이 똥 때문에 죽다니 무슨 말인가? 공감이 가기도 하고…."

"소련에 다녀오면서 고위 측근자한테서 들은 이야기인데, 2차 세계 대전 중 전쟁포로가 된 스탈린의 아들 이아코프가 영국군 장교와 같은 감옥에 수용되었다는군. 그들은 공동변소를 사용했는데 스탈린의 아들은 변소를 항상 더러운 채로 내버려 두었어. 동무도 알다시피 영국인들은 신사이고 얼마나 청결주의냐고. 변소를 똥 투성이로 만드는 것은 용납할 수 없었던 영국인 포로들은 스탈린의 아들을 비난하며 청소를 강요하지 않았겠어. 스탈린 아들은 그들과 언쟁과 주먹다짐까지 했다네. 그래서 이아코프는 수용소 소장의 접견을 요청했는데 독일인 수용소 소장은 똥을 두고 입씨름 하기에 자존심이 상했든지 무시해버렸데. 스탈린의 아들은 모욕을 참을 수가 없어 끔찍한 저주를 퍼부으며 수용소를 둘러싼 고압이 흐르는 철조망으로 달려갔다는 거야."

김태수는 이아코프가 이해되었다. 더럽고 하찮은 똥이지만 자기에게 수치심을 일으키는 걸 감추고 싶을 텐데, 신의 아들로서 더러운 똥을 치운다는 게 자존심이 무척 상했으리라. 똥을 놓고 다투는 추한 모습에 혐오감이 가슴속에 끓어 화를 이기지 못하고 죽고 싶었던 게지.

이야기가 끝나자 최진우는 박 과장을 구석으로 데리고 가서 무슨 말인지 소곤거렸다. 박 과장은 김태수를 바라보며 고개를 끄덕였다.

최진우가 다녀간 며칠 뒤 경비병이 김태수를 보안 막사로 불렀다. 막사에 들어선 김태수는 깜짝 놀랐다.

김태수의 어머니와 보안과장이 앉아 있었다. 어머니는 탁자 위에서 보자기를 풀었다. 김태수가 좋아하는 기피동부로 소를 넣은 모싯잎 송편이었다.

어머니는 김태수의 손을 잡고 눈물을 글썽이며 말했다.

"이거 먹어. 여기서 나가자. 이곳은 아범이 있을 곳이 아니야. 네가 원한다면 지금이라도 나갈 수가 있어. 매형이 너 있는 곳을 알려줬지. 매형이 너를 위해 손을 봐두었어."

김태수는 어머니 손을 잡으며 고개를 떨구었다.

"어머니! 제가 불효자입니다."

어머니는 보안과장을 힐끗 보며 말했다.

"경찰서장인 매형이 보안과장님께 특별히 부탁했어."

"애들이랑 어미는 살아 있어요?"

"살아 있고말고. 그러니 너만 여기서 나가자."

김태수는 영혼이 나간 사람처럼 멍하니 허공을 쳐다보며 생각했다. 당신과 애들은 살아남았고 행복할 필요가 있어. 하지만 나는 행복한가? 나는 누구를 더 사랑하는가? 국가와 민족인가? 인민인가? 가족인가? 나 자신인가? 김태수는 생각에서 벗어나 어머니의 손을 부여잡고 말했다.

"어머니, 3일만 여유를 주세요. 여기 동지들과 해결할 일도 있고요."

"그럼 3일 후에 다시 오마. 여관에 있을 테니 그 안에라도 보안 과장님께 연락해."

김태수는 어머니와 헤어지고 막사 문 앞에서 보안과장에게 물었다.

"북을 선택하든 남을 선택하든 무엇이 우릴 기다릴까요? 자유, 평등, 평화일까요?"

보안과장은 보기가 딱하여 김태수의 어깨를 툭툭 치며 말했다.

"곧 전쟁이 끝날 것이오. 당신도 길을 찾겠지요."

김태수는 복잡한 심경으로 풀이 죽어 막사로 돌아왔다. 자신을 믿고 따르는 동지들을 거제 포로수용소에 남겨 두고 혼자 살겠다고 떠날 수가 없었다. 그렇다고 남한을 선택할 수도 없었다. 메이지대학교 법학부 대 선배이기도 한 고당 조만식 선생님이 떠올랐다. 김일성은 정권을 차지했으나 북한 국민의 정신적 지지는 받지 못했다. 북한 국민의 정신적 지지를 받은 조만식 선생님의 제자들이 월남을 권했지만 자기를 믿고 따르는 국민을 북에 남겨 두고 탈북할 수 없었던 것처럼 자신도 지옥 같은 이곳에서, 인간 이하의 생활을 할지언정 자기를 따르는 인민을 두고 떠날 수가 없었다. 결국, 김일성의 지시로 1년 전 10월에 처형당했다는 소식은 들었지만, 자신의 배반 사실을 안다면 이곳을 나가기도 전에 죽임을 당할 것은 뻔했다. 밖의 적보다 더 많은 적들이 안에 있었다. 대포나 폭격기보다 가장 가까이 있는 자의 겨냥하는 단칼이 더 무서운 법이었다. 잠시 죽음을 망각했던 김태수는 죽음을 의식했다. 나갈 것이냐? 여기 남을 것이냐? 두 갈림길에서 마음이 복잡했다. 어느 쪽이든 한쪽 진영을 선택하지 않으면 살아남기 어려운 일이었다. 김태수는 계급 전복과 민족해방을 도모하려 한 애끓는 낭만주의자일 뿐 이도 저도 아니었다.

그날 밤이었다. 박 과장과 의용군 2명이 김태수를 수용소 뒤쪽으로 불러내었다. 박 과장은 눈꼬리를 말며 입가의 표정조차 바꾸지 않으면서 말했다.

"우릴 배반하고 여기서 나갈 참이오. 보안 막사에 심어놓은 우리 동지가 알려줬단 말이오."

깜짝 놀란 김태수는 말을 더듬었다.

"아⋯. 아니요, 난 결정했소. 북으로 갈 것이오."

박 과장이 눈을 부라리며 말했다.

"거짓말 마오, 그럼 왜 3일 후에 어머니를 오라고 말했소."

김태수는 애처롭게 박 과장에게 매달렸다.

"그렇게 말하지 않는다면 어머니께 너무 잔인하지 않소. 노인이 여기 거제도 섬까지 아들 찾아왔는데."

"반동분자 새끼!"

박 과장은 품에서 단금을 꺼내 잽싸게 김태수의 목울대를 잘라 소리 못 치게 했다. 김태수는 악 소리도 지르지 못한 채 그 자리에서 꼬꾸라졌다. 아무 저항도 없이 김태수는 무기력하게 피를 흘리며 가장 믿었던 동지에게 칼침을 받았다. 어둠 속에서 그 광경을 지켜보는 이가 있었다. 미술선생이었다.

"시신을 아무도 모르게 처리하시오. 이제부터 내가 김태수가 되오. 동무들도 나를 김태수로 알기요. 미 군사경찰 간나들은 모를 것이오."

박 과장은 의용군에게 지시하고 막사 안으로 들어갔다. 박 과장은 자신의 신분 상승을 위해 김태수가 되기로 했다. 김태수의 신상과 가족관계에 대해 너무나 잘 알기에 UN군을 속여 북으로 간다고 선택만 하면 되는 일이었다. 다만 최진우가 걸렸지만, 최진우도 김태수를 잘 감시하라고 나에게 부탁한 것도 있고, 곧 전쟁도 끝나고 포로 교환 문제만 남았던 터라 최진우는 나타나지 않을 것 같았다. 나타난다고 하더라도 김태수의 행방을 모른다고 시침을 뚝 뗄 작정이었다.

그들이 김태수를 막사에서 좀 떨어진 산비탈 아래 버리고는 떠나자 미술선생이 살금살금 걸어가 김태수를 온 힘을 다해 업었다.

응급실 막사로 데리고 들어와 상처를 치료하기 시작했다. 아직 목숨은 붙어 있었다. 목의 상처는 그리 깊지 않았다. 미술선생은 다른 동지의 도움으로 조선노동당 거제지부로 이 상황을 연락해서 최진우에게 전해 달라고 했다. 다음날 최진우의 명령으로 박 과장은 그 자리에서 인민재판으로 순식간에 처형 되었다. 박 과장과 함께 있었던 공산 포로는 혀를 내두르며 말했다.

"박 동무가 온천해서 그럴 줄 전혀 몰랐단 말임다."

김태수는 미술선생의 극진한 간호로 목숨은 건졌으나 목소리를 잃었다. 김태수는 성심성의껏 간호하는 미술선생에게 종이와 연필을 달라고 해서 종이에 몇 자 적었다.

'죽게 내버려 두세요. 살고 싶지 않아요.'

미술선생은 그 아래 글을 써서 보여주었다.

죽음을 망각한 사람은 동물 같은 삶이고 죽음을 시시각각 생각하는 사람은 신의 경지의 삶이다.

-소크라테스-

김태수는 인상을 찡그리며 엷은 미소를 지었다. 그녀에게 모든 걸 의탁할 수밖에 없었다.

용제의 죽음과
마리의 교통사고

봄이 왔다. 들판은 드문드문 연두색으로 변했다. 들판에는 불탄 흔적과 폭격에 파인 구덩이 옆에 파릇파릇 새싹이 돋았다.

"전쟁의 소용돌이에도 봄은 오네!"

김용호는 파란 새싹을 보며 감탄했다. 죽음의 사선을 넘으면서 생명에 대한 시선이 달라졌다. 새싹 하나에도 전에 느껴보지 못한 생명의 경이로움을 느꼈다. 전쟁이 용호에게 생명의 귀함을 느끼게 했다.

대전 즈음 왔을 때, 군인들이 길을 막았다.

"부산은 만원이요. 모든 피난민은 전라도로 가시오."

총을 멘 군인들은 호루라기를 불며 도로에 방어벽으로 차단해

놓고 아예 길을 막아버렸다. 혜린은 가족을 이끌고 기차역으로 갔다. 이때 교통수단은 다 군용열차뿐이었다. 혜린은 미군 군사경찰 책임자에게 가서 영어로 군용열차를 태워 주기를 간청했다. 미군 경찰은 혜린과 할머니와 어린 자식들의 몰골을 측은히 바라봤다.

"For a minute."

미군 군사경찰은 1분간이란 말에 강조했다.

단 1분간 기차를 멈추게 했다. 뚜껑 없는 화물 열차가 서기도 전에 최혜린은 짐부터 죽을힘을 다해 열차에 던졌다. 열차가 서자 미군 군사경찰은 용호와 미란을 번쩍 들어 열차에 올렸다. 용호와 미란은 석탄이 가득 담긴 큰 광주리 위에 앉았다. 어머니는 마리를 업고 있었던 할머니의 엉덩이를 떠받쳐 열차에 올리려 했지만, 할머니는 꿈쩍도 안 했다. 할머니는 한 다리를 올려 용을 쓰다가 말했다.

"어미야 너 먼저 올라타서 마리를 받아라."

"할머니, 할머니."

용호가 애절하게 할머니를 불렀다. 미군 경찰이 기운 빠진 할머니를 짐짝처럼 들어 올려 석탄 칸에 밀어 넣었다. 마리가 할머니 등에 업혀 울었다. 어머니도 기를 쓰며 뚜껑 없는 석탄 칸에 올라탔다. 우리 때문에 곁에 있었던 피난민들이 우르르 올라탔다. 기차가 출발하자 모두 안도의 숨을 쉬었다.

드디어 낙동강이 보였다. 기차는 부산진역에 도착했다. 그들은 시커먼 석탄 가루로 범벅이 된 얼굴로 기차에서 내렸다. 역장은 그들의 몰골을 보고 기가 막혔는지 차표도 보자고 하지 않고 그냥 통과시켰다.

외할머니는 부산까지 왔다는 이 기적에 감사 기도부터 했다.

"천주님! 감사합니다."

"할머니, 우리가 무사한 건 하느님의 은덕이 아니라 어머니 덕 아닌가요?"

용호는 뾰로통해서 말했다. 언제부터인가 할머니는 천주님이라고 부르고 용호는 하느님이라고 불렀다.

부산은 전국의 피난민들이 모여들어 들끓었다. 용호는 많은 피난민을 보고 눈이 휘둥그레졌다. 마리 가족은 판자촌 식당으로 들어갔다. 식당 안은 피난민들로 벅적거렸다. 최혜린은 아껴서 남겨둔 꼬깃꼬깃 접은 돈을 속주머니에서 꺼내 밥값을 치르고 백반을 시켜 모두 실컷 먹게 했다. 용호는 쌀밥에 시래기 된장국과 구운 갈치를 보자 눈이 번쩍 뜨였다. 피난 동안 쌀밥을 구경도 못하고 멀건 쌀알과 감자로 쑨 죽만 먹었기에 정신없이 단숨에 맛있게 흰밥을 먹어 치웠다. 입이 짧아 밥투정이 심했던 용호는 언제 밥투정했냐 싶을 정도로 마파람에 게 눈 감추듯 밥 한 그릇을 싹 다 비웠다.

혜린은 마침 당고모가 부산에 산다는 것을 기억하고 친정어머니에게 물었다.

"어머니, 당고모 집을 찾아갈 수 있겠어요?"

"그럼, 갔던 적이 있으니 찾을 수 있을 거야."

할머니가 앞장을 섰다. 당고모 집은 영도에 있었다. 하늘을 오르는 사다리처럼 위로 많은 계단을 올라갔다. 당고모는 전쟁 통에 살아온 마리 가족을 신기하게 바라보며 반겼다. 당고모는 생선을 떼어다 시장 노점에서 장사하며 입에 풀칠하기조차 힘든 판국에 딸마저 병중에 있었다. 일주일이 지나자 혜린은 눈치가 보여 계속해서 폐를 끼칠 수가 없었다. "얼마 안 되지만 병원비에 보태." 친정어머니는 속주머니에서 꼬불쳐 두었던 비상금을 털어 손사래를 치는 당고모 손에 억지로 쥐여주었다.

혜린은 가족을 이끌고 고향인 언양에 도착했다. 크고 웅장했던 옛집은 흔적도 없이 사라지고 그 집터에는 성당이 들어섰다. 혜린은 어린 시절 놀았던 추억이 사라진 듯하여 허망했다. 어린 시절의 포근함과 안락함을 찾아볼 수가 없었다. 낯선 고향 사람들은 혜린과 친정어머니와 데면데면하게 수인사를 나누었다. 혜린은 거주할 곳이 없어 찾던 중 상북면에 마침 폐허가 된 초등학교 관사官舍 두 채가 있었다. 마리 가족은 관사로 들어갔다. 관사는 주로 벽지로 부임해오는 선생님들의 거처로 활용했는데 어느 때부터인가 귀신들린 집이라 하여 피하다 보니 폐허가 된 곳이었다. 어머니는 "우리 피난민들이야 그런 게 문제 될 것이 아니지."라며 무조건 들어갔다.

관사에서 짐을 풀자 어머니는 긴장이 풀렸는지 열병으로 쓰러져 누웠다. 열이 내려가지 않고 헛소리까지 했다. 머리카락이 빠지기 시작했다. 외할머니는 여기저기서 약을 구해다 먹였다.

170

혜린은 한 달을 앓고 일어나서는 방바닥에 쪼그리고 앉아 발톱이 빠진 발가락을 보고 눈물 한 방울을 툭 떨어뜨렸다. 이지러져 사라지다시피한 새끼발가락과 발톱이 빠진 엄지발가락을 보고 혜린은 "가엾구나! 무거운 짐을 지고 전쟁 속을 걸어왔으니 얼마나 힘들었냐."며 스스로 위로했다.

석 달이 지나서 혜린은 회복되었다. 혜린은 방에 누워 책만 읽었다. 이웃의 학교 선생에게 빌린 책이었다. 혜린은 마거릿 미첼의 '바람과 함께 사라지다'을 열 번 넘게 읽었다.

용호가 물었다.

"어머니, 그 책이 그렇게 재미있어요?"

"주인공 스칼릿이 말이다. 남북전쟁 후에 고향에 돌아와서 가난과 역경을 헤쳐나가는 모습을 보면 엄마에게 힘이 된단다. 소설 마지막에 스칼릿의 말이 엄마에게 희망을 준단다."

용호가 눈을 반짝이며 호기심에 차 물었다.

"어떤 말이에요?"

"내일은 내일의 태양이 뜰 거야! 그래, 오늘 힘들어도 내일은 다시 희망을 품을 수 있는 태양이 뜰 거야!"

매미들이 요란스레 울어대는 8월이 되어서야 혜린은 자리를 털고 일어나 마지막 남은 패물을 팔아 학교 옆에다 구멍가게를 차렸다. 학생들이 돈 대신 쌀을 가져오면 공책과 과자를 주었다. 쌀을 모아 한 가마니가 되면 장날에 쌀가마니를 소달구지에 싣고 가서 팔았다. 그 돈으로 공책과 연필, 등 학용품과 과자를 사서 집으로 왔다.

하루는 장사할 물건을 잔뜩 이고 개울을 건너다가 물속에 안경을 빠뜨려 두 달이나 앞을 잘 못 보고 살았다. 비라도 맞으면 엿은 밀가루를 발라 다시 팔 수 있었지만, 말똥 과자는 애들 차지였다. 국화빵은 굽기가 바쁘게 애들이 다 먹어버려 팔 게 없었다. 그래도 혜린은 자식들과 함께 살 수 있고 용호와 미란은 초등학교에 다니게 되어 즐거웠다.

그러고 1년이 지나 여름이 되도록 마리 가족에게는 아무런 일이 일어나지 않았다. 교장은 마리 가족이 아무 탈 없이 사는 것을 보고 관사에 교사 두 가족을 들어와 살게 했다. 어쩔 수 없이 혜린은 관사를 비워줘야 했다. 혜린은 교장에게 간청했다.

"집을 구할 동안만이라도 관사 창고 옆의 숙직실이었던 방에 있게 해주시면 안 될까요? 부엌도 달렸어….."

"집을 구하면 바로 나가시오."

교장은 허락했다.

한 달도 안 되어 독신인 남자 선생은 열병에 걸려 죽었고, 두 달 후엔 다른 선생의 딸이 집 앞 샘물(무릎까지 오는)에 거꾸로 빠져 죽었다. 다시 아무도 살지 않는 빈 관사가 되었다. 마리 가족은 도로 관사에 들어가게 되었다.

"어머니, 귀신이 있긴 있는 모양이에요."

용호는 그때부터 귀신이 있다고 믿었다.

이 관사에서 죽은 사람의 넋이 귀신이 되어 이곳에서 떠돌며 산 사람을 잡아먹는다고 여겼다. 그 귀신은 외할머니의 기도 소리에 우리를 해코지 못 한다고 생각했다.

"할머니, 하느님 앞에서는 귀신도 꼼짝 못 하나 봐요."

할머니는 빙그레 웃기만 했다.

그러든 어느 일요일 날, 외할머니는 잠깐 외삼촌 집으로 다니러 서울로 가고 혜린은 물건 팔러 장에 가고 없었다. 용호는 배가 고팠다. 용호는 먹을 것을 찾아 관사 뒤뜰로 갔다. 미란과 용제는 용호 뒤를 따랐다. 용호는 우물가 습한 곳에서 풀들 가운데 미나리를 발견했다.

"미나리를 캐다가 된장에 찍어 먹자."

용호는 미나리를 캐서 소쿠리에 담았다. 우물에서 미나리를 씻어 밥상 위에 된장과 씻은 미나리를 담은 소쿠리 채 올려놓았다. 미란과 용제는 밥상 앞에 앉았다. 용제가 미나리를 먼저 집었다. 그때 용호가 장에 간 어머니 생각이 났다. "어머니 오시면 같이 먹어야지. 기다려."라며 용제가 쥐고 있었던 미나리를 빼앗았다. 용제는 볼을 볼록거리더니 울면서 뒤뜰로 뛰어갔다.

얼마 후 어머니가 왔다.

"어머니, 같이 먹으려고 기다리고 있었어요."

용호는 빨리 먹고 싶어 미나리를 얼른 보였다.

혜린은 마루에 봇짐을 내려놓자마자 용호가 들고 선 소쿠리의 미나리를 보았다.

"이건 독초야. 큰일 나겠네."

혜린은 독초를 얼른 빼앗아 아궁이 속에 넣었다.

"미나리인 줄 알았더니 독미나리였다니. 어머니를 생각하지 않고 그걸 먼저 먹었더라면 나는 아마 죽음의 문턱에까지 갔겠죠."

용호는 가슴을 쓸어냈다.

용호는 이 또한 삶과 죽음의 갈림길에서 일어난 기적이라 생각했다.

"정말 하느님이 우리 가족을 보호해 주시나 봐요."

외할머니의 기도 덕이었을까? 용호는 외할머니가 새벽마다 성당에 다니시며 천주님! 천주님, 하고 기도하는 모습을 많이 봐 왔었다. 외할머니는 우리가 위기에서 살아날 때마다 주님 감사합니다. 하고 찬양했다. 그때부터 용호는 하느님이 우리를 보호하는 것 같기도 했다.

그러나 그것도 잠시 어머니와 용호는 용제가 보이지 않아 뒤뜰로 갔다. 용제가 배를 움켜쥐고 입에 거품을 물고 쓰러져 있었다. 손에는 미나리 비슷한 독초를 쥐고 있었다.

"폭탄 속에서도 살아왔는데…."

혜린은 용제를 안고 몸부림쳤다. 용제를 가슴에 묻었다.

용제의 죽음 이후 혜린은 허탈 속에서 살았다. 구멍가게는 문을 닫았다. 허탈과 우울증까지 겹쳤다. 한 번 우울증이 찾아오면 벗어나는 데 몇 주씩 걸렸다. 한 달이 지나고 혜린은 몸을 추스르자 살 집도 없어 관사에서 당장 나갈 수도 없었다. 구멍가게 전세금은 생활비로 다 써버렸다. 혜린은 교장 선생에게 매달렸다.

"피난민이에요. 여기서 나가면 직장도 없고, 살 집도 없어요. 저 어린 것 데리고 어떻게…."

교장은 안경을 올리며 최혜린을 뚫어지게 봤다.

"중국에서 일본 고등학교를 나왔다고요?"

"네"

"그럼 중학교 가정은 맡을 수 있겠어요? 임시 교사라 월급은 아주 적습니다. 그러나 사택에서는 나가야 합니다. 험한 꼴을 더는 보고 싶지 않아요."

"네, 열심히 가르쳐보겠습니다."

혜린은 당장 살 집을 구할 돈이 없어 걱정이었다. 친정어머니는 오빠 남택을 찾아갔다. 혜린의 딱한 사정을 듣고 남택도 넉넉하지 않았지만, 남에게 돈을 융통해서 혜린에게 주었다. 혜린은 그 돈으로 언양 시내, 큰 도로에 바로 접해 있는 전셋집을 얻었다.

마리가 네 살 무렵 어느 봄날, 마리는 대문 앞에서 쪼그리고 앉아 꼬챙이로 흙바닥에 무언가 그리고 있었다. 옆에는 주인집 아저씨의 자전거가 세워져 있었다. 집 앞 큰길에는 군용트럭들이 자주 다녔다. 수해로 파손된 다리 복구공사를 위해 군부대에서 나온 트럭들이었다. 큰길 한가운데서 아기가 아장아장 걸어갔다. 그때 달리던 군용트럭이 아기를 피하려고 갑자기 방향을 휙 틀더니 자전거와 마리를 들이받고 멈췄다. 트럭은 후진한 후 그대로 뺑소니쳐 버렸다. 마리는 병원에 입원했다. 군용트럭은 도망간 상태라 병원비를 청구하지 못하고 혜린이 손수 마련해야만 했다.

"회복하기까지 3년이 걸리겠어요. 다리가 부러져 온전히 걷기는 힘들고 절름발이가 되어도 잘 회복된 거죠. 그나마 자전거의 완충 역할로 마리가 덜 다쳤죠."

의사의 말에 혜린은 절망적이었다.

"아, 죽음의 사선을 넘어, 여기까지 와서 병신이 되다니. 하느님도 무심하시지."

신부님이 마리의 사고 소식을 듣고 병원에 왔다. 마리의 오뚝한 코는 껍질이 까져 빨간 살점이 피를 보였다. 신부님은 마리의 머리에 살짝 손을 얹고 기도했다.

"아이들의 보호자이신 하느님, 마리의 상처를 어루만져 주소서. 마리의 순진한 마음을 기억하시어 따뜻한 마음에 생기를 주소서. 마리를 온전히 낫게 하시고 당신 사랑 안에서 축복하소서…."

외할머니는 맑은 눈빛으로 마리의 손을 꼭 잡고 애처롭게 쳐다보며 말했다.

"마리야, 무서버 할 거 없데이 천주님이 꼭 낫게 해주실꺼라."

혜린은 기도가 끝나자 병실 문을 살며시 열고 밖으로 나왔다. 더는 마리를 지켜보기가 괴로웠다. 마리의 운명이 왜 이리 얄궂은지, 불행은 꼬리가 붙었나? 용제의 죽음이 1년도 안 되었는데…. 그녀의 입에서 탄식이 절로 흘러나왔다. 혜린은 갑자기 집에 두고 온 용제와 미란이가 걱정되어 잰걸음으로 집으로 왔다. 미란은 어머니를 보자 뛰어와 혜린이 품에 착 달라붙어 떨어질 줄을 몰랐다.

용제가 걱정스러운 눈으로 물었다.

"마리가 다리 병신이 된대요?"

혜린은 말없이 미란을 안고 마루에 앉아 잿빛 하늘을 쳐다봤다. 하느님도 소용없어. 하늘에 대고 삿대질이라도 하고 싶은 심정이었다. 절름발이 될까 걱정에 앞서 병원비를 어떻게 마련해야 할지 막막했다. 그때 옆집 복실 엄마가 달려와 혜린을 보고 귀띔했다.

"재를 세 개 넘어가면 두메산골에 용하다는 사주보는 도사한테 물어 보이소. 마리 팔자가 병신 될 팔자잉가?"

다음날 최혜린은 꼭두새벽에 일어났다. 복실 엄마가 알려준 대로 그 용하다는 도사를 찾아 나섰다. 어둠 속에서 괴괴히 잠든 마을을 지나, 신작로를 걸었다. 새벽 여명이 밝아오자 산길로 접어들었다. 언덕을 넘어 점심때가 지나서야 다 쓰러져가는 초가집 앞에 도착했다. 혜린은 어둑한 방 안으로 들어갔다. 노인은 무명 바지저고리에 흰 마고자를 입고 양반다리로 앉아 있었다. 한눈에 보아도 범상치 않은 도사처럼 보였다. 긴 백발의 노인은 희고 긴 수염을 쓰다듬며 마리의 생년월일을 물었다.

"병신 될 팔자 아녀."

최혜린은 도사의 한마디에 힘이 솟았고 희망이 생겼다. 그 길로 걸음을 재촉해 고달픈 줄도 모르고 마을 산골을 지나 고개를 달음질쳐 내려왔다. 해가 산마루에 걸렸다. 산골의 해는 금방 꼴깍 넘어갔다. 서쪽 밤하늘에 노르스름한 초승달이 떴다. 걸음을 멈추고 숨을 헐떡이며 초승달을 바라보았다. 그녀의 볼을 타고 슬픔의 눈물인지 기쁨의 눈물인지 모를 눈물이 주르르 흘렀다. 그녀는 지금까지 고생한 세월을 생각하면서 회한에 잠겨 초승달을 친구삼아 집으로 향해 걸었다.

"마리는 진짜 내 인생을 찾아줬어. 용제도 잃은 마당에 마리까지 병신이 된다면 어떻게 살아가겠나? 그래, 도사의 말을 믿자!"

혜린은 어두운 신작로 자갈길을 뚜벅뚜벅 걸으며 눈물을 훔쳤다.

그날도 초승달이 뜬 날이었지. 혜린은 마리를 낳기 1년 전 파티를 떠올리며 애상愛想에 잠겨 걸었다.

1948년 12월 소련군이 북한에서 철수했다. 북한은 평화적으로 통일해야 한다는 제안을 내놓고 미군 철수를 압박하였다. 미군은 남한에서 주한미군 주든 명분이 사라졌다. 이승만 대통령의 반대에도 불구하고 1949년 1월부터 미군 철수가 시작될 무렵이었다.

3월 어느 날 여고 동창인 순임이가 최혜린이 집에 찾아왔다. 순임은 한국군 소장의 부인이 되어 있었다. 혜린은 순임과 메별한 후 혜린이 스무 세 살이 되어 한국에 와서 대학병원 원무과에 근무할 때 우연히 병원에서 순임을 만났다. 그때부터 서로 연락하며 가깝게 지냈다.

"넌 영어도 잘하고 교양도 있고 파티 문화도 잘 아니까 이 파티에 제격이야. 한국을 떠나는 미군 장성들을 위한 송별 파티야. 나라에 봉사한다고 쳐. 여성운동도 금지하여 외출도 못 하고 네 생활이 답답하잖아. 시집살이에서 숨도 쉴 겸, 파티에 참석하자."

"남편이 허락 안 할걸."

순임은 혜린의 볼을 꼬집고는 웃으며 말했다.

"이 바보야, 내 생일 초대 받았다고 하면 돼."

최혜린과 순임은 한복을 곱게 차려입고 공무차량으로 가회동 팔대가八大家의 집 앞에 내렸다. 돌계단을 올라가 높은 솟을대문으로 들어서자 대문 좌우로 광과 부엌이 보였다. 굵은 모래가 깔린 앞마당을 지나 중문으로 들어섰다. 대문 앞에서 서양 제복을 입은 하인이 그들을 안내했다. 동쪽으로 위치한 중문간을 들어서서 내·외벽을 돌아 들어갔다. 잔디가 곱게 깔린 넓은 정원에는 오래된 향나무와 단풍나무와 소나무가 보초병처럼 서 있었다. 사랑채와 안채가 복도로 연결되어 있었는데 사랑채 앞에 밑동이 굵고 키가 1m도 채 되지 않은 잘 다듬어진 소나무가 그들을 반겼다. 소나무는 이 집의 역사를 말해주듯 오랜 세월을 견뎌 온 것 같았다. 소나무 곁에 희미한 팔각 등이 그들의 발길을 비췄다. 사랑채 끝 일부가 2층이었다. 'ㄱ'자형의 안채 대청마루는 10칸이 넘어 보였다. 본채 전체 격자 문양의 유리문을 달아 대청마루 안의 불빛이 훤하게 보였다. 웬만한 고을의 동헌보다도 넓었다. 대청 마룻바닥은 곰솔로 반들반들 윤이 나고 매끄러웠다. 대청 가운데는 춤을 출 수 있도록 비어 있었고 벽 가 쪽의 테이블 위에는 아이스 버킷에 얼음을 채워 황금빛의 위스키병이 담겨 있었다. 그 옆에 튤립 모양의 길고 좁은 샴페인 잔들이 진열되었고 철갑상어알과 크

래커 중앙에 훈제연어와 치즈를 올린 카나페, 여러 종류의 샴페인 안주가 놓여 있었다. 남자들은 모두 정장 차림이었고 미국 여인들은 드레스 차림으로 한껏 멋을 부렸다. 순임의 남편은 몇몇 미군 장성에게 순임과 혜린을 인사시켰다. 축음기에서 음악이 흐르고 잔 부딪치는 소리, 조용히 웃는 소리, 담소 나누는 소리, 파티는 무르익어갔다. 혜린은 조금 전에 소개받은 미국인 장성과 블루스를 추었다. 한차례 블루스가 끝나자 멀리서 혜린의 모습을 지켜보고 있던 사내가 혜린 앞으로 다가와 정중하게 허리를 굽혀 춤을 신청했다.

"아니, 당신이…!"

혜린은 놀란 눈으로 사내를 바라보며 쓰러질 듯 휘청거렸다. 소스케였다. 소스케는 얼른 혜린의 손을 잡는 순간 축음기에서 노래가 흘러나왔다.

"Cheek To Cheek" 프레드 아스테어의 달콤한 노래에 빠져 그들은 춤을 추기 시작했다. 소스케는 왼손에 혜린의 떨고 있는 오른손바닥을 부드럽게 겹쳐 잡고 손가락을 가지런히 굽혀 모았다. 오른손은 매끈하게 펴서 혜린의 날개뼈에 가볍게 받치듯이 대었다. 소스케는 왼발부터 앞으로 빠르게 두 번 걷고 몸을 틀어 방향 전환을 하여 몸을 좌로 회전하면서 스텝을 밟았다. 혜린은 천사의 날개를 단 듯 가볍게 떠오른 발로 소스케가 주도하는 대로 스텝을 밟았다. 서로가 서로에게 보내는 눈부신 미소! 그 옛날 서로가 주고받았던 행복한 미소였다. 혜린은 미소를 짓는 소스케의 물기 어린 초롱초롱한 눈동자 속으로 빠져들었다.

"Heaven…. 나는 천국에 있어. 내 심장이 두근거려 말하기 힘들어. 그리고 내가 찾는 행복을 찾아낸 것 같아…. 이번 주 내내 나를 따라다니던 걱정들이 도박꾼의 운 좋은 연승처럼 사라진 것 같아…. 우리가 춤을 추는 동안 천국이에요…."

솜사탕같이 달콤하고 부드러운 목소리의 노래는 혜린의 코끝을 찡하게 했다. 어떤 제약도 받지 않는 자유롭고 행복한 지상 천국에 있었다. 서로를 쳐다보는 눈빛은 서로를 그리워하고 열정으로 불타올랐다.

춤이 끝나자 그들은 정원으로 나왔다. 혜린은 쌀쌀한 날씨에 한기를 느껴 어깨를 움츠렸다. 소스케가 양복 윗도리를 벗어 혜린의 어깨에 걸쳤다. 하늘엔 초승달이 떴다. 어두운 밤을 팔각 등만 희미하게 비췄다.

혜린은 조심스럽게 입을 뗐다.

"어떻게 여길…."

그는 고개를 들고 구름 사이로 아련하게 떠오른 초승달을 쳐다보며 말했다.

"많이 보고 싶었어. 혜린을 찾으려고도 노력했지. 우린 다시 만날 운명인가 봐."

소스케는 발밑을 쳐다보며 한숨을 쉬며 말했다.

"1941년 12월 진주만 공격 때 아버지가 돌아가시자 나는 바로 미국으로 갔지. 태평양 전쟁을 일으킨 내 조국이 파국으로 치닫는 게 싫었어. 일본 지도층들의 비인도주의적인 아집과 탐욕에 신물이 났지. 그들에게 희생당한 아버지가 바보 같았어. 국가 운명을 책임지는 정치가들의 판단이 무능의 극치였어. 히로시마와 나가사키에 원자폭탄으로 얼마나 많은 국민을 죽음으로 몰아넣었는지…. 아, 1945년 8월 15일 일본 천왕이 결국 항복했지만, 아이러니하게도 나는 미군 장성의 보좌관이 되어 한국까지 오게 되었어. 아버지는 하늘에서 이런 나를 보면 또 자결하라고 하실걸. 허허"

소스케는 쓸쓸하게 웃었다. 혜린도 따라 웃었다.

"우리 아버지는 한국에 와서 해방도 못 보고 돌아가셨어요. 형무소에서 고문당한 상처가 도져 병약해졌어요. 독립운동할 힘도 없고, 독립자금을 줄 사람도 없었고, 독립투사를 만나기 위해 상해로 갈 여력도 없었죠. 오빠마저 독립운동한다며 상해로 갔죠. 제 월급으로 부모님과 생활을 했어요. 우리 아버지도 살아계신다면 이 상황을 보시면 자결하라고 은장도를 내 밀어셨겠죠."

소스케는 유쾌한 듯 웃으며 말했다.

"두 분의 칼의 굴레에서 벗어난다고 생각하니 자유스러워지는군. 하하"

"호호"

혜린도 소스케 말에 공감이라 하듯 따라 웃었다.

그들은 붉은 벽돌로 된 중문을 나왔다. 사람의 그림자도 보이지 않고 조용했다. 소스케가 혜린의 손을 잡고 대문 옆의 광 문을 밀었다. 킥 소리를 내며 광 문이 열렸다. 소스케는 커다란 항아리 옆에 놓인 멍석을 깔고 그 위에 양복 윗도리를 펼쳤다. 소스케는 혜린을 조심스럽게 눕혔다. 두 사람은 포옹했고, 소스케는 혜린에게 속삭였다.

"이제 내 마음이 시키는 대로 할 거야. 그리고 내 행동에 책임을 질 것이고…."

전통적인 사회 규범을 경멸하고 모든 구속을 거부하는 두 마음의 결합이 서로 희열을 느꼈다. 서로의 몸은 뜨겁게 달아올라 사랑을 나누며 몸과 마음이 하나가 되었다.

파티장으로 돌아오는 길에 소스케는 수첩을 찢어 주소와 전화번호를 적어 혜린에게 주었다.

"혜린이 원한다면 미국으로 초청하고 싶어. 내가 한국에 머무는 주소야. 일주일 후에 미국으로 떠나. 꼭 올 거지?"

혜린은 한참 말이 없다가 입을 열었다.

"우리 두 사람은 그저 이 세상에서 가장 행복한 사람들이 되든지 가장 불행한 사람들이 되든지 둘 중 하나예요. 톨스토이의 안나 카레니나에서 나오는 말로 대신할게요."

혜린은 소스케를 찾아가지 않았다. 만약 그때 그를 찾아갔더라면 어떻게 되었을까? 혜린은 수없이 생각했다. 미치도록 그를 따라가고 싶었다. 이별 후에 찾아오는 사랑의 아픔을 또 겪다니….
혜린은 집에 돌아온 일주일 내내 떨리는 입술을 물고 찢어지는 가슴을 부여잡고 자신에게 말했다. 당신을 놓아준 내 마음을 아시나요! 당신을 향한 사랑보다 천륜을 저버릴 수 없었던 것을…. 그중에는 아버지에 대한 예의를 지키기 위함도 담겨 있었어요. 당신 말대로 우리는 파국으로 치닫는 운명인가 봐요. 혜린은 아무도 모르게 눈물을 수없이 삼켰다.

그해 4월에 최혜린은 입덧을 심하게 했다. 입덧이 가라앉을 동안 친정에 잠시 가 있겠다고 남편에게 말했다. 김태수는 화난 얼굴로 아무 말도 하지 않고 그러라고 했다. 김태수는 그간 아내와 잠자리를 하지 않았기 때문에 마음 안에서 질투와 분노가 끓었지만, 집안의 평화를 위해서, 자식을 생각해서 동해의 아들 처용이 되려고 마음먹었다. 시아버지는 마뜩잖아했다.

"입덧이 심하다고 친정을 가? 유난을 떨기는. 큰애, 둘째 셋째 때까지는 잘 참더구먼."

시어머니는 호의적이었다.

"이번 임신은 입덧이 유난히 심하다잖아요. 그만 친정으로 가라고 합시다."

시어머니와 남편의 설득으로 시아버지는 반승낙했다. 혜린은 해산할 때까지 친정에서 몸조리했다. 김태수는 해산할 때까지 한 번도 혜린을 찾아가지 않았다. 아기를 출산했다는 소식을 듣고서야 참모를 시켜 미역과 소고기를 보냈다.

"작은 주인님께서 한 달 후에 집으로 들어오시랍니다."

참모의 말을 들은 혜린은 2월 초에 아기를 안고 중림동 시댁으로 들어갔다. 김태수는 아기를 안아보지도 않고 슬쩍 곁눈으로 보고 말했다.

"당신을 빼닮았군. 너무 예뻐서 집 앞 고추나무라도 다 베어야 겠군. 짝사랑한 총각들이 목매달지도 모르니."

남편의 말은 아기에 대한 최대한 예우의 말로 들렸다. 혜린은 묵시적으로 자신을 용서한 의미로 받아들이기로 했다. 아기의 출생 비밀은 남편이 묵인하는 한 무덤까지 가져가리라 결심했다. 시아버지는 눈 밖에 난 며느리를 쳐다보지도 않았다. 시어머니는 하얀 피부에 콧날이 오뚝한 아기를 보고는 마리라고 이름 지어주었다.

"마리야, 성모님처럼 너도 세상의 어머니 역할을 하여라."

혜린은 그동안 피난 와서 바쁘게 사느라 시댁과 연락하지 않고 살았다. 사실은 시아버지의 냉정한 얼굴이 떠올라 시댁을 찾아갈 엄두가 안 났다. 시아버지의 눈총이 겁이 났지만, 병원비 마련을 위해 서울로 갔다.

중림동 살던 집은 그대로였다. 그녀는 반가운 마음에 문을 박차고 들어갔다. 낯선 여인이 대청마루에서 호통을 쳤다.

"남의 집 대문을 박차고 들어와요."

"아니 우리 집인데…."

혜린은 놀라서 말끝을 흐렸다.

"아, 전에 살던 며느리구나. 시아버지가 우리에게 팔았어요."

집주인인 듯한 여인이 혜린이 앞에 공책을 던졌다. 용호의 일기장이었다. 최혜린은 용호의 일기장을 주워 들고 맥없이 나와 시아버지가 있는 안양으로 갔다.

시아버지는 며느리를 보자 뒤돌아 앉았다. 후덕했던 시어머니는 전쟁 때문인지 외아들 잃은 슬픔 때문인지 며느리를 곱지 않은 시선으로 봤다. 시어머니는 한숨을 쉬며 말했다.

"이 늙은이도 살아가기 고달프다. 그 많은 땅을 나라에 빼앗기고 개성에 있던 선산마저 비무장지대로 바뀌었구나. 가지고 있었던 많은 국채도 종잇조각이 되어버렸어. 남은 것이라고는 과수원밖에 없단다. 게다가 할아버지는 울화병이 났어. 빼앗긴 재산도 재산이지만 행방불명 된 아범 생각에 식사도 제대로 못 하셔. 죽었는지 살았는지 아범의 행방도 모르고 산다는 것이 힘 드는구나. 중립동 집이랑 명동에 있는 상가는 아범을 거제 포로수용소에서 빼내오느라 다 날렸다. 경찰 국장 말로는 아범이 빨갱이 사상에 물이 들었다는군. 너희를 더는 도와줄 형편도 못 된다. 친정 가서 애들이랑 잘 살아. 마리가 교통사고가 났다니 보리쌀 반말을 가지고 가거라. 줄게 이것밖에 없구나."

혜린은 시어머니에게 다그쳐 물었다.

"아범이 거제 포로수용소에서 살아 있었더란 말입니까?"

"아범이 3일 후에 보자고 해서 포로수용소에 갔더니 면회가 안되더구나. 그건 그렇고 너에게 책임이 있어."

시어머니의 말은 비수가 되어 혜린의 가슴에 꽂았다.

혜린은 악에 받쳐 시어머니에게 대들었다.

"제가 뭘 잘못한 거예요?"

"아내가 되어 밖으로 부인회인가 뭔가 한답시고 싸돌아다니고 착한 남편 마음 하나 잡지 못하고 빨갱이 사상에 물들게 했으니, 쯧쯧 우리 집안이 풍비박산이 났으니 앞으로 두 노인네 어떻게 살아갈지 어득하기만 하다! 거제 포로수용소에 폭동이 있었다는 말은 들었다만, 지금까지 소식이 없는 걸 보면 착하기만 한 아범은 그때 죽었을 것 같다."

최혜린은 시어머니의 말을 믿지 않았다. 남편이 살아 있으리라는 희망을 품고 살았다. 시어머니가 준 보리쌀 자루를 머리에 이고 과수원을 나섰다. 인덕원 흙길의 신작로를 터덜터덜 걸었다. 땀에 젖은 얼굴에 햇볕이 따갑게 내리쬐었다. 정수리가 뜨끈뜨끈 익는 듯했다. 정수리와 고개가 아팠다. 들판에 아롱아롱 피어오르는 아지랑이 사이로 시아버지의 독기 서린 얼굴이 어른거렸다.

이리 오너라! 한밤중에 야경꾼의 딱따기 소리가 들리기 일보 직전, 밤마실 가셨다가 대문 앞에서 소리 지르는 시아버지의 목소리가 들렸다. 혜린은 자다가 일어나 놀라서 방문을 찾지 못하고 네 방구석을 헤매던 생각이 났다. 침모와 머슴이 있어도 며느리가 문을 열어주어야 했던 시집살이. 야식을 차리는 것도 혜린이가 차려 대령했던 일, '아버지, 이런 집에 살면 얼마나 좋겠어요!' 문간 화장실에서 지나가던 거지 부자의 대화가 오히려 부럽던 일, 첫 아이 용호를 낳기 전까지 석녀가 아닌지 의심하며 눈총을 주던 시집살이의 서러움이 한꺼번에 몰려왔다. 그때 스트레스 때문인지 혜린은 시력이 갑자기 나빠져 안경을 끼게 되었다.

"모든 불운한 사태를 며느리 탓으로 돌리다니."

혜린은 울화가 치밀었다. 이고 있던 보리쌀 자루를 길 위에 패대기쳤다. 그녀는 복받치는 설움을 죽이며 이를 악물었다. 시댁 도움 없이 기필코 아이들을 잘 키울 거야. 보리쌀 자루를 버려둔 채 마음을 굳세게 먹고 꿋꿋이 발걸음을 옮겼다.

혜린은 도망간 군용트럭 운전기사도 찾지 못하고 국가로부터 보상도 받지 못했다. 당장 마리의 병원비를 마련할 길이 어려웠다. 혜린은 궁여지책으로 전세금을 빼서 더 싼 단칸방으로 이사했다.

3개월이 지나 깁스를 한 채 마리는 집으로 왔다. 한쪽 다리는 끈이 달린 막대기에 높이 매달았다. 끈 밑에는 무거운 모래주머니가 매달려 있었다.

"예쁜 마리, 잘 참았어. 절름발이 안 되려면 아파도 참고 치료받자. 참 착하지."

의사 선생이 마리의 머리를 쓰다듬고는 고개를 돌려 혜린에게 말했다.

"마리가 아프다고 하면 줄을 아래로 내려 주셨다가 다시 또 줄을 위로 당겨주세요. 지금부터 3년은 견뎌야 해요. 다리와 엉덩이 사이의 뼈이기도 하지만 어린아이 뼈라 물러서 똑바르게 잘 붙어야 절지 않게 되죠. 그리고 칼슘 함량이 높은 쇠고기, 생선, 미역 같은 음식을 먹이세요."

용호는 매일 개구리를 서너 마리씩 잡아 왔다. 어머니가 쇠고기 살 돈이 없는 줄 알기에 열심히 잡으려고 노력했다. 그러나 많이 잡지 못했다. 개구리가 볼을 볼록거리며 울 때 죽은 용제가 볼을 불룩거리며 우는 모습을 보는 것 같아 손이 떨렸다. 다리 밑 거지들이 개구리를 잡아 철조망에 쭉 걸어 말렸다. 용호는 그 개구리를 훔치고 싶었지만, 양심상 벼룩이 간을 내먹었으면 먹었지, 거지의 개구리를 훔치는 짓은 거지만도 못하다고 생각했다. 추운 겨울엔 돌로 냇물의 바위를 치면 돌 밑에 겨울잠을 자는 개구리가 비실비실 밖으로 나오면 애처로웠다. 마리를 위해 두 눈을 꼭 감고 잡았다. 할머니는 개구리 다리를 숯불에 구워 마리만 먹였다. 마리는 "맛있어."라며 작은 입을 오물거렸다. 숯불에 굽는 개구리 냄새는 고소했다. 용호와 미란은 그 냄새에 먹고 싶은 충동이 일어났지만, 입맛만 다시곤 마리를 위해서 참았다. 좁은 단칸방에서 다섯 식구 부대끼며 산 덕에 가족애가 개구리 냄새처럼 고소하니 남달랐다.

할머니는 마리를 위해 매일 새벽 기도하러 성당에 다녔다. 성당 신부님은 피난민에게 주는 초콜릿이나 비스킷과 옷 등을 가지고 와서 마리에게 주며 기도했다. 할머니는 민간요법으로 뼈에 좋다며 미란의 똥을 끓여 걸러서 맑은 똥물을 마리에게 먹였다. 할머니의 기도와 온 가족의 보살핌으로 마리는 혈색도 돌아오고 많이 좋아졌다. 마리는 몸을 움직일 수 없어서 맑은 큰 눈을 뜨고 고개만 좌우로 움직였다. 머리카락은 엉겨 붙어 떡이 되었다.

"주사, 쪼매만 놓고 가세예."

마리는 간호사에게 애원했다. 간호사가 매일 집에 와서 하루에

4대씩 주사를 놓았다. 마리는 아파도 맞긴 맞아야 낫는다는 생각
에 애원하며 고개를 도리도리 흔들었다. 마리의 애처로운 말소리
에 혜린은 눈시울이 뜨거워졌다. 전세에서 뺀 돈은 병원비로 다 썼
다. 임시 교사 월급으로는 마리 병원비는커녕 생활비 대기도 벅찼
다. 혜린은 생각다 못해 순임에게 구원 요청의 편지를 썼다. 취직
을 부탁한 순임에게서 답장이 왔다.

최혜린은 친정어머니에게 아이들을 맡기고 교사 월급보다 3배
나 많이 주는 화신백화점 부지배인으로 가게 되었다. 언감생심 꿈
도 못 꿀 직책이었다. 순임의 인맥 덕이었다. 혜린은 월급에서 최
소한으로 줄인 자신의 생계비를 제하고 매달 마리의 병원비와 가
족들의 생활비로 보냈다.

어느 날 제대로 못 먹고 빈한하게 사는 혜린을 보고 순임이 말
했다.

"너 정말 아이들 키우기 힘들면 홀트 아동복지 소개해주랴? 애
들을 위해 미국으로 입양 보내는 것도 한 방법이야."

순임의 우정어린 말에 혜린은 버럭 화를 냈다.

"내가 혀를 깨물고 죽었으면 죽었지, 입양 같은 소리는 다시는
꺼내지도 말어."

혜린의 단호한 말에 순임은 다시는 말을 꺼내지 않았다.

3년이 흘렀다. 마리는 약간 절뚝거렸지만 완치되었다. 달아매었
던 나무 막대기도 치웠다. 매달렸던 한쪽 다리는 성한 다리에 비해
꼬챙이 같이 말랐다. 용호가 개구리를 잡아 마리를 먹인 숫자만 해

도 수백 마리가 넘었다. 용호는 마리의 건강을 위해 일조를 했다는
마음에 뿌듯했다.

용호의 첫사랑

어머니는 외할머니의 임종을 지켜보며 눈물을 한없이 쏟아냈다. 그 모습을 곁에서 본 용호도 덩달아 울먹거렸다. 외할머니는 맑은 눈으로 어머니를 쳐다보며 숨을 몰아쉬었다. 마리는 어머니의 무릎에 앉아 흐르는 어머니의 눈물을 손으로 연신 닦아주며 즐거워했다. 마리는 할머니의 죽음보다 어머니와 함께 있다는 게 마냥 좋을 뿐이었다. 서울로 일 나간 어머니의 빈자리를 할머니는 더는 대신할 수가 없었기 때문에 용호도 이제 어머니와 함께 살 수 있게 되어 희망에 부풀었다.

남택과 친지들의 부의로 장례를 치른 후 혜린의 둘째아버지가 말했다.

"서울로 올라가서 살 거니?"

"아니요. 이미 사표를 냈어요." 혜린은 시무룩한 표정으로 말했다.

"그럼, 막내 아버지와 사촌들도 모두 울산에 자리 잡고 있으니 너도 아이들과 울산으로 거처를 옮기는 것이 어떻겠냐?"

막내 숙모는 혜린의 손을 잡고 인정스러운 얼굴로 말했다.

"그래라, 마침 숙모 친척이 부산에서 방직공장 사장이라, 방직공장에서 나오는 포목을 받아 울산에서 포목점을 차릴 수 있게 내가 알아보마."

최혜린은 울산으로 거처를 옮겼다. 퇴직금과 순임에게 무이자로 빌린 돈으로 만석꾼 집의 별채에 세를 들고 점포도 얻었다. 그 당시 인기 있었던 포플린, 양복 안감용으로 광택이 나는 태피터, 옥양목, 광목, 비단 등을 받아 팔았다. 장사는 그런대로 되었다.

만석꾼 집은 대궐같이 넓었다. 대문이 집채를 이루었다. 턱이 높은 대문채는 오른쪽에 작은 방이 왼쪽엔 외양간이 붙어 있었다. 외양간에는 소가 없었다. 농기구들만 쌓였다. 집 안에서 대문을 열면 흙바닥의 공간이 있고 또 대문을 열어야 밖으로 나갔다. 밖에서 두 개의 대문을 열고 들어오면 작은 마당이 있었다. 작은 마당 오른쪽에 좁은 대문이 달린 별채가 있었고 가운데 돌계단으로 올라서면 굵은 모래가 깔린 큰 마당이었다. 별채는 안채와 등을 지고 있어 안채와는 구분되었다. 툇마루가 있는 방 2개에 부엌이 딸린 별채는 주인집과 분리되었다. 혜린은 집주인의 눈치 보지 않고 살아서 좋았다. 이전에 살던 단칸방에 비하면 고대광실이었다. 집안에는 종일 아이들 웃음소리로 가득했다. 마리의 빼빼 말랐던 다친 다리도 살이 올라 두 다리가 똑같이 되었다. 마리는 절름거리지도 않고 초등학교에 입학했다. 용호는 중학교 2학년, 미란은 월반해서 초등학교 6학년으로 전학을 왔다. 혜린은 삼 남매 천진무구한 웃음소리를 들으면 어느새 온갖 걱정, 근심이 사라졌다. 팍팍한 생활이지만 온 가족이 함께 모여 밥도 먹고 정담도 나누며 살게 되어 이제 살맛이 났다.

용호는 큰 마당에서 우러러볼 정도로 높은 죽담 위의 안채에 위엄을 느껴 감히 범접하기가 어려웠다. 정원에는 달리아, 봉숭아, 채송화, 파초 등 빨강. 노랑 분홍, 자주색, 각각 제 색을 뽐내며 피었다. 안채 넓은 대청마루에서 가끔 예쁜 소녀가 핼쑥한 얼굴로 바이올린을 켰다. 용호는 정원 뒤에 숨어 그 소녀를 훔쳐보곤 했다. 학교 가는 길이 같은 방향이라 소녀와 자주 마주쳤다. 용호와 눈이 마주치면 소녀는 수줍은 듯 살짝 미소를 지으며 눈을 아래로 깔았다. 소녀는 중 1학년이었다.

어느 날 용호는 학교가 파하고 집으로 오는 길목에서 소녀를 기다렸다. 소녀가 저만치 보이자 소녀와 나란히 걸었다.

"집으로 가니?"

용호가 말했다.

"응"

소녀가 대답했다.

"너 바이올린 켜는 소리 듣기 좋더라. 바이올린 연주가가 될 거니?"

"아니, 엄마가 하라고 해서….."

"난 김용호라 해. 넌 이름이 뭐니?"

소녀는 작은 목소리로 말했다.

"박유리"

"유리, 이름 이쁘다!"

"우리 아버지는 6·25 때 행방불명 되었어. 그래도 일본에서 대학 나온 아버지가 자랑스러워. 유리도 아빠가 안 계시는 것 같은데….."

"아빠는 운동선수였어. 일본에 갔다가 한국으로 돌아오는 길에 대한해협을 건너면서 행방불명이 되었어. 그 사실밖에 몰라."

아버지에 대한 같은 상처를 안고 있다는 사실에 둘은 급속도로 가까워졌다.

토요일 오후 어느 날 용호는 학교에서 돌아와 유리를 대문 앞에서 만났다. 용호는 유리의 손을 잡고 집채 대문으로 들어갔다. 용호는 대문 안쪽의 빗장(목재 막대)을 홈이 파인 둔테(빗장걸이)에 끼워 넣었다. 양쪽 문에 부착된 물고기 모양의 둔테는 그들에게 수호 방패가 되었다.

"이제 밖에서 안으로 들어올 수가 없어."

용호는 안채로 향한 대문도 꼭 닫았다. 안채로 향한 대문에는 빗장이 없었다. 안은 어두웠지만 아늑했다. 벌어진 문 틈새로 가는 햇살이 비껴들어 왔다. 햇살은 어둠 속에서 한 줄기 긴 줄처럼 보였다.

용호는 유리의 손을 잡고 들어오는 햇살에 손목을 갖다 댔다. 햇살은 그들의 손목에 황금 줄이 감긴 것처럼 비쳤다.

"우리는 햇살에 묶였어. 이 문이 열려야 풀려."

유리는 말끄러미 용호를 바라보며 미소를 지었다.

"풀어줘"

"내가 풀어줄게"

용호는 안채로 향한 대문을 활짝 열었다. 햇볕이 환하게 쏟아졌다. 유리는 돌계단으로 나비처럼 팔랑거리며 올라갔다. 용호는 유리의 뒷모습을 물끄러미 바라볼 뿐이었다. '쾅쾅' 대문 두드리는 소리가 들렸다.

"누가 대문을 걸어 잠갔노?"

용호는 얼른 대문의 빗장을 열고는 쏜살같이 집안으로 달아났다.

좋은 성적은 아니었지만, 용호는 부산에 있는 일류 고등학교에 합격했다. 시골 중학교에서 도시 학교에 합격하기란 매우 어려웠다. 해마다 합격자가 중3 전체 학생 수에서 한두 명이 나올까 말까 했다.

용호는 '高'가 달린 교모를 쓰고 똥 구두(헌 군화를 재생한 것)를 신고 멋스럽게 교복의 앞 단추를 잠그지 않고 바다가 있는 큰 도시로 떠났다. 어머니의 외가 쪽으로 먼 친척이 하는 포목점에서 하숙했다.

용호는 인격과 실력을 갖춘 훌륭한 선생님 밑에서 배우게 되어 자긍심을 갖고 학교생활을 했다. 당대의 석학들의 훌륭한 선생님의 지도에 긍지를 가졌고 올곧게 살 수 있는 원동력이 되었다. 아스라이 한 겨레가…. 용호는 운동장 조례 때마다 교가를 힘차게 불렀다. 윤이상이 작곡한 교가의 첫 소절부터 용호의 마음에 와닿았다. 6.25의 고난이 아스라이 떠올라 극복한 자신이 자랑스러워 힘차게 불렀다.

방학이 되어 울산 집에 오면 용호는 교모를 쓰고 교복을 입고 시내를 뽐내며 거들먹거리며 다녔다. 부산고등학교 다니는 그 자체만으로도 대단한 자긍심을 갖게 했다.

"멋져! 교복 입은 모습이!"

유리는 교복을 입은 용호의 모습을 좋아했다. 용호는 유리를 만날 때마다 꼭 교복을 입고 나갔다.

고2 무더운 여름방학 어느 날 용호는 사람이 잘 안 다닐 때를 골라 유리를 불러 대문채로 데리고 들어갔다. 바깥 대문을 안쪽에서 빗장을 걸고 안채 쪽의 대문도 닫았다. 대문 안은 시원했다. 흙냄새가 코밑으로 훅 들어왔다. 포근한 흙냄새가 좋았다. 유리에게서 뿜어져 나오는 순수한 향기 같았다. 용호의 첫사랑은 코밑에서 시작되었다. 둘은 흙바닥에 앉아 도란도란 재미있게 이야기를 나누었다.

"유리야. 우리 학교 교훈 3개 가운데 '감사하자'가 제일 마음에 들거든. 'thank'의 어원이 'think'에서 나왔듯이 감사하려면 생각해야 해. 세상을 살면서 원망할 수밖에 없는 상황에서도 생각하면 감사할 일이 많더라고. 전쟁 중에도 살아남은 거 하며, 공산국가가 아닌 민주주의 대한민국에서 가족이 함께 살고, 부산고등학교에 다니는 것도 감사할 일이지만, 무엇보다 유리를 만나서 감사해."

유리는 용호를 보고 그저 눈웃음쳤다. 안쪽 대문의 벌어진 틈새로 한 줄기 빛이 들어왔다. 용호는 유리의 손을 잡았다. 손목을 빛 쪽으로 갖다 대자 손목에 흰 빛살이 감겼다.

"우리 두 손목은 빛살에 묶였어."

"아이코, 배야!"

갑자기 유리가 배를 움켜잡고 새우처럼 몸을 웅크렸다. 용호는 뱃병이 난 줄 알고 걱정되었다. 유리가 용호의 손을 끌어다 배를 만지게 했다. 용호는 유리의 얇은 살구색 블라우스 밑으로 볼록이 솟아오른 가슴 아래의 말랑한 배의 촉감이 느껴졌다. 용호가 유리의 배를 살살 문질렀다. 용호의 심장은 쿵쾅대며 두근두근 뛰었다. 몽정을 하는 것 같은 쾌감이 아랫도리에서 번져 옴을 느꼈다. 유리는 용호가 하는 대로 가만히 있었다. 한참 동안 짜릿한 전율에 도취해 있던 용호가 말했다.

"이제 괜찮아!"

"해해, 거짓부렁이지롱."

조금 전까지만 해도 배가 아프다던 유리는 천연덕스레 잔뜩 웅크린 몸을 폈다.

"앙큼하게 나를 속여."

용호는 웃으며 유리의 겨드랑이를 간질였다. 유리는 재미있어 죽겠는지 용호의 가슴을 주먹으로 콩닥콩닥 치면서 깔깔거렸다. 그때 안쪽 대문이 끽하고 열렸다.

"이것들이 무슨 짓이냐."

유리의 할머니였다. 할머니는 용호의 뺨을 후려쳤다.

"피난민인 주제에, 불쌍하게 봐줬더니. 앞으로 유리 곁에 얼씬도 하지 마."

할머니는 유리의 팔을 끌고 안채로 올라갔다.

"아직도 나는 피난민인가?"

사람의 됨됨이를 보지 않고 용호의 불우한 가정환경을 보고 말하는 할머니가 너무 비열하다고 생각했다. 유리의 할머니는 가문과 가족의 부와 특히 아버지의 권력에 대해 먼저 따져 그 자식을 판단했다. 용호는 모진 전쟁을 겪음으로써 진정한 행복을 찾을 수 있었다고 감사했는데, 그 전쟁은 지금에야 모질게 심적 타격을 안겨주었다. 용호는 얼얼한 뺨을 만지며 할머니가 유리에게 야단치는 소리를 들었다.

"아버지도 없는 애야. 절대로 가까이하지 마, 한 번 더 들켰다간 학교도 못 갈 줄 알어."

할머니는 회초리로 유리의 손바닥을 때렸다. 그날로 유리의 할머니는 혜린을 불러 앙칼지게 말했다.

"자식 교육 똑똑히 해요. 아비 없는 자식이란 소리 듣지 않게.

당장 집을 비워요."

혜린은 아비 없는 자식이란 말에 잔뜩 자존심이 상해 바로 점포의 2층으로 이사했다. 쌓아놓은 포목과 잡동사니 물건들을 치우고 방안은 좁았지만 아쉬운 대로 생활했다.

용호는 유리를 만날 수가 없었다. 첫사랑의 실연으로 용호는 미국의 영화배우 '제임스 딘'이 되고자 했다. 전후 1950년대 불안과 혼란스럽고 반항적인 청춘의 상징이었던 '딘'은 그의 우상이었다. 영화 속의 '딘'처럼 행동했다. 사복을 입고 학생 입장 불가인 〈에덴의 동쪽〉〈이유 없는 반항〉〈자이언트〉 등 제임스딘이 나오는 영화라면 다 보았다. 용호는 '이유 없는 반항'에서 사회 부조리를 느끼고 고뇌하는 주인공 양 행동했다. 교복의 윗단추는 풀어 제치고 다리는 건들거리며 한쪽 입꼬리만 올려 허무의 썩은 미소를 날렸다. 용호의 눈동자에는 고독과 우울한 눈빛이 서려 있었고 행동은 반항이 깃들여 있었다. 자연히 공부는 소홀히 하여 성적은 밑바닥을 기었다.

"용호야, 젊어서 공부를 소홀히 하면 미래가 죽는다."

어머니의 훈육에도 소용이 없었다. 용호는 어머니가 싫어하던, 잘못된 방향이라고 말하던 온전한 현존인 나로서 살고 싶었다.

삶의 모든 것이 원활하게 진행되는 기적의 길엔 반드시 특징적으로 숨겨져 있는 장애물이 있기 마련이었다. 용호는 그 장애물에 걸려 교과서 대신 야한 잡지와 바둑 서적을 넣은 가방을 옆구리에 끼고 기원棋院을 기웃거렸다. 용호는 가끔 학교를 땡땡이치고 기원

에 나가 영감들과 돈내기 바둑을 두었다. 똥 구두 한 켤레로 고등
학교 3년을 때울 요량으로 졸업할 날만 기다리고 있었다.

부정선거와
신원조회

시오야에게서 편지와 잡지〈문예춘추〉가 왔다. 편지에는 일본에
한 번 오라는 내용이었다. 혜린이 한 달에 편지를 2번 보내면 시오
야는 8번을 보내왔다. 그만큼 서로가 만나지 않아도 항상 가까이
있는 것처럼 느꼈다. 매달 잡지〈문예춘추文藝春秋〉도 잊지 않고 보
냈다. 일본에서 최대 발매 부수를 기록한 월간지였다. 새로운 지식
이나 국내외 정세를 한국에서 발간한 신문이나 잡지보다 문예춘추
가 먼저 발표했다.

혜린은 금방 도착한 문예춘추를 펼쳐 읽기 시작했다. 자유당이
정족수 미달이었던 헌법 개정안을 반올림으로 '사사오입 개헌'안
을 가결하여 헌법을 마음대로 개정하여 독재정치와 정경유착으로

자유당의 부정 축재를 일삼는 이승만 정권에 대한 비판이 실려있었다.

혜린은 나라 걱정이 앞섰다. 나라만 정의롭고 공정한 사회가 되어간다면 최혜린으로서는 지금이 가장 행복했다. 역경과 고난에도 불구하고 애오라지 자식을 위해 살아온 보람을 느끼고 있었던 터였다. 아들 용호는 울산에서 모두가 부러워하는 부산고등학교 3학년이 되었고, 딸 미란은 부산에서 최고로 알려진 경남여고에 입학하였다. 자식들은 혜린의 가슴에 단 자랑스러운 훈장이자 생명이요, 기쁨, 희망이었다. 혜린이 울산에서 서울과 인연을 끊고 유배 생활처럼 사는 동안, 나라는 그렇지 않았다. 나라는 시끄러웠다. 사람들은 어렵게 자유민주주의 국가를 이룬 이승만의 그 신념은 어디로 간 것일까? 이 나라가 어떻게 될 것인지에 대해 얘기했다.

1960년 1월 말경, 혜린은 친구 순임으로부터 박순천 국회의원과 함께 울산에 온다는 연락을 받고 마음이 들떴다. 최혜린은 박순천과 인연이 끊어졌음에도 아직도 그녀를 흠모하고 있었다. 박순천과의 인연은 독립촉성애국부인회(계몽주의, 부수우익, 여성운동 단체)에 가입하면서부터 시작되었다. 1947년 용제를 낳고 산후 우울증으로 고생할 때였다. 친구 이순임의 소개로 독립촉성애국부인회의 부회장인 박순천 여사의 지도로 활동하게 되었다. 독립촉성애국부인회 후보로 박순천이 종로갑구에서 출마하자 순임과 혜린이 포함한 운동원들이 열성으로 나섰다. 운동원들은 '축첩 반대, 공창 폐지, 수탉들의 등쌀에 야윌 대로 야위었던 여권女權신장을 위해서도 여성들이 국회로 많이 진출해야 합니다.'를 외치는 여걸 박순천에게 완전히 매료되어 열렬히 성원했다. 혜린은 금가락지를, 순임은 현금을 선거사무소에 찬조했다. 다른 운동원들은 밥이야 떡이야 고기를 해 오는 등 잔칫집 분위기에서 선거를 치렀다. 그러나 혜린을 포함한 운동원들의 열성에도 불구하고 박순천을 비롯한 여성 후보자 18명 전원이 낙선하였다. 그만큼 남녀 차별의 벽은 높았다.

1년 후, 2월 독립촉성애국부인회와 서울시부인회가 합쳐져 대한부인회로 바뀌고도 혜린은 회장이 된 박순천을 따라 활동했다. 최혜린은 반장으로 임명되어 여성의 문맹퇴치운동에 열성적으로 활동했다. 우울증도 자연히 사라졌다.

어느 쌀쌀한 가을 장날이었다. 혜린과 순임은 시장길을 막고 지나가는 부인들에게 한글로 이름을 써 보라고 했다. 쓰지 못하는 사람은 시장에 들여보내지 않았다.

"지들이 뭔데, 먹고 살기도 힘든 판국에 무슨 한글 타령이야!"

몇몇 거센 부인들의 원성을 들었다. 혜린은 개의치 않고 문맹 퇴치와 계몽운동에 적극적으로 활동했다. 3개월 후에는 한글을 몰랐던 부인들이 읽고 쓸 수 있게 되자 기쁘고 보람도 느꼈다. 혜린은 자식을 키우는 보람을 큰 낙으로 삼았지만, 여성 의식교육을 위해 자신이 봉사할 수 있다는 것에 보람을 느꼈다.

1월의 날씨는 쌀쌀했다. 그러나 혜린의 마음은 봄날같이 화사했다. 혜린은 아침부터 점포 문을 닫고 강연에 갈 채비를 차렸다. 오랜만에 순임도 만나고 박순천 의원의 사이다 같은 시원시원한 강연을 듣는다는 게 여간 기쁜 것이 아니었다. 혜린은 머리를 빗질하다가 박순천 의원의 말이 생각나 피식 웃음이 나왔다.

'암탉이 울면 집안 망한다.'라고 비난하는 남성 국회의원들에게 "나랏일이 급한데 암탉 수탉 가리지 말고 써야지. 언제 저런 병아리를 길러서 쓰겠느냐. 암탉이 낳은 병아리가 저렇게 꼬꼬댁거리니 길러서 쓰려면 아직도 멀었다."

가부장제가 심하던 양반사회에서 여성의 입을 틀어막았던 남성에게 일격을 날리는 박 여사의 말에 혜린은 통쾌했었다. 여자라는 굴레에서 하지 못한 일을 박순천은 거침없이 실현하게 해 대리만족도 되어 순임과 혜린은 자기 일처럼 신바람을 내며 박순천 여사를 도왔다. 그러나 혜린은 가부장제의 벽을 넘지 못했다.

"암탉이 울면 집안이 망해! 어딜 싸돌아다녀."라며 시아버지의 호된 질책에 옴나위를 못 하고 가만히 있었다. 시아버지의 권위적인 강압으로 혜린은 대한부인회에서 2년을 활동하다가 그만두었다.

청중이 울산극장을 꽉 메웠다. 박순천 의원은 한복을 곱게 차려입고 머리는 단정히 빗어 뒤로 묶었다. 흐트러짐 없는 고결한 품성을 지닌, 여성으로서 품격이 있었고 카리스마가 넘치는 연설을 했다.

"정치하는 사람은 첫째는 애국심이 남달라야 하고, 둘째는 깨끗해야 합니다. 그렇지 않으면 누가 따르고 믿겠습니까. 여러분! 자유당 정부는 부패하고 반민주적 독재 상황이 되었습니다. 여러분! 민주주의 가치를 수호하기 위해 투쟁합시다!"

극장에 모인 청중들은 우레와 같은 박수를 보냈다. 강연이 끝나고 그날 오후 순임은 그들이 묵고 있는 여관으로 최혜린을 불렀다. 혜린은 박순천 앞에서 살포시 앉으며 큰절을 올렸다. 박순천은 혜린의 손을 덥석 잡았다.

"그동안 고생이 많았다는 소식을 이순임 당원에게서 들었소. 잘 이겨나가 줘서 고맙소. 사람은 누구나 한 가지 장점을 갖고 있소. 그 좋은 점들을 한데 모아서 쓸 수 있게 만드는 것이 지도자가 할 일이에요."

혜린은 세월을 뛰어넘어 마치 어제도 만난 듯 따뜻하게 맞잡아 주는 박순천 의원의 정겨운 눈빛에 그만 코끝이 찡하게 시어 왔다. 눈가에 눈물이 이슬방울처럼 대롱대롱 달렸다. 박순천 의원이 누구든지 많은 사람으로부터 존경받았던 것은 언제나 굽힘 없는 정의감과 관용, 따뜻함을 보여주었기 때문이라 혜린은 생각했다. 순임은 박순천 의원의 말을 받아 혜린을 향해 결의에 찬 눈빛으로 말했다.

"민주당 울산여성지부를 맡아 주지 않겠나?"

최혜린은 망설임 없이 단호하게 순임의 제의를 거절했다. 정치라면 신물이 났다.

"난, 어느 당이든 정치政治에는 관여하고 싶지 않아요. 그러나 민주당을 지지할 겁니다."

3월 15일 화창한 봄날이었다. 드디어 정·부통령투표 날이 왔다.

현직 부통령인 장면과 자유당 후보 이기붕의 재대결이었다. 최혜린은 아침 일찍 투표장으로 갔다. 투표자들을 3인 1조로 투표하게 하고 투표지를 투표함에 넣기 전에 자유당 참관인에게 보여주도록 하는 공개 투표를 시행했다. 최혜린은 이런 투표도 있나 분개했다. 그러나 고초와 불이익을 당할까 봐 겁이 나서 투표지를 슬쩍 보여주고는 투표함에 얼른 넣었다.

저물녘이었다. 혜린은 손님도 없는 가게에 앉아 물끄러미 밖을 바라보고 있었다. 갑자기 경찰차가 가게를 가로막고 섰다. 차에서 내린 경찰관 두 명이 가게 안으로 들어왔다. 그녀는 경찰관을 보자 가슴이 철렁하게 내려앉았다. 죄가 없어도 경찰관이라면 트라우마가 있어 심장이 벌렁거렸다. 홀쭉한 큰 키에 깡마른 경찰관이 혜린에게 말했다.

"경찰서로 가야겠습니다."

혜린은 점포 문을 닫고 영문도 모른 채 경찰차를 탔다. 삼산 벌판과 울산 시가지는 둑으로 나누어져 있었고 태화강을 가로질러 남쪽 삼산 벌판과 북쪽 시가지를 잇는 태화교가 놓여 있었다. 태화교 입구의 왼쪽은 성냥공장이, 오른쪽에 전기발전소가 자리 잡았다. 전기발전소 옆에서 시가지로 들어오는 어귀에 혜린의 점포가 있었다.

봄이 되면 민들레, 토끼풀, 달맞이꽃, 제비꽃, 여러 들꽃이 어우러져 핀 방죽의 비탈 아래로 태화강이 도도히 흐르고, 숱한 사람들의 사랑 역사는 잔디가 곱게 깔린 방죽길을 따라 태화강변에서 이루어졌다. 언젠가 얼굴이 뻘깃뻘깃 상기되어 강변 쪽에서 가게로 들어오는 용호를 보고 혜린은 방죽길에서 연애했구나, 짐작했던 일이 생각났다. 강물은 그렇게 많은 사랑의 역사를 삼키며 유유히 멈추지 않고 흘렀으리라….

차는 좁은 시내 중심가로 서행했다. 거리 좌우에서 상점의 불빛들이 하나둘 켜지기 시작했다. 혜린은 오늘따라 시가지 거리의 좌우 상점들과 사무소들이 정겹게 보였다. 차창 밖으로 보이는 전광사. 조양백화점을 지났다. 혜린의 눈은 사진기의 렌즈 앞에 있는 필터가 되어 선명하게 찍었다. 오늘이 마지막으로 보는 것처럼. 태화상회, 정신당 시계점을 지나 사거리의 가로수다방을 지났다. 가로수다방 여주인은 문학, 음악에 대해 혜린과 대화가 잘 통했고 특히 정치 이야기를 할 때면 의기투합하여 자유당 정권을 비난하기도 했다. 상업은행을 지나 오른쪽의 대동 병원을 지날 때는 유심히 보았다. 병원문은 불이 꺼진 채 닫혀있었다. 혜린은 '투쟁' 이라고 쓴 머리띠를 두르고 사사오입 개헌 선거 반대 데모들 틈에 끼어 있었던 병원장의 모습이 떠올랐다. 짱구박사 대서소와 영초당건재약방을 지나 막다른 도로에 마리가 다니는 울산국민학교가 보였다. 경찰차는 울산국민학교 앞에서 좌회전해서 소방서 옆, 2층 건물인 경찰서 앞에 세웠다. 혜린은 경찰서로 들어갔다. 취조실 문 옆 긴 의자에 다방 여주인과 병원장과 낯이 익은 두 사람이 초조한 모습으로 앉아 있었다. 다 아는 동네 사는 사람들이었다. 최혜린은 그들과 눈인사를 하고 취조실로 들어갔다. 땅딸막한 체구의 경찰관이 앉아 있었다. 책상 위에는 투표용지가 놓여 있었다. 혜린이 의자에 앉자마자 경찰관이 책상을 치며 다짜고짜 윽박지르며 소리쳤다.

"당신, 빨갱이지? 누구 사주를 받고 민주당 후보에 투표한 거야?"

옆 방에서 남자의 비명이 들렸다. 혜린은 6·25 때의 취조받던 악몽이 되살아나 무서웠지만, 이럴수록 약한 모습을 보여서 안 되겠다는 생각이 들었다. 혜린은 무테안경 너머 경찰관을 째려보며 쏘아붙였다.

"아니, 민주주의 사회에서 내 마음대로 투표 못 해요. 그리고 비밀 투표인데 어떻게 당신들이 내가 한 투표인 줄 알았단 말이에요. 당신이야말로 공산당 같은 행동을 하네요."

경찰은 난처한 표정을 지었다.

"여자니까 봐줍니다. 7일간 영업정지 처분을 내리겠소."

혜린은 취조실 문을 열고 나왔다. 병원장이 얼굴이 퍼렇게 멍이 들고 눈 주위가 퉁퉁 부어 눈을 뜨지도 못한 채 의자에 누워 있었다. 다방 여주인의 얼굴은 사색이 되어 혜린이가 나온 취조실로 막 들어가려는 참이었다. 혜린은 다방 여주인의 어깨를 토닥거리곤 경찰서 문을 열고 밖으로 나왔다. "휴, 고문할까 봐 엄청나게 떨었네. 내가 투표한 투표용지를 봤구먼." 혜린은 7일간 영업정지는 아무것도 아니라며 안도의 숨을 길게 내뿜었다. 경찰에서 곤욕을 치른 4명은 민주당 후보를 지지한 것이 확실해 보였다.

다음날 혜린은 신문을 보고 이를 갈았다. 자유당은 투표함을 열기도 전에 경찰과 내무부가 연합하여 투표 결과를 조작한 결과 이승만, 이기붕은 압도적인 승리를 거두었다. 마산에서는 수천 명의 시민이 부정선거의 부당함을 규탄하는 시위가 연일 열렸다. 8명이 사망하고 많은 부상자가 발생했다는 기사를 읽으면서 혜린은 분개했다.

"노인네가 노망이 났나? 그 밑에 참모진들이 늙은 대통령의 눈과 귀를 가려 민주주의를 갉아먹고 있으니…. 쯧쯧" 혜린은 혀를 찼다.

한 달 뒤 4월 12일, 혜린은 조간신문을 보고 깜짝 놀랐다. 마산상고 김주열 군의 오른쪽 눈에 최루탄이 박힌 채 부패도 되지 않은 꼿꼿한 사체가 마산 중앙부두에서 발견된 사진이 대문짝만하게 나왔다.

김주열의 산화散華는 전국적 시위의 기폭제가 되었다. 부산, 마산 지방 도시에서 고등학교 학생들이 불법 선거와 자유당과 경찰이 비민주적이고 억압적인 행위에 항의하는 시위가 들불처럼 일어났다는 신문보도를 읽어내려가면서 혜린은 아들 용호가 걱정되었다. 부산고등학교 3학년이 중심이 되어 데모한다는 소식을 듣고, 의협심이 강한 용호도 틀림없이 데모대에 참가했으리라는 생각에 불안했다. 혜린은 한 번도 쳐다보지도 않은 벽에 걸려 있는 십자가를 바라보았다. 친정어머니가 가지고 있었던 십자가였다. 친정어머니의 기도로 자랐던 자식들을 생각해서 그냥 걸어두었다. 기도 한번 한 적 없는 혜린은 다급한 나머지 십자가 밑에서 꿇어앉아 두 손을 모았다.

"하느님, 우리 아들 김용호, 보호하시고 무탈하게 해주세요!"

마음속에서 우러나오는 기도가 혜린의 얇은 입술을 떨리게 했다.

4.19가 터지고 4월 21일 내각은 전국의 혁명적 사태에 대한 책임을 지고 물러났을 때 자유당 간부가 밤에 혜린을 찾아왔다. 자유당 간부는 뚱뚱한 몸집에 개기름이 좌르르 흐르는 얼굴 판에 비굴한 웃음을 한 번 웃고 말했다.

"부탁합니더. 사실 진즉부터 아주머니 집의 동태를 살피고 있었심더. 부산고등학교 다니는 아들 때문인기라요. 아들에게 부탁해서 제발 우리 집은 습격하지 안캐 해주이소. 간절히 부탁합니데이."

자유당 간부는 두 손을 싹싹 빌었다. 부산고등학교 학생을 정의로운 심판자로 여겼나? 허허. 혜린은 헛웃음만 나왔다.

4월 26일 이승만이 사임을 발표한 날, '자유민주주의 만세!'를 외치며 울산에서 데모대들이 승리의 시가행진을 했다.

"아들이 부산고등학교 다니지 않습니꺼, 울산에 오지 않았으니 아들 대신 어무이가 앞장서이소."

청년들이 최혜린에게 앞장서기를 권유했다. 혜린은 사양했다.

김용호는 어머니의 간절한 설득으로 반항적인 태도를 버리고 재수를 해서 서울에 있는 공과대학에 입학하여 4년의 과정을 마치고 졸업했다. 어린 시절부터 꿈이었던 공군학사장교 시험에 지원해서 2차까지 시험에 합격한 상태였다. 신원조회만 남았다. 공군에서 조사관이 집을 방문했다. 최혜린과 김용호는 조사관을 맞이했다. 조사관은 짝 바라진 체구에 날카로운 눈빛이 예사 사람이 아니었다.

조사관이 말했다.

"본적에는 아버지 김태수가 행방불명이 되어 있는데 아버지 소식을 들은 적이 있나요?"

김용호가 말했다.

"우리 아버지는 6.25 때 북한에 납치당해서 생사를 모릅니다."

조사관은 아버지에 대해 직장, 학벌, 사상 등 여러 가지를 물었다. 김용호의 대답이 끝나자 조사관은 고개를 갸우뚱했다. 최혜린은 조사관을 똑바로 바라보고 말했다.

"무슨 문제라도 있나요?"

"아니요, 제가 결정하는 게 아니라 저는 사실 확인만 조사해서 보고만 합니다."

"그럼 아버지가 행방불명된 것이 문제가 되나요?"

"그건 모르겠어요. 사실만 확인하죠. 아직 우리나라엔 연좌제緣坐制가 있으니 부모의 사실관계뿐만 아니라 조부까지 연계해서 문제가 있는지 조사합니다."

최혜린은 남편의 사상이 마음에 걸려 물었다.

"조부나 부모의 사상 문제를 다룹니까?"

"국방의 비밀과 위험한 항공기를 다루는 곳이라 부모의 사상도

보지만 조부까지 연계해서 전과前科 여부와 정신적인 질환, 사회적
물의를 일으켰는지를 보지요. 얼마 전에 2차까지 합격하고도 조부
로 인해 불합격 처리된 사례가 있었죠. 조부가 성욕이 너무 강한
나머지 며느리에게 성폭행하고는 죄책감에 시장 한복판에서 스스
로 성기를 잘라 호주머니에 넣고 다니다 과다 출혈로 조부가 사망
한 사실을 동네 사람으로부터 확인했죠."

한 달이 지나서 불합격 통지서가 날아왔다. 용호는 미래가 안 보
였다. 의욕도 없었다. 꿈과 희망을 품고 세상의 대양大洋을 향해 나
가는 거선巨船이 풍랑을 만나 난파된 기분이었다. 망망대해의 거
친 파도와 싸우는 큰 배의 기관처럼 힘 있는 심장과 정신으로 인생
을 개척하고 이 나라의 발전에 이바지하는 인간이 되고자 했던 용
호였다. 아, 아버지가 나의 발목을 잡는구나! 김용호는 자기가 쌓
아온 신념이고 뭐고 허망하다는 생각에 될 대로 되라지 하는 자포
자기에 빠져 매일 막걸리에 취해 있었다. 그런 아들의 모습을 보는
혜린은 안쓰럽고 죄책감이 들었다. 혜린은 용호의 마음이 풀릴 때
까지 기다렸다. 몇 달 후 혜린은 술에 취해 있는 용호를 불러 앉
혔다.

"공군학사장교가 못 된다고 세상이 무너지냐! 세상이 뜻대로 되
지 않는다고 절망해! 사람들에게는 제각각 다른 길이 있어. 넌 젊
어, 이럴수록 새로운 길을 찾아봐야지. 너의 모험심과 도전정신은
어디로 갔니? 극복하려고 용기를 내야지, 술에 젖어 있으면 되겠
니! 네 인생 안에는 엄마도 있어."

혜린은 호되게 야단쳤지만, 용호는 쇠귀에 경 읽기로 점점 더 빗나갈 뿐이었다. 며칠 후 용호는 방랑시인 김삿갓처럼 방랑자가 되겠다며 가출을 해버렸다. 가출은 짧은 반항이거나 방황이라 생각하고 혜린은 용호를 내버려 두었다.

추운 겨울이었다. 마리는 겨울방학을 맞아 집에 와 있었고 미란은 직장에서 퇴근하여 저녁을 먹으려고 세 식구가 밥상 앞에 둘러 앉았다. 그때 방문 미닫이문을 밀면서 거지 중에 상거지가 방으로 들어왔다. 김용호였다. 그렇지 않아도 용호의 초강초강한 얼굴이 뼈만 남아 헬쑥했고 남루한 옷의 어깨는 축 처져있었다. 최혜린은 3개월 만에 거지가 되어 돌아온 아들을 붙들고 단호하게 말했다.

"이렇게 살 바엔 너하고 나하고 2층에서 뛰어내려 같이 죽자!"

최혜린의 독기 품은 완강한 태도였다. 용호의 팔을 잡고 창 쪽으로 향했다. 어머니가 진짜 뛰어내릴 기세에 미란과 마리는 곁에서 말리지도 못하고 바들바들 떨고 있었다. 김용호가 허리를 굽혀 손을 앞으로 내밀며 정중히 말했다.

"레이디 퍼스트! 여성 먼저! 제 인생 안에는 어머님이 먼저."

"발칙스럽긴!"

최혜린은 어이없어 용호의 얼굴을 바라보고 있다가 먼저 웃음을 터뜨리자 기다렸다는 듯이 모두 웃었다. 한바탕 웃음으로써 모든 상황은 종료되었다. 그 후 용호는 군대에 바로 입대했다.

미란은 회사에 사직서를 내고 삼남일녀의 둘째 아들인 평범한

회사원과 결혼하였다. 시부모는 시골에 살았다. 그들은 울산 옥교동에서 부엌이 딸린 방 한 칸을 얻어서 신접살이를 시작했다. 평범한 생활이 위대한 생활이란 것을 깨달은 미란은 남편을 위해 밥하고 빨래하고 남편이 출근한 뒤 커피를 마시며 책을 읽는 등 평범한 일상생활에 행복해하며 살았다.

변변한 가재도구 하나 없이도 신혼살림을 행복하게 꾸려가는 미란의 모습을 본 혜린은 결단을 내렸다. 곧 제대해서 돌아올 용호의 새로운 환경을 마련해주고 서울서 사범대학에 다니는 마리를 위해서 고향으로 상경하기로 마음먹었다. 점포를 정리하고 집을 팔아 명륜동 적산가옥을 사서 고급하숙을 치기로 계획을 세웠다. 시부모가 남겨준 안양과수원 포도밭은 팔아서 순임에게 빌린 돈을 갚고 남은 돈으로 울산에 집을 사둔 것이 공업단지 열풍으로 집값이 올라 큰돈을 쥐게 되었다.

이삿짐 트럭은 시원하게 뚫린 경부고속도로로 달리고 있었다. 개통한 지 2달이 지난 1970년 9월 일요일이었다. 달리는 차들이 별로 없었다. 한참을 달려야 자동차 한 대가 지나갔다. 차 창가에 앉은 마리가 반가운 나머지 지나가는 차를 향해 손을 흔들었다. 마리는 신이 나서 말했다.

"엄마, 울산에서 서울까지 13시간 걸린 것이 5시간 걸리면 오후 2시면 명륜동에 도착하겠네. 이제 서울과 부산이 일일생활권이네요."

차창 밖의 풍경을 바라보면서 혜린이 말했다.

"박정희 대통령이 고속도로는 잘 만들었어."

혜린은 21년 만에 온 가족이 서울에서 살 생각을 하니 감회가
새로웠다.

서울로 이사 온 집은 와룡동 창경원 돌담과 마주한 2층 적산가옥
이었다. 서울 사대문 안에 살기를 원한 혜린은 명륜동을 택했다. 집
이 낙후되어 재건축에 들어갔다. 유럽풍으로 빨간 기와지붕에 벽은
병아리 같은 노란 페인트를 칠했다. 2층 다다미도 새로 깔았다. 혜
린은 신바람이 나서 집수리에 피곤한 줄 몰랐다. 2층 창문에서 보
면 창경원 숲과 놀이기구가 보였다. 밤이면 동물원에서 호랑이가
포효했다. 그 울음소리는 깊은 숲속에 온 듯 웅장하게 들렸다.

하숙 손님은 대학교수와 재일교포 대학원생이었다. 식모를 두
었다. 혜린은 하숙 치는 일이 힘들지 않았다.

용호가 제대해서 집에 왔다. 용호는 믿음직스러운 군인정신으
로 부지런히 움직이더니 2주가 지나자 꽉 잡힌 군기는 온데간데없
이 빠지고 옛날 나태한 모습으로 돌아왔다. 날개가 꺾인 새처럼 주
저앉아 의지를 펼칠 생각도, 취직할 생각도, 이력서를 쓸 생각도
없이 집에서 빈둥거리고 있었다. 최혜린은 놀고먹는 아들을 볼 수
가 없어 김용호의 이력서를 손수 썼다. 이력서를 낸 회사만 해도
스무 군데가 넘었다. 용호는 스물두 번째 이력서를 낸 중소기업에
취직이 되었다. 혜린은 용호의 마음을 잡기 위해 순임의 중매로 서
둘러 결혼을 시켜 내보냈다. 용호는 어머니에게 효도라고 생각했
는지 시킨 대로 고분고분 말을 들었다. 마리도 사범대학을 졸업하

고 시골로 발령을 받아 떠났다. 혜린은 어미로서 의무를 다한 것
같아 뿌듯했다.

김마리

　버스가 험한 열두 재를 넘어 꽃다지 면에 도착했을 때, 해가 서산으로 뉘엿뉘엿 지고 있었다. 버스는 마리를 내려 주고는 곧 뿌연 먼지를 일으키고 저만큼 내달았다. 마리는 무거운 가방을 들고 자갈이 깔린 신작로를 걸었다. 지나다니는 사람들은 거의 없었다. 그녀는 한참을 걸어 신작로를 벗어나 산기슭에 옹기종기 모여 앉은 마을에 이르러 걸음을 멈추었다. 마을은 무척 조용했다. 3월의 바람결은 찼다. 마리는 옷깃을 여미며 뒤를 돌아보았다. 뱀이 기어가듯 유연한 곡선을 그려 가며 구불구불 뻗어 가고 있는 흙길이었다. 길은 하나다. 이 길은 산골짜기로 가는 길일 터, 좁은 길이라 할지라도 그 하나로서만 고립하여 있는 것이 아니라 다른 길과 연결되어 있을 것이다. 김마리는 구불구불한 좁은 흙길을 보며 생각했다. 자신의 교육신념대로 오지의 학교를 희망한 길이나, 독신자로 살아가겠다는 길이나, 참된 사람됨에 있다는 페스탈로치 교육이념이나, 자연주의자 자기 교육자 루소나, 진보적 교육운동가 듀이나, 전원 기숙사학교 선구자 리츠나, 결국, 이 이념들은 참된 인간을 만들고 참된 길로 인도하는데, 그 목적을 두는 한 길일 것이다. 산길은 원점으로 돌아가는 길. 마리는 원점으로 돌아가 자신이 선택한 길의 목적성을 발견할 수 있으리라고 믿었다. 그러나 그녀는 아버지에 대한 원망을 접기는 했어도 그 남자와의 이별로 남은 상처가 채 아물기 전에 도망치듯 서울을 빠져나와 자신의 꿈을 실현할 수 있을지 두려웠다.

그녀는 구성진 소리에 고개를 돌렸다. 마을 뒤 대나무 숲이 바람결에 일렁거려 낸 소리였다. 대숲 속에 숨바꼭질하듯 엎드린 기와지붕과 주황색 슬레이트 지붕들은 숨죽여 대나무 소리를 듣고 있었다. 분명 피리 소리 같았는데⋯. 대나무도 슬픈 소리를 내는구나. 하물며 인간인 나는 가슴 쓰라린 울음소리조차 못 내는구나. 그녀는 굴뚝에서 연기가 피어오르는 기와집으로 들어갔다.

"김샘, 오셨습니꺼. 춥지예. 방에 불 때났심더."

하숙집 아주머니가 마리를 반기며 가방을 받아들었다.

신학기가 시작되는 3월 첫 월요일, 김마리는 운동장 조례식 때 단상에서 인사를 한 후 중학교 2학년 국어 과목과 여학생반 담임을 맡았다. 면 소재지치고는 꽤 학교가 컸다. 남학생이 세 학급, 여학생이 두 학급이었다. 국어 시간이면 남녀학생들은 수업보다 마리의 외모를 두고 뒤떠들었다. 개교 이래, 서울에서 온 선생은 처음이었다.

"서울 사람은 다 김샘처럼 살결도 곱고 예뿐기라." 살결이 유난히 검은 정애는 서울에 가보기라도 한 것처럼 아는 체했다.

"뾰족한 콧날 하며 쌍꺼풀진 눈과 얄팍한 입술, 살뜨물 같은 흰 살결에 늘씬한 키 봐라, 양코배기 같제."

만기는 가물 탄 논바닥 같은 어머니 살결과는 비교가 안 되었는지 입을 헤 벌리고 마리를 쳐다보곤 말했다.

마리는 국어 시간에 특히 문해력을 강조했다.

"한글을 읽고 쓰는 것뿐만 아니라 글을 정확하게 이해하는 문해력을 지녀야 해요. 문해력이란 삶을 행동하고 실천하는 힘입니다. 그 작은 실천이 세상을 바꾸기도 한답니다. 여러분의 문해력과 꿈을 키우는 데는 독서가 많은 도움을 줍니다. 그래서 고전경시반에도 많이 참여하고 한글을 모르는 학생들은 방과 후 남기로 해요."

그녀는 국어를 가르치면서 고전경시대회 출전을 위한 지도교사였다. 방과 후 도서관에서 고전경시반 학생과 받침 있는 글을 읽기 어려워하는 학생들도 남게 하여 한글을 새로 가르쳤다. 그 당시 국가 교육 정책으로 고전경시대회가 있었다. 지정된 고전은 중학생용 명심보감, 논어, 소학, 이순신, 이율곡, 플루타르크 영웅전, 일리아드와 오디세이 등 문교부에서 쉽게 다시 꾸민 책을 학교에서 의무적으로 구매해서 학생들에게 읽혔다. 최고의 영예는 도 대회에서 받는 상이었다. 도 대회에서 우승하면 상금과 부상으로 학교에 도서가 지급되었다. 마리는 학생들에게 책을 읽히려는 목적도 있었지만 고전경시대회를 통해 도서관에 도서를 마련하려는 속셈도 있었다.

2학년 교실은 판자에 검정 타르를 칠한 낡은 교사校舍로 앞에는 꽃밭 대신 벚나무가 일렬로 서 있어 벚꽃에 묻혀 있었다. 그 교사 끄트머리에 한 칸을 반으로 막아 도서관으로 사용했다. 곰팡냄새가 퀴퀴한 도서관의 창문을 열자 꽃잎이 날아와서 책상 위에 떨어졌다. 마리는 문을 열어 놓은 채 학생들을 지도했다. 퇴근하는 동료 교사들은 지나가면서 핀잔인지 칭찬인지 한마디씩 했다.

"김샘, 대강 철저히 하이소."

그녀는 미소만 지었다.

어느 날 교감 선생이 그녀를 불렀다.

"김 선생, 여학생 1명과 남학생 3명이 술을 마시며 혼숙을 했다는 제보가 들어왔어요. 그 여학생은 김 선생 반 아이라 담임으로서 그 여학생 집을 방문하여 부모님을 만나 이 상황을 알리고 학생에겐 성교육을 시키도록 하세요."

4월의 꽃샘바람은 찼다. 서편 하늘가로 붉은 노을이 지고 있었다. 그녀는 벚꽃이 만발한 둑길을 지나 어스름한 시장통으로 걸어갔다. 여학생의 집은 5일 장이 서는 시장터에 있었다. 기둥에 지붕만 올려져 있는 장터가 끝나는 즈음에 그 학생의 집이 보였다. 그 여학생은 할머니와 단둘이 살았다. 장날마다 시장 손님상대로 밥도 팔고 술도 파는 국밥집이었다. 요즘은 소문을 듣고 심심찮게 찾아드는 손님이 있는지 매일 문을 열었다. 그녀는 삐걱거리는 문을 간신히 열고 안으로 들어섰다. 회색 스웨터에 땟국으로 얼룩진 앞치마를 두른 할머니가 앉아서 꾸벅꾸벅 졸고 있었다. 평일이라 그런지 저녁때인데도 손님이 없었다.

"안녕하세요. 정애 담임입니다."

할머니는 벌떡 일어나 눈을 비비며 마리에게 의자를 권했다.

"아이코 선상님 어짠 일인교. 정애는 학교에서 공부 잘하고 있습니꺼."

"네"

정애 할머니는 가슴을 치며 말했다.

"불쌍한 정앰더. 에미, 에비가 이웃 마을로 새마을 운동 견학 가다가 버스가 전복되는 바람에 세상을 떠났지예. 뭐 할라꼬 둘이 같이 견학을 갔던공…… 정애한테 이 늙은 외할매뿐인기라요. 비록이 할매가 걸배이 같이 살아도 정애 조것이 이 할매한테는 보물단지라예. 정애를 이번에 새로 생긴 상업고등핵교까지 보내는 것이 원입니더."

마리는 힘주어 말했다.

"그렇게 될 거예요."

그녀는 할머니의 손을 맞잡고 인사하곤 정애만 데리고 밖으로 나왔다. 어두워진 시장통에 펼쳐 놓은 평상에 둘은 앉았다. 멀리서 개 짖는 소리가 들릴 뿐 인적이 드물었다. 성교육의 지식이 없는 그녀로서는 어떻게 지도해야 할지 몰랐다. 난감했다. 그녀는 시골 학생들이 도시 학생들보다 더 순진하고 순수하다고 생각했었다. 그래서 청소년 성 문제는 생각지도 않았다. 그녀는 거창하게 성교육이랄 것도 없이 평소에 자신이 품고 있었던 성에 관해 이야기하기로 마음먹고, 한참 뜸을 들이다가 입을 열었다.

"정애야, 부모님 안 계셔서 아주 외로웠겠다. 할머니가 너를 귀한 보물단지로 여기시더라. 할머닌 너를 상업학교까지 보내고 싶어 하셔. 할머니를 실망하게 하지 않도록 최선을 다해야겠지. 너…. 술 마시고 남학생들한테 폭행당한 적 있니?"

정애는 예상치 못한 질문에 당황하여 입을 열지 못하고 어름적거리다가 풀 죽은 목소리로 말했다.

"언지예, 남학생이랑 술은 마셨심더. 폭행은 안 당했심더."

그녀는 침을 꼴깍 삼키고는 어색한 말투로 물었다.

"그럼 남학생들이랑……. 잤니?"

"언지예. 동네 오빠들이 과자 묵고 놀자 캐서…. 처음엔 술이 아니고 사이단 줄 알았심더. 지는 싫은데, 자꾸 묵어라 캐서…. 묵다 보이 밤이 깊었심더"

"그럼, 술 먹고 동네 오빠들이 너한테 나쁜 짓은 안 했니?"

정애는 손가락으로 소매 끝을 만지작거리다가 한참 후에 입을 열었다.

"정신이 몽롱해갔고. 오빠들이 내 가슴 만지고 뽀뽀 하데예."

"정애야, 너 생리하지?"

"예"

"여자가 생리하면 아이를 가질 수 있다는 신호거든. 남자와 같이 자게 되면 임신할 수도 있어. 결혼하기 전까지는 순결을 지키는 것이 미래의 상대에게 대한 예의야. 결혼은 신성하고 아기도 축복이기 때문에 몸가짐을 잘할 필요가 있지. 이제부터 오빠들이 술 먹고 놀자고 해도 절대 따라가면 안 돼. 싫다고 딱 거절해. 알았지."

정애는 작은 소리로 대답했다.

"예"

청소년 성 문제가 그녀에게 의외의 복병으로 또 발생했다.

6월 어느 날 남학생반 국어 시간이었다. 가운데 앉은 만기가 수업은 듣지 않고 책상에 엎드려 무언가 쓰고 있었다. 옆에 억만이는 노트를 곁눈질하며 키득키득 웃고 있었다. 그녀가 가까이 갈 때까지도 만기는 쓰고 있었다. 노트를 빼앗아 봤다. 노트에는 여성 생식기를 조잡하게 그려 '보지'라고 쓰고 화살표를 해서 '김마리'라고 적어 놓고, '자지'라고 쓴 기다란 방망이를 그려 여성 생식기에 꽂혀 있는 조잡한 낙서였다. 그녀는 낙서를 보자 당황하여 얼굴이 벌게졌다. 이런 상황에 그녀는 어떻게 대처해야 할지 몰랐다. 여학교 시절 학교 들어가는 골목길에 바바리코트 안에 아무것도 입지 않고 있다가 여학생이 지나가면 음란행위를 하는 바바리 맨을 만난 기분이었다. 순간 징그러워 눈을 가리고 피했던 기억이 떠올라 만기의 얼굴에 노트를 던지며 말했다.

"자료실에 가서 손들고 꿇어앉아 있어."

때마침 수업 끝을 알리는 종소리가 울렸다. 그녀는 당황스러운 위기에서 기사회생 되어 교실 문을 나왔다. 마리는 자료실에 앉아 있는 만기에게 몇 마디 훈시하고 돌려보냈다.

다음날 벌준 만기가 뇌출혈로 사망했다. 만기의 어머니가 벌을 주어 사고가 났다며 김마리 선생을 고소했다. 그녀와 열대엿 명의 학생들은 파출소로 불려갔다. 면 소재지라 파출소밖에 없었다. 학생들은 파출소 순경이라면 동네 아저씨 같아 별반 두려움이 없었겠지만 시 경찰서에서 온 가죽점퍼 차림의 사복형사 앞에는 모두 예외였다. 그녀는 옆방에서 학생들을 위압적으로 조사하는 말소리를 들었다.

"김마리 선생이 만기를 회초리로 때렸제."

"안 때렸심더."

학생은 자신 있게 큰소리로 대답했다.

"니 거짓말 하면 너거 아버지 잡아간데이. 미성년자라서 니는 못 잡아가도 니가 거짓말한 책임을 물어 아버지가 잡혀간다 아이가, 똑바로 말해라, 너거 아버지 콩밥 먹으면 좋겠나. 김샘이 때렸제."

"때렸심더."

학생의 희미한 목소리가 들렸다.

학생들의 거짓 실토로 그녀는 경찰 지프를 타고 시 경찰서로 넘어갔다. 동네 유지들이 김마리 선생의 결백과 선처를 바라는 탄원도 있었지만, 소용이 없었다. 형사는 시체 부검 후 사인 규명이 있을 때까지 그녀를 닦달했다. 그녀는 일주일 동안 난생 경험해보지 못한 공포에 떨었고 죄인 취급을 당했다. 사인이 본인의 지병에 있었음이 밝혀지자 경찰서에서 풀려났다.

마리는 경찰서에서 나와 턱을 들고 하늘을 봤다. 눈이 부셔 눈살을 찌푸렸다. 높고 파란 하늘에 떠 있는 작은 구름 한 조각이 흩어져 옅어지고 있었다. 그녀는 고개를 떨구며 중얼거렸다. 한 치 앞도 못 내다보는 유한한 인간! 자신의 존재가 구름처럼 삽시간에 소멸하는 것 같은 허무감이 밀려들었다. 양심에 어긋나는 일을 저지르지 않았는데, 왜 죄인 취급을 당하며 수모를 겪어야만 했는가? 자신이 규정지어 행동했던 도덕법칙에 회의가 왔다. 그녀는 학창 시절 뜨겁게 가슴에 간직하며 읽었던 칸트의 〈실천이성비판〉의 구절이 떠올랐다.

'내가 오랫동안 생각하면 생각할수록 감탄과 외경畏敬을 내 마음속에 채우는 두 가지, 내 머리 위의 별이 총총한 하늘과 내 마음속의 도덕법칙이다. 나는 그것들을 바로 앞에서 바라보며 나 자신의 존재에 대한 의식만큼이나 직접적으로 의식한다.'

마리는 칸트의 말처럼 별이 총총한 하늘이든 하늘에 떠 있는 구름이든 우리의 눈을 통해 경험할 수 있는 감성적 사실임은 틀림없다고 생각했다. 하지만 마음속 도덕법칙은 눈으로 보거나 손으로 만질 수는 없는 이성적 사실이나, 마음속에 도덕법칙이 존재함을 분명한 사실로 받아들였다. 그녀는 객관적인 도덕법칙을 세워 행동하려고 노력했었다. 그래서 지금까지 도덕법칙에 따라 행동한 자신의 의지를 자랑스럽게 여겼다. 그러나 경찰서에서 일주일 동안 죄인 취급을 받고 보니 욕이 나왔다. 제기랄, 도덕법칙에 따른 삶은 따라주지 않는걸. 그녀의 맘속에서 울려 퍼지는 이성의 목소리가 흔들렸다. '도덕법칙의 실천은 자신을 인격과 지성의 최고의 경지까지 이끌어 갈 수 있다.'라는 칸트의 말을 신뢰하고 실천하려고 노력했던 선의지善意志가 많이 위축되었다.

마리는 버스 정류장까지 걸었다. 땅을 보고 걸으며 생각에 잠겼다. 다리에 힘이 풀려 휘청거렸다. 그녀는 미처 보지 못한 돌부리에 걸려 앞으로 꼬꾸라질 뻔했다.

"휴 넘어질 뻔했네."

순간 돌부리가 선의지의 참뜻을 반짝하고 일깨워 주었다. 어떤 행위에 있어서 선의지는 보석(다이아몬드)처럼 그 자체로서 빛나고 귀한 것일 뿐 그것을 둘러싼 테는 하잘것없다는 뜻. 돌부리처럼 하찮은 테에 넘어질 것이 아니라 선의지는 어떤 행위로 일어나는 결과보다도 그 행위를 이끄는 동기, 자신의 맘속에 품은 생각이 훨씬 더 중요하다는 깨우침을 얻었다. 하지만 선의지가 위축되지 않으려면 도대체 무엇이 필요한가? 인간 존재의 밑바닥 거기 무엇이 있는가? 인간은 유한하다. 절대적인 무한한 존재의 신이 있는가? 칸트는 인간의 유한성 때문에 무한한 실재적인 신을 인식할 수 없다고 보지 않았나. 마리는 혼란스러웠다.

그녀는 점심을 거른 채 꽃다지 면으로 가는 버스를 탔다. 일주일 밖에 지나지 않았는데도 숲의 신록은 더 짙어지고 여름이 성큼 다가온 것 같았다. 버스는 절벽 위에서 덜컹거리며 곡예를 하듯 달렸다. 그녀는 멀미가 났다. 차창 문을 열고 고개를 내밀었다. 아찔한 낭떠러지를 보는 순간 버스가 절벽 아래로 굴러떨어질까 불안했다. 자신의 삶이 벼랑 끝 나락으로 떨어지려는 듯 몸이 낭떠러지 아래로 떨어지는 것처럼 정신이 아득했다. 버스 안이 답답해져 왔다. 가슴이 두근거리고 심장 박동이 빨라졌다. 땀이 나고 숨을 쉴 수가 없었다. 구토가 나오려고 했다.

"헉, 허어억"

이러다가 숨이 막혀 죽을 수 있겠다는 공포에 버스를 세웠다. 그녀는 버스에서 내리자마자 토악질해댔다. 먹은 게 없어 누른 위액을 쏟아냈다. 토악질로 기운이 빠진 마리는 쿨럭거리며 S자 고개를 넘어가는 버스의 뒤꽁무니를 쳐다보며 휴, 숨을 내쉬었다. 이제 버스는 오지 않는다. 하루에 한 대밖에 다니지 않는 버스를 기다릴 필요는 없었다. 마리는 혼자 터덜터덜 흙길을 걸었다. 그녀는 벼랑 끝에서 산을 향해 소리쳤다.

"두려움으로부터 자유로워지고 싶어!"

'두려움으로부터 자유로워지고 싶어.'

메아리가 되어 이 산 저 산에서 연달아 울려왔다. 산길은 빨리 어두워졌다. 두려움의 계시처럼 별과 초승달이 솟아올랐으나 사위는 첩첩이 어둠에 싸여 있었다. 마리는 어두컴컴한 산길을 걸으며 노래를 불렀다가 어둠과 싸워 이겨야 한다고 주문도 외웠다. 그러나 어둠과 적막은 갈수록 공포를 불러일으켰다. 마리는 앞을 볼 수도 알 수도 없는 길을 감각으로 걸었다. 걸음이 느려졌다. 암흑은 무서웠다.

"붕, 붕, 부엉"

짙은 어둠이 깔린 고요한 산길에서 간간이 들리는 솔부엉이 울음소리가 적막을 깼다. 마리는 부엉이 소리에 움칠했다. 머리카락이 쭈뼛 서며 등골이 오싹했다. 이제 나는 죽었다! 공포에 짓눌려 죽을 것 같은 불안감이 엄습했다. 마리는 낭떠러지 끝이 있을 성싶은 쪽으로 한 발씩 내디뎠다. 절벽에서 뛰어내려 이 공포와 불안을 피하고 싶었다. 그때 골짜기 어디선가 "솟쩍, 솟쩍, 소쩍다" 소쩍새가 서글피 울었다. 소쩍새 울음소리에 불현듯 눈물에 어린 어머니의 얼굴이 스쳤다. 어머니가 그리웠다. 내가 죽는다면 어머니도 죽은 목숨일 것이다. 전깃불이 깜박하고 켜지듯 머릿속에 반짝 떠오르는 생각! 두려워하는 것은 무엇일까? 지금 이 어둠만이 아니었다. 두려움의 한통속은 죽음과 이별이었다. 죽을 것 같은 공포감, 만기의 죽음, 아버지였던, 약혼자였던, 어머니였던, 사랑하는 사람과 이별과 죽음이 마리의 마음속에 두려움으로 깔려있었다. 산드란 바람이 마리 얼굴을 스쳐 지나갔다. 바람결은 가볍고 보드라웠다. 눈은 감으나 떠나 어둠 속에서 마찬가지지만 그래도 눈을 감고 바람결에 온몸을 맡겼다. 보드라운 바람이 마리의 얼굴을 간지럽히곤 가슴을 훈훈하게 스치고 지나갔다. 네 살 땐가? 병원 침상에서 바라보았던 인자한 외할머니의 눈길같이 바람은 부드러웠다. 무서버할 것 없데이. 천주님이 너를 지켜줄끼다. 마리는 그때처럼 외할머니가 믿는 천주님이 어둠의 공포에서 지켜줄 것 같았다. 그때 칠흑의 어둠을 뚫고 '마리, 마리' 마리를 불렀다. 외할머니가 마리를 부른 것일까? 부르는 소리를 분명 들었는데…. 환청이었나? 마리는 정신을 가다듬고 눈을 감고 어둠 속의 소리에 다시 귀를 기울였다. "뻐꾹, 뻐꾹" 뻐꾸기가 울었다. 마리는 눈을 뜨고 오랫동안 숨을 천천히 길고 고르게 쉬었다. 뻐꾸기 울음소리가 마리를 부르는 소리로 들었던 것이었다. 진정되자 걷기 시작했다. 한참 뒤 재를 넘어 자갈이 깔린 신작로로 들어섰다. 야광 손목시계는 10시를 가리켰다. 얼마를 더 걸었을까? 구두 뒷굽에 돌멩이가 튀어 발목을 접질렸다. 발바닥에는 물집이 잡혔다가 터져서 쓰라렸다. 퉁퉁 부은 발은 아파서 한 발짝도 내디딜 수 없었다. 기진맥진하여 길가에 주저앉았다. 그때 멀리서 여러 개의 불빛이 반딧불처럼 깜빡거렸다 사라졌다. 그녀는 어둠 속에서 빛을 찾아내려고 두 눈을 힘주어 크게 떴다. 눈을 크게 뜨고도 불빛이 보이지 않았다. 눈뜬장님이 되었나? 내가 본 것은 한순간의 현상에 지나지 않는 것인가? 그녀는 눈을 감았다. 육체의 눈과 마음의 눈은 이원성으로 분리된 것인가? 마리는 육체의 눈으로 볼 수 없다면 마음의 눈으로라도 빛을 보려고 했다. 마음의 눈이 떠진 것인지 불빛이 다시 보이기 시작했다. 멀리 퍼져 있던 빛무리가 점점 작아지며 수십 개의 불빛으로 나누어져 아물아물했다. 마리는 눈을 떴다. 아, 살았다. 그녀는 생명의 빛을 얻은 것처럼 기쁨에 일어나 불빛을 향해 천천히 걸었다. 마치 하느님이 세상을 밝히는 빛이라고 계시한 것 같았다. 빛이 없으면 얼마나 혼란과 두려움과 공포를 주는지, 어둠 속을 걷지 않고는 빛의 고마움도 알지 못한다는 사실을 깨달았다. 두려움과 혼돈에서 마음의 눈으로 본 영적인 빛은 무엇일까? 생각에 푹 빠져서 다리를 절룩거리며 걸었다. 불빛이 가까워지자 마리는 여러 사람이 손전등을 비추며 걸어오는 불빛임을 알았다. 동네 유지들과 학부모들이 마리 앞에 섰다. 어떻게 알고 오셨는지 어머니가 곁에 있었다. 모두가 초주검이 된 그녀를 맞이했다. 혜린은 마리 손을 잡았다. 동네 어르신 한 분이 마리에게 걱정스러운 어투로 말했다.

"김 선상님, 죽을 고생했심더. 우리는 김 선상님 걱정 마이 했심더. 경찰서에서 김 선상님이 버스를 탔다는 연락을 받고 정류장에서 김 선상님 맞이 할라꼬 모두 기다렸다 아잉교. 열두 재에서 김 선상님이 내렸다는 버스 기사 말에 마이 놀랬심더. 우짤라꼬 그랬능교. 밤늦도록 선상님이 안 와서 우리가 찾아 나선기라요."

마리와 혜린은 하숙집에 도착했다. 마리는 아무것도 먹고 싶지 않았다. 입안이 까칠했다. 혜린은 가방에서 오란씨와 카스텔라를 꺼냈다. 혜린은 병따개로 오란씨를 따서 마리에게 주었다. 마리는 병째 마셨다. 상큼한 맛이 싸하니 목구멍을 타고 시원스럽게 넘어갔다.

"아 상큼하고 시원해! 이런 음료수도 있었어."

"요즘 새로 나온 음료수야. 네가 좋다니 사 오길 잘했네."

"시골에만 있으니 무엇이 새롭게 변하는지 잘 모르겠어. 완전히 고립된 섬 같아."

벽에 붙어 있던 파리들이 달콤한 음료수 냄새를 맡고 마리의 눈앞으로 날아다니며 정신없이 앵앵대고 설쳤다. 마리는 파리를 보면서 생각이 난 듯 입을 열었다.

"엄마, 멀쩡한 아이가 하루 만에 죽을 수가 있어. 사람 목숨이 파리 목숨과 진배없다는 말을 실감했어. 그 학생의 죽음은 충격이었어. 난 자신감과 열정으로 앞만 보고 애들을 가르쳤을 뿐인데…. 교장 선생님은 오비이락이라고 까마귀 날자 배 떨어진 경우라고 하셨지만, 내가 죄가 없는데도 일주일 동안 죄인으로 경찰서에 갇힐 줄은 꿈에도 몰랐거든. 하지만 경찰서에서 죄책감에 시달렸어. 만약 내가 죽었다면 엄마가 얼마나 비통해하실까. 자식을 잃은 부모의 아픔이 느껴졌어. 나 자신한테 화가 났어. 비애마저 일어나더라고. 그런데 지친 몸으로 어둠 속에서 불빛을 봤을 때, 하느님이 나를 불쌍히 여겨 빛을 밝혀주시나 했지. 신비로웠어. 정말로 세상을 밝히는 하느님의 빛으로 보였다니까. 나중에야 플래시 불빛인 줄 알았지만, 외할머니가 믿었던 하느님은 어떤 분일까? 종교에 귀의한 봉사와 절제하는 삶도 좋지 않을까? 나, 수녀가 될까?"

마리와 혜린은 나란히 누웠다. 혜린은 옆으로 누워 마리의 얼굴을 쓰다듬고는 조곤조곤 말했다.

"네가 많이 놀랐지! 젊은 날에 절대자인 하느님을 믿는 게 나쁘진 않겠지. 그런데 말이다. 인간이 불완전하고 한정적인 존재이기에 소중한 가치를 지니는 것인지 몰라. 마리야, 심신을 단련했다고 생각해라. 앞으로 인생을 살아가려면 험한 일도, 억울한 일도 당하게 돼. 그때마다 오늘 일을 거울삼아 좌절하지 않고 겸손하고 단단하게 살아갈 거야. 엄마도 어렸을 때 심신이 약해빠져 놀랄 일만 있으면 기절하곤 했단다. 어떻게 극복했는지 알아? 엄마가 열아홉 살 때였어. 어느 날 외할머니가 약한 사람일수록 흉한 모습을 많이 봐야 건강해진다며 엄마의 담력을 키우기 위해 마적단들의 사형집행 장소로 데려갔단다. 외할아버지 아시면 큰일 나니까 외할아버지 몰래 사형장소로 구경하러 갔었지. 중국인, 조선인, 러시아인, 동네 사람들이 많이 모여 있었단다. 산비탈 아래에서 사람들이 꿇어앉아 있는데 육십 명은 넘어 보였어. 뒤로 손이 묶인 채 머리는 산발이었지. 망나니 대여섯은 청룡도를 휘두르며 칼춤을 추고 있었어. 꼭 삼국지에 관우가 휘둘렀을 법한 시퍼렇게 간 칼이었어. 그들은 술을 마시며 북을 치고 사형집행 의식을 하는 게 죽음의 큰 잔치였다. 청룡도로 목을 치는 사람, 작두로 머리를 자르는 사람. 엄마는 벌벌 떨면서 현기증이 났는데도 외할머니 뒤에서 실눈을 뜨고 봤지. 머리 부분의 잘린 목 피부가 목 안쪽으로 싹 말려들어가는 광경을 숨죽여 지켜보았단다. 아침나절에 시작하여 저녁때가 되어 끝이 났지. 이상하게 그 후로 엄마는 기절하지도 아프지도 않았단다. 엄마는 네 친할머니나 외할머니가 믿는 하느님을 믿으려고 했지만 잘 안되더라. 네가 신앙을 갖는 걸 반대하지는 않아. 그러나 수녀가 된다는 말은 하지 마라."

마리는 어머니가 걱정하는 말에 화제를 돌렸다.

"엄마, 아버지는 어떻게 만나서?"

"외할아버지 친구의 소개로 아버지를 조선호텔 커피숍에서 만났지. 하늘이 파란 초가을이라 날씨 탓인지 첫 만남은 기분이 좋았어."

"아빠의 첫인상이 어때서?"

"부잣집 아들이라 그런지 아버진 귀티가 났어. 메이지대학 나오고 인물도 잘생겼지. 흠이라면 직장 없이 놀고 있다는 거였어. 하지만 결혼만 하면 새로운 사업을 계획 중이라 했지. 그때 엄마 나이가 스물셋, 혼기를 훌쩍 넘긴 나이라 일곱 번 데이트하고는 결혼했단다. 아버지는 스물여섯 살이었고 엄마는 중국에서 한국에 온 지 8개월도 안 되어 아버지를 만났지. 그 당시 엄마는 대학교병원 원무과에 취직이 되어 다녔어. 그때 안동고등여학교 친구를 병원에서 우연히 만나지 않았겠어."

"아, 순임 이모 말이죠? 일본인 친구도 있잖아. 엄마는 좋은 친구를 가졌네요."

"지금까지 순임이랑은 왕래하고 시오야는 편지를 주고받는다."

"그런데 언제 아버지랑 결혼하기로 마음먹었어?"

"일곱 번 데이트였지. 소공동에 있는 '낙랑파라' 다방이었어. 매주 금요일에는 명곡감상회를 열었단다. 그날이 운명의 날이었나 봐. 지금도 기억해. 그날의 감상곡은 베토벤의 운명 교향곡이었어.

감상하는 중에 어둠에서 빛으로 찾아가는 느낌이 들었어. 그 느낌 때문인지 아버지의 프러포즈에서 따뜻한 느낌이 내게 오는 거야. 그래서 받아들었단다."

혜린은 마리가 안정되는 모습을 보고 이틀 후 서울로 올라갔다. 어머니가 떠나자 마리는 허전했다. 수업과 방과 후 공부는 예전처럼 진행되었지만, 아무것도 할 의욕이 나지 않았다. 지금까지 소중히 여겨 온 교육신념마저 무가치하게 느껴졌다. 그녀는 풀이 죽어 넋 놓고 혼자 멍하니 앉아 있을 때도 있었다.

어느 날 교장이 그녀를 불렀다.

"김 선생, 많이 수척해졌어. 서울 가서 어머니 품에 좀 쉬다가 오시오. 간 김에 왜 정식 교사 임명이 늦어지는지 교육위원회에 가서 신원 조회 결과를 알아보시오."

교장이 휴가를 주었다.

저녁 늦게 집에 도착한 마리는 저녁밥도 먹지 않고 잠속에 빠져들었다. 어머니는 마리를 보자 반가움 반 걱정 반이었다. 명륜동 집에는 어머니 혼자 살았다. 하숙은 치지 않았다.

다음날 혜린은 걱정스러운 눈으로 마리를 쳐다봤다. 방학도 아닌데 집에 왜 왔을까? 수심에 차 기운 빠진 마리를 본 혜린은 걱정부터 앞섰다. 그러나 묻지 않았다. 혜린은 타일을 깐 부엌 아궁이에 프로판가스 불을 지펴 목욕물을 데웠다.

"마리야 목욕해."

어머니의 목소리에 마리는 잠에서 깨어났다.

마리는 잠자리에서 일어나 나무 바닥의 좁은 복도를 지나서 옷을 벗고 목욕탕 문을 열었다. 욕조의 나무 뚜껑을 열자 뽀얀 수증기가 촉촉이 피어올랐다. 마리는 'U'자 모양의 무쇠 욕조에 몸을 담갔다. 자욱한 수증기가 온몸을 감쌌다. 시야가 흐려졌다. 마리는 뽀얀 수증기 속에 갇히듯 앞으로 어디로 가야 할지 길을 찾지 못하고 오리무중에 빠져드는 느낌이었다. 욕조의 나무판 바닥에 앉아 뜨거운 물을 목과 어깨에 끼얹었다. 뻣뻣했던 목덜미가 한결 부드러워졌다.

마리는 아점을 먹고 대문을 나섰다.

"바람 쐬고 와."

최혜린은 마리의 뒤통수에 대고 소리 지르곤 대문을 살며시 닫았다. 마리는 어머니가 아무것도 묻지 않아 고마웠다.

마리는 높이 쌓은 마름모꼴 창경원 돌담길을 끼고 구불구불한 동네 골목길을 무작정 걸었다. 집집이 연보라색과 흰색의 라일락이 담 밖으로 고개를 내밀고 있었다. 마리는 라일락이 필 때면 꽃향기를 맡으며 골목을 누비고 다니길 좋아했다. 골목 가득 라일락 꽃향기가 바람결에 은은하게 풍겼다. 라일락 향기는 싱그러웠다. 심란했던 마음이 꽃향기에 기분이 좋아졌다. 머리가 숨을 쉬는 좋은 방법은 가벼운 산책이라고 책에서 읽은 기억이 났다. 마르크 샤갈의 〈산책〉에서처럼 좋아하는 사람의 손을 꼭 붙잡고 거니는 무중력 상태의 즐거운 자유로움은 없지만, 깊은 번뇌에 빠졌던 무거운 머리가 산책으로 조금 가벼워지기 시작했다.

성균관대학의 교문을 들어섰다. 내 집처럼 드나들며 놀았던 성균관 안으로 들어갔다. 마리는 명륜당 마루에 걸터앉아 마주 보고 있는 두 그루의 우람한 은행나무를 바라보았다. 연둣빛의 무성한 잎은 그늘을 드리우며 모든 것을 용서하고 포용하는 자세였다. 은행나무의 웅장하고 아름다운 자태는 고결한 품격마저 풍겼다. 공자孔子가 은행나무 단에서 제자를 가르쳤다는 행단杏檀의 상징으로 명륜당에 심은 은행나무의 수령이 500년이 넘었다. 마리는 대학교 시절 공자 제사에 참관할 기회가 있어 교목의 유래에 대해 들은 적이 있었다. 은행나무의 강인한 생명력과 올곧은 선비의 기품처럼 교육을 통해 국가와 사회가 영원하기를 기원하는 뜻에서 교목으로 정했다고 했다. 은행나무는 그 소명을 다하고 있구나! 저 은행나무처럼 청소년들에게 교육자로서 사명을 다 할 수 있을까? 마리는 교육자로서 마음을 다잡지 못하고 방황하고 있었다. 마리의 표정은 암울하게 그늘져 갔다. 참된 길의 원점은 어디일까? 처음 발령 받고 교사로서 불탔던 사명감이 시들해져 버린 지금, 학생들에게 꿈을 갖게 하는 것도, 올곧고 바른 사람이 되라고 보살피고 가르치는 일도, 감동과 감화를 줄 수 있는 수업도, 모두 자신이 없었다.

마리는 명륜당을 나와 학교 앞 거리를 지났다. 상점 유리문에 외롭게 걸어가고 있는 자신의 모습이 비쳤다. 마치 유리문 속에 고독한 자신의 미래가 모습을 드러내고 있는 것만 같았다. 한참을 걸어 혜화동 골목을 들어섰다. 장면 박사의 조촐한 개량 한옥의 야트막한 대문 위로 소나무가 보였다. 장면 박사도 은행나무처럼 나라의 이익을 위해 소명을 다한 삶! 나라에 이로운 삶은 어떻게 살 것인지 은행나무나 장면 박사를 통해 참된 길의 예시임이 틀림없다. 장차 마리에게 벌어질 예시라면 더는 꿈을 갖지 말고 이제 고독한 삶을 살 인생관으로 바꿔야 할까? 마리는 골목을 걸으면서 입속으로 몇번이고 수도자라는 세 글자를 중얼거렸다. 하지만 그 울림은 중얼거리는 순간 사라졌다. 마리는 혜화동 로터리 분수대 앞에서 걸음을 멈추었다.

'진리가 너희를 자유롭게 하리라.'

성당 정문 아치에 쓴 글이 눈에 확 들어왔다. 진리가 무엇이라 생각하오? 고등학교 성경 시간에 빌라도가 예수님께 질문했던 말이 생각났다. 아무리 공부해도 진리가 무엇인지 그때도 알지 못했지만 지금도 깨닫지 못하고 있었다. 그 당시 국어, 영어, 수학, 성경이 60점 이하면 위 학년으로 올라갈 수 없었다. 낙제를 면하려고 공부한 것뿐이었다. 고등학교 때 배운 성경이 은연중에 세뇌되었는지 갑자기 그녀는 궁금해졌다. 과연 진리를 알면 자유로울 수 있을까? 성당 문 앞에서 기웃거리고 있는 그녀를 보고 신부님이 불러 세웠다.

"자매님, 여기 처음 오셨지요? 낯이 익지 않아요."

"네, 정문 아치에 쓴 글이 나를 부르네요."

머리가 희끗희끗한 신부님은 다정한 눈빛으로 말했다.

"성경 말씀에 관해 관심이 있어요?"

마리가 말했다.

"아니요. 사랑에 관심이 있어요."

"사랑에는 다양한 얼굴이 있지요."

그들은 아기 예수님을 안고 있는 한복의 성모상 앞에 섰다. 사제의 뭉툭한 코는 마리에게 다정다감한 인상을 주어 스스럼없이 말이 나오게 했다.

"우리 집이 명륜동이에요. 저는 경상도 시골 중학교 교사로 휴가차 본가에 왔어요. 김마리라고 합니다. 할머님이 천주교 신자라 제 이름을 마리라고 지었다고 들었어요. '마'는 엄마 마, '리'는 퍼질 리이에요."

신부는 웃으며 뭔가 이름에서 의미를 찾으려는 듯 그녀를 유심히 보았다.

"김마리 선생님, 이름은 그 사람을 말하죠. 신부라고 성경 말씀만 아는 게 아니고, 이름 풀이를 좀 합니다. 김金이 8획, 마嬤가 17획, 리摛가 14획, 총 39획이면 황후 이름의 획수군요. 내가 사제라서 하는 말이 아니라 세례를 받으면 성모님과 같은 좋은 몫을 가질 자매입니다. 할머님께서 합당한 이름을 지으셨군요. 여기 온 것도 성령의 이끄심인지도 모르죠."

"성령의 이끄심인지는 모르겠습니다만, 신부님 말씀을 듣다 보니 가슴이 뜨거워지네요." 마리는 한참을 머뭇거리다가 입을 뗐다.

"저에게 고민이 있어요. 문제 학생들을 진실하게 대해 주고 싶어요. 그런데 그 문제성에 제 편견이 개재되어 진실로 학생들을 지도하기가 어려워요."

"허허, 진실은 귀중한 것이죠. 아름답기도 하고요. 그러나 사랑이 없는 진실은 소용이 없죠. 사심 없이 진실을 말한다 해도 사랑 없이는 아무것도 아니죠."

마리는 다시 학교로 돌아온 후 예전처럼 수업했으나 교육 열기는 식어가고 있었다. 그러나 마음만은 다양한 사랑의 시선으로 아이들을 대하려고 했다.

얼마 후 마리는 정식 월급을 받게 되었다. 역시 연좌제로 인하여 정식 월급을 받지 못했던 것이었다. 어머니는 서울 교육위원회에 찾아가서 아버지의 사망 신고서를 제출하고 마리의 사정 이야기하여 신원조회가 간신히 통과되었다.

마리는 다른 아버지를 섬겼다. 자신의 마음속에 품고 있었던 몽상적인 육의 아버지가 아니라 전지전능한 현실적 아버지를 붙좇았다. 마리는 6개월간 통신교리를 마치고 진주성당에서 세례를 받은 후 일요일 생활이 바뀌었다. 꽃다지 마을에서 진주까지는 버스로 두 시간 남짓 걸렸다. 마리는 새벽 4시에 일어나 진주행 버스를 타려고 달빛도 별빛도 없는 칠흑 같은 어두운 날, 논밭을 지나 정류장까지 가는 동안 어둠의 두려움에 머리카락이 쭈뼛 서고 소름이 돋을 정도로 무서웠는데…. 이제 그 암흑의 두려움이 온데간데없어졌다. 아버지가 마리를 지켜주신다는 믿음이 있었기 때문이었다. 전에는 진주에 도착하여 목욕하고 식당에서 아침을 먹고 시장을 보고 꽃다지 마을로 돌아온 것이 전부였는데, 세례를 받은 후로는 미사를 드리고 중학생들에게 성경 봉사하는 일이 더해졌다.

그녀는 밤에 성경을 읽었다. 마치 해면이 물을 빨아들이듯 복음서 속으로 흡입되어 마리는 말씀을 기쁘게 받아들였다. 성서가 마리를 읽어내려갔다. 주석 성서를 읽으면서 이해 안 되는 부분과 반감이 가는 부분은 메모했다가 주일날 신부님께 물었다. 성찰되거나 마음에 울림이 오는 말씀은 밑줄을 긋고 그 옆에 메모지를 붙여 묵상한 글을 적었다.

"정체성!"

마리는 요한복음 17장 16절을 읽다가 그리스도인의 정체성에 대해 생각했다. 마리 자신의 정체성이기도 했다. 성경 안에서 교사로서의 정체성을 찾으려고 애썼다.

'이들도 세상에 속하지 않습니다.'

역설적이다. 세상에 속한 존재가 되면 안 된다는 뜻인가? 그렇다면 세상에 살지만, 그리스도인은 세상을 거슬러서 세상에 사는 자들인가? 이것이 그리스도의 정체성인가? 이것은 성서 전체에 나오는 주제였다. 그녀는 정체성에 대해 묵상하다가 얼마 전에 익사한 오리가 생각났다.

토요일 오후 마리는 밀려둔 빨랫감을 들고 개울가로 갔었다. 정애 할머니가 개울에서 빨래를 점벙대며 빨고 있었다. 마리는 정애 할머니 옆에 앉았다. 그때 죽은 오리 한 마리가 물 위에 둥둥 떠다녔다. 마리가 신기해서 말했다.

"어머, 오리도 익사하나요?"

정애 할머니가 빨래를 방망이질하다가 잠깐 멈추고 웃으며 말했다.

"껠받은 오린갑심더.(게으른 오리)"

"아니 게으르다고 오리가 익사해요."

"오리 날개 밑에 방수지름(기름)이 안 나오능교. 오리는 쎄빠지게 지름을 몸에 발라야 하는기라요. 그래야 물에 안 빠진다 아잉교. 우짜다가 껠받은 오리가 몸에 지름을 안 바르고 물속에 뛰어들었다가 빠져 죽었능 갓심더."

마리는 오리도 물에 빠져 죽는다는 사실을 처음 알았다.

물에 빠져 죽은 오리가 주는 깨우침! 그리스도인의 정체성과 연관 지어 생각했다. 오리가 부지런히 방수 기름을 바르지 않으면 물에 빠져 죽듯이 우리도 끊임없이 그리스도인이라는 정체성을 자각하지 않으면 죄에 빠질 것이다. 오리의 방수 기름이 그리스도인에게는 빛과 소금이 아닐까! 그럼 그리스도인으로서 빛과 소금의 역할을 어떻게 증명할 것인가? 자동차 뒤의 물고기일까? 성서를 끼고 증명할까? 떨리는 신앙고백일까? 실제 증명은 삶을 통해서 증명될 것이다. 마리는 성경을 덮고 잠시 허공을 바라봤다. 증명이라면⋯. 중학교 시절 어머니가 고된 장사를 하며 가난해도 자식들에게 정성껏 도시락을 사주었던 기억이 떠올랐다. 삶은 노란 달걀을 반으로 갈라 도시락밥 위에 올려놓고, 도시락 뚜껑 위에는 쪽지까지 넣어 사주었던 어머니. 그 시절 친구들은 도시락 반찬으로 달

같은 꿈도 못 꾸었다. 부잣집 친구들도 모두 부러워했었다. 어머니 사랑은 반찬이요 밥이었다. 그 당시 어머니가 비록 세례는 받지 않았지만, 삶을 통해서 어머니로서 자식들을 위한 소명이라 생각했으리라. 이것이 삶 속에서 증명이 아닐까? 그래서 그리스도인의 삶은 '세상에 속하지 않습니다'라는 말씀이 이해되었다. 그리스도인으로서 정체성을 가지고 세상에 살되 세상을 거슬러 세상 안에서 썩지 않는 빛과 소금의 역할을 하라는 말씀으로 깨닫자, 교육자로서 또한 그리스도인으로서 자신의 정체성을 깨닫기 시작했다. 교육 외에 또 하나의 목표와 사명이 생겼다. 아이들을 가르치면서 제일 난감하게 생각했던 청소년의 성교육과 성폭력에 그 대처방안을 공부하고 봉사하기로 마음먹었다. 그러나 마리는 청소년 성교육에 대해 무지했다. 마침 진주성당에서 일요일 오후에 범죄심리학자의 청소년 성 문제와 성폭력에 대해 강의가 있었다. 마리는 중학생 반의 성서 말씀 봉사 후 그 강의를 듣기로 했다. 석 달을 빠지지 않고 강의를 들었다. 그 외 청소년 성폭력에 관한 서적도 사서 읽었다.

가을이 왔다. 야산 잡목들도 단풍이 들었다. 길가에 코스모스며, 무르익은 감이며 사과며, 벼가 누렇게 익은 황금빛 들판은 알록달록 새로 포장한 지붕들과 조화를 이루며 평화스럽고 풍요로웠다. 10월도 다 이울어 갈 즈음에 교장의 지시로 갑자기 단축 수업을 하고, 선생들을 동네별로 방문을 하게 했다. 마리는 정애의 안내로 교동 이장네 집으로 갔다. 정애는 반장까지 하며 마리 선생에게 감

화되어 모범생으로 변했다. 상업고등학교 진학을 목표로 공부도
열심히 했다.

동네 사람들이 많이 모여 있었다. 사람들은 쪽마루나 평상에 앉
아 있거나 마당에 서 있었다. 마리는 동네 어른들과 차례로 인사를
했다. 모두 마리를 쳐다보았다. 마리는 댓돌 위에 올라서서 일장
연설을 했다.

"저는 김마리 선생입니다. 오늘 자녀들의 교육 문제를 말씀드리
려고 찾아뵙게 되었습니다. 자녀들이 도시로 나가 많이 배우고 안
목을 넓혀 제 고장을 위해 이바지해야 합니다. 물론 당장 애들이
일손에 보탬이 되고 도시로 내보낼 학자금 마련도 어려우시겠지
만, 앞으로 농사는 과학적으로 지어야 합니다. 제가 이런 말씀을
드리는 것은 부모님들이 도리깨로 벼를 두들기는 원시적인 농사법
을 보고 나서 참 답답했습니다. 그나마 새마을 운동해서 지붕은 고
쳐지고 노는 땅 없이 밭 농작물의 수확은 늘어났습니다만, 길을 넓
힐 생각도, 경운기라도 만들 생각도 하지 않고 내 몸 하나로 지게
로 볏단을 나르는 모습을 보고 최소한 농업고등학교라도 나와야
효율적으로 농사를 지을 수 있으며 새마을 운동에도 부응할 수 있
겠다는 결론을 얻었습니다."

마리의 말이 끝나기도 전에 여기저기서 두런거렸다. 이장이 양
미간을 찌푸린 얼굴로 점잖게 말했다.

"교장 선생님 말씀으로는 유신헌법에 관해 김마리 선생님께서
말씀하실 거라고 하십디다. 그래서 오늘 이 자리를 마련한 것으로

압니다만."

그녀는 아무 말이 없었다. 누군가가 물었다.

"유신헌법이 뭐꼬?"

이장은 할 수 없다는 표정으로 입맛을 다시며 일장 연설을 했다.

"유신헌법은 10월 17일 우리 각하께서 유신체제로 개혁을 선포한 것으로 '평화적 통일 지향'을 최고 이념으로 하는 한국적 민주주의의 토착화를 말합니다. 오는 12월 24일 그 찬반을 묻는 국민투표가 있습니다. 유신헌법은 김일성이가 호시탐탐 남침의 야욕을 버리지 않고 있는 이상, 자립. 자조. 협동과 총화단결로 조국 근대화를 앞당기지 않을 수 없는 이상, 경로사상과 충효사상을 바탕으로 싸우며 건설하지 않을 수 없는 이상에는, 우리 국민은 무조건적으로다 찬성에 도장을 찍어야 하는 헌법이다 이겁니다."

"뭔 말인 줄 모르겠심더."

술렁이기 시작했다. 모두 어리둥절한 표정을 지었다. 이장이 다시 설명하기 전에 마리는 얼른 인사를 하고 나왔다. 마리와 정애는 어두워 가는 신작로를 한참 동안 침묵 속에 걸었다. 정애가 침묵을 깨고 말했다.

"선샘요, 유신헌법이 뭐꼬?"

마리는 땅만 보고 걷다가 잠시 후 가라앉은 목소리로 말했다.

"유신이란 말은 중국 고전인 시경에 나오는 말이야. 모든 일이 고쳐지는 일, 구폐를 일소하여 혁신하는 일이란 뜻인데, 유신헌법이 과연 구폐를 일소하고 혁신할 수 있는 헌법인지 잘 모르겠단 말이야. 대통령의 독재정치가 예감돼. 새마을 운동으로 농촌도 잘살게 되었고, 경부고속도로도 만들어 나라 경제가 좋아지고 있는데, 대통령은 왜 욕심을 부려 유신헌법을 만들어 장기 집권하려는 것인지…. 내가 확신할 수 없는 일을 어떻게 찬성하라고 강요하겠니."

다음날 마리가 교무실로 들어서자마자 깡마른 교감이 마리를 쏘아보며 쉰소리를 냈다.

"김 선생, 현실을 파악할 줄 알아야지. 혼자 사는 세상이요? 혼자 똑똑한 척하고 있어. 어제 일은 김 선생이 잘못한 거요. 그 불똥이 교장 선생님께 튄다는 사실을 알아야지."

마리는 결심했다. 교사가 현 정권에 이용당하는 꼴을 볼 수 없어 학기가 끝날 때 사표를 내기로 작심했다.

대통령이 국회해산과 전국에 비상계엄령을 선포한 지 20일이 지난 11월, 운동장의 뿌연 흑 바람을 맞으며 펄럭이는 검정 옷자락을 잡고 수녀가 걸어오고 있었다. 마리는 수녀가 교무실 쪽으로 걸어오는 것을 보았다. 바람은 장난꾸러기처럼 수녀의 검은 두건과 치맛자락을 펄럭이게 했다. 마리는 현관으로 뛰어갔다.

"수녀님 추운 날씨에 여기까지 오시다니 웬일이세요?"

마리가 수녀의 두 손을 꼭 잡으며 반겼다. 그 수녀는 일전에 마리가 학생들을 데리고 나환자촌에 봉사하러 자주 갔던 나환자를 돌보는 일본인 수녀였다.

"김마리 선상님, 좋은 소식임무니다. 서울 가톨릭 고등여학교에 자리가 있스므니다. 다음 새 학기 때 갈 수 있스므니까?"

마리가 나환자촌에 봉사하러 갔을 때, 마리는 일본인 수녀에게 학교생활의 어려움을 이야기하고 수도 생활에 대해서 이것저것 물었던 적이 있었다. 그래서 일본인 수녀는 서울에 있는 가톨릭 여고를 알아본 모양이었다. 마리는 학교에 근무하면서 교내에 있는 수녀원의 수도 생활을 직접 보고 서원誓願을 생각해보라는 일본인 수녀의 의도를 짐작했다. 나라가 혼돈에 빠진 이때, 혼자 사는 어머니도 걱정되고 교사를 이용하는 현 정권이 마음에 안 들어 사표를 내려던 참이었다. 서울의 가톨릭 여고로 갈 수 있다는 것이 반가웠다. 학기가 끝나자 사표를 냈다. 겨울방학 종업식 때 운동장 단상에서 마지막 인사말을 했다. 담임을 맡았던 여학생들이 시작한 훌쩍거림은 파문을 일으켜 2학년 전체로 번져나갔다. 정애는 흐느껴 울며 눈물을 뿌렸다. 세상에서 가장 슬픈 일은 사랑하는 사람과의 이별이라는 것을 눈물로 보여주었다.

유신 시대가 시작되었다. 마리는 서울로 올라와 가톨릭 여자고등학교에 근무하게 되었다. 마리는 국어 수업을 위해 교안을 짜고 교재 연구를 하느라고 입술이 부르텄다. 풋풋한 여고생들은 마리의 강의에 초롱초롱한 눈빛으로 흥미를 느끼고 경청하였다. 생기 발랄한 여고생들이 학문을 열심히 배우려는 모습에 마리는 수업 시간이 즐거웠다. 마치 새끼제비가 어미 제비가 물어다 주는 먹이를 기다리듯 학생들은 국어 수업 시간을 기다렸다. 국어 수업 외에

학생들의 성 상담을 맡았다. 여고생의 성 상담은 녹록지 않아 저녁
에는 대학원 심리학과에 합격하여 다녔다. 힘은 들었으나 인생에
보람 있는 일을 한 가지라도 더 하면서 산다는 것이 뿌듯했다. 어
느 날 방과 후 내려진 특별한 교육 임무 수행은 마리를 당혹스럽게
했다. 아무래도 그 임무를 수행하기에 부적격한 사람이라 생각되
어 마리는 같이 가기로 한 가정과 수녀 선생에게 물었다.

"수녀님과 저랑 짝이 되어 학부모들의 피임 교육을 할 수 있겠
어요? 우리 모두 성 경험도 없고 결혼도 안 했는데…."

마리는 말끝을 흐리며 낯을 붉혔다.

"김마리 선생님, 성 경험도 결혼과는 아무 상관 없어요. 교회는
잉태되는 순간부터 생명으로 봅니다. 낙태는 살인과 마찬가지로
하느님께 대한 죄악이지요. 생리 주기 피임법은 가임기에 성관계
를 피하는 자연적 피임법입니다. 우리는 월경 주기를 기준으로 임
신이 안 되는 시기를 알려줘서 낙태죄를 안 짓도록 교육하는 거랍
니다."

마리는 부끄러웠다. 달을 보지 않고 손가락을 본 격이었다. 생명
의 존엄성을 중히 여기는 하느님의 계명을 보지 않고 피임이란 그
단어만 생각하고 얼굴을 붉혔으니….

가정과 수녀 선생과 마리는 동네 여성 교우들을 상대로 성당에
서 피임 교육을 했다. 마리는 처음에는 수줍고 더듬거렸지만, 차차
횟수가 더해지자 생명의 존엄성을 수호하는 교리에 대한 사명감으
로 불타올랐다. 그뿐만 아니라 마리는 토요일 저녁이면 가정과 수

녀 선생을 따라 푸른군대의 성모신심 기도 모임에도 참석했다. 기도의 지향은 러시아의 회개와 북한 공산주의 장막을 무너뜨리고 평화적인 통일이었다.

어느 토요일 기도 모임에 가면서 마리가 말했다.

"공산주의를 무너뜨린다는 것은 달걀로 바위 치기 아닐까요?

마리는 의심스러운 표정을 지으며 고개를 갸우뚱했다. 수녀는 믿음의 의지를 보여주려는 듯 눈에 광채를 띠며 힘주어 말했다.

"겨자씨만 한 작은 믿음이 있다면 태산도 움직입니다."

서울 생활에서 다양한 경험과 공부는 마리의 사고를 확장해 나갔다. 최혜린은 마리의 봉사활동과 믿음을 보고 세례를 받았다.

1973년 중동전쟁으로 페르시아만의 산유국들이 원윳값을 인상했다. 석유 파동이 일어났다. 경기침체와 물가상승으로 세계 경제가 멈췄던 해였다. 혜린은 마리에게 '전쟁' 때처럼 다시 한번 아끼고 아껴야 한다며 허리띠를 졸라맸다. 혜린의 자식 걱정은 끝이 없었다. 혜린은 회사 임원이 된 아들 용호에게 전화를 걸었다.

"석유 파동으로 세계가 불황인데 너의 회사는 괜찮냐?"

수화기에서 들려오는 용호의 음성은 풀이 죽어있었다.

"왜 회사가 어렵지 않겠어요. 사채동결조치로 싼 이자를 은행에서 쉽게 빌릴 수 있어 부도는 막았어요. 옛날같이 비싼 사채를 썼으면 벌써 회사가 망했죠."

혜린은 안도의 한숨을 내쉬며 말했다.

"유신독재가 기업의 활성화를 위해 필요불가결했네."

"그럼요. 저도 유신독재 반대 데모했잖아요. 석유 파동을 겪다가 보니 제가 얼마나 편협한지를 알겠더라고요. 박정희 대통령의 독재가 아니었으면 조직폭력배들과 합세한 사채업자들을 막을 수도, 비정상적인 경제 조치도 취할 수 없었죠. 박 대통령의 정치력은 탁월했어요. 그 당시 반민주적이고 폭력적인 조치로 사채업자들의 권리를 뺏는다고 야당과 언론까지 대통령을 독재라며 비난했잖아요. 지하에 숨었던 돈을 은행으로 들어오게 해서 기업들은 쉬운 자금조달과 싼 이자로 활성화되었죠. 사채업자들에게도 돈의 출처도 묻지 않고 세금 감면의 혜택을 주고 은행에 돈을 넣고 기업에 투자하게 했으니, 사채업자들도 편하죠."

배롱나무의 꽃처럼
화사한 죽음

    햇빛이 쨍한 겨울, 해피는 누워만 있는 혜린을 밖으로 나가자고 꼬리를 살래살래 흔들며 끙끙거렸다. 마리는 5년 전 유기견이었던 황갈색의 털의 몸무게가 3kg인 요크셔테리어를 입양했다. 처음 강아지가 집에 왔을 때는 뼈만 앙상했고 불안한 눈빛으로 구석만 찾아 숨었다. 마리는 상처받지 말고 행복하게 지내라고 해피라고 이름을 지었다. 어느덧 해피는 마리와 혜린의 보살핌으로 살도 찌고 한 가족처럼 지냈다.

    집안에는 혜린과 해피 둘만 있었다. 혜린은 해피를 안고 햇볕을 쬐러 현관으로 나갔다. 현관문을 열자 찬 공기가 훅 들어왔다. 하늘은 눈이 시리도록 파랬다. 눈이 부셨다. 혜린은 손바닥으로 햇살을 가리고 옆구리에 해피를 끼고 계단을 내려가다가 발을 헛디뎌 시멘트 계단에 나뒹굴었다. 넘어지는 순간 해피는 폴짝 뛰어 달아났다. 그녀는 움직일 수가 없었다. 다행히 손은 움직일 수 있어 호주머니에서 휴대전화를 꺼내 용호에게 전화를 걸었다. 용호가 황급히 뛰어와 119를 불러 혜린을 응급실로 이송하였다. 미란과 마리는 응급실에 누워 계신 어머니 옆에서 밤새껏 간호하였다. 미란은 서울로 이사 온 지 2년이 되었다. 미란의 남편이 대기업 이사로 전근되는 바람에 미란의 가족은 서울로 이사를 왔다. 혜린의 바람대로 아들, 딸, 사위, 손자들을 가까이 두고 서울에서 함께 살게 되어 얼마나 기뻐했는지…. 혜린은 서울에서 삶이 원상 복귀되어 원래 제자리를 찾아온 듯했다.

다음날로 그녀는 고관절이 골절되어 인공 고관절 치환 수술을 받았다. 입원한 지 2주가 지났다. 아직 혼자서는 아무것도 할 수가 없었다. 혜린은 숨이 차오르고 수술한 부위의 뼈가 빠개지는 듯한 통증에 얼굴을 찡그렸다. 혜린은 강인한 정신력으로 육체적 고통을 이겨내려고 했다. 그러나 고통은 여전했다. 혜린은 기도했다. 이 고통이 자신 죄의 고백에 대한 사제가 준 보속補贖으로 생각하고 매일 고통 받는 이들을 위해 기도했다. 며칠이 지나자 육체적 고통은 여전했지만, 마음은 편했다. 기도는 힘이었다. 혜린을 강하게 하고 겸손하게도 하여 믿음을 새롭게 했다. 혜린은 쓸쓸하게 보낼 용호를 병실로 불러 크리스마스를 함께 보냈다. 7년 전에 상처한 용호는 아들과 단둘이 살았다.

마리는 학교에서 크리스마스 행사를 끝내고 다음 날 오후에야 병실 문을 열고 들어오자마자 기쁨에 찬 목소리로 말했다.

"엄마, 고르바초프 대통령이 소비에트 연방의 공식 해체선언을 했어요."

혜린은 침대에 누워 놀란 눈으로 마리를 쳐다보며 말했다.

"세계가 변해가는구나. 2년 전에 베를린 장벽이 붕괴하더니 이제 소련 공산주의도 무너졌구나. 마르크스주의의 치명적인 위기야!"

"엄마, 30년 동안 파티마 성모님께 기도한 응답을 받은 거예요! 제가 20년 전에 푸른군대의 성모신심 기도 모임에 가입했을 때 공산주의를 회개시키고 공산주의 장막을 허물기 위한 기도 모임이라 해서 반신반의하면서 토요일마다 참석했거든요. 아버지를 만나길 희망하면서 오늘까지 매주 토요일엔 안 빠지고 러시아 회개와 남북통일을 기원하는 기도 모임에 갔더랬어요. 통일되어 아버지가 혹여 북한에서 살아계신다면 만날 수도 있잖아요. 소련 공산주의는 해체되었지만 북한 공산주의가 붕괴하여 평화적 통일을 위해 계속해서 필사적으로 기도할 거예요."

혜린은 필사적으로 기도한다는 마리의 반짝이는 눈에서 하느님이 함께한다는 것을 느꼈다. 마리의 눈을 피해 고개를 돌리며 말했다.

네가 아버지를 그토록 그리워한 줄 몰랐네. 혜린의 눈에서 눈물한 방울이 떨어졌다. 마리에 대한 죄스러움의 눈물이 아직도 마르지 않고 남아 있었다. 내가 죄인이여. 혜린은 눈과 입을 꼭 다물었다. 그리고 얼른 환자복 소매로 눈물을 훔치고는 기도했다. '주님, 제 죄가 나를 따라붙지 않게 하시고, 마리에게는 축복을 내리소서! 유일한 소원입니다. 저의 기도를 들어주소서!'

혜린은 병원에서 새해를 맞이했다. 간호사가 혜린을 데리고 재활 운동을 시켰다. 재활 운동을 해도 차도가 없자 검사를 했다. 혈액검사, 심전도 검사, 초음파, 엑스레이, CT 등 검사는 다 했다. 합병증이 생겼다. 폐색전증과 심장대동맥류 진단을 받았다. 담당 의사가 링거 바늘이 꽂혀 있는 그녀의 팔을 살짝 두드리며 미소를 짓고 말했다.

"폐색전증은 혈전용해제를 사용하면 좋아지겠습니다만, 고령인지라 심장의 동맥류 수술은 어렵겠어요. 고관절 수술은 잘 되었으니 퇴원하셔서 재활치료를 받으시는 게 좋겠습니다."

그녀는 혈관 벽에 꽈리가 생겨 언제 터질지 모르는 시한폭탄을 달고 퇴원했다. 요양 재활병원에 입원했다 퇴원했다 반복하기를 8개월이 지났다. 걷지도 못하고 통증이 심했다. 혜린은 병원 침대에 누워 죽음이 문턱에 왔다는 생각이 들었다. 혜린은 곧 대면하게 될 자기의 죽음을 아름답게 맞이하고 싶었다. 집에서 조용히 죽음을 대면하고자 했다. 그녀는 마리를 불렀다.

"치료는 더 필요 없고, 집에 가고 싶어. 병원비랑 간병인 비용도 만만찮고…. 너 학교 쉬는 날 퇴원하자."

마리는 어머니 간호를 위해 1년간 휴직했다. 학교에서는 기간제 교사를 채용해서 마리의 수업을 대신하게 했다.

집에 온 혜린의 얼굴은 밝아졌다. 휠체어 앉은 혜린을 본 해피는 경중경중 두 발로 서서 뛰었다. 혜린은 해피를 안았다. 해피가 혜린의 얼굴을 핥고는 슬픈 눈으로 바라봤다. '당신에게서 고통이 느껴져요. 너무 슬퍼하지 마세요.'라고 말하는 것 같았다. 해피와 혜린은 서로 눈빛으로 대화했다.

다음 날 혜린은 아침에 일어나 머리맡에 놓인 라디오를 틀었다. 항상 FM 클래식 방송에 채널이 맞춰져 있었다. 차이콥스키의 '교향곡 6번 비창'이 흘러나왔다. 혜린은 옆에서 자고 있던 해피를 쓰다듬고는 깍지를 끼고 기지개를 켜며 다리를 쭉 뻗었다. 고관절과 허리의 찌릿한 통증이 왔음에도 오랜 동면에서 깨어난 듯 아침 햇살이 기분 좋게 느껴졌다. 마리가 아침 준비를 하다가 음악 소리를 듣고 방으로 들어왔다. 마리는 허리를 굽혀 어머니의 이마에 키스했다.

"엄마가 좋아하는 곡 나오네요."

혜린은 검버섯 하나 없는 하얀 피부에 틀니를 뺀 합죽한 동그란 입으로 어린아이처럼 하품하고는 말했다.

"'비창'은 말이다, 차이콥스키의 순수한 진실을 느끼게 되거든. 열정, 슬픔, 비통, 고뇌와 죽음의 그림자까지 꼭 엄마의 생애와 사랑을 표현하는 곡 같아 듣고 있으면 일종의 카타르시스가 된단다. 너 이런 말 들어 봤니? 슬플 땐 오히려 슬픈 음악을 들어야 마음에 쌓인 설움과 비통함이 해소되고 마음이 정화된다는 사실을 말이다."

아침밥을 먹은 후 혜린은 휠체어에 앉아서 창밖을 멍하니 바라보았다. 허허로운 눈빛은 만개한 배롱나무의 붉은 꽃에 시선이 갔다. 가지 끝에 무리 지어 핀 원뿔 모양 꽃차례가 바람에 일렁거렸다. 혜린은 은발의 머리를 어루만지며 말했다.

"지난 79년간…. 화무십일홍花無十日紅이구나! 저 배롱나무꽃이 질 때까지만 살다가 죽었으면 좋겠다. 메멘토 모리! 배롱나무의 꽃처럼 화사하게 죽음을 기억하고 싶구나!"

"엄마, 죽겠다고 하지 마세요."

마리의 눈가에 맺힌 눈물 한 방울, 마리는 어머니가 전부고 사랑이었다.

"죽음이 두려우셔요?"

마리가 손등으로 눈물을 훔치며 말했다.

"죽음의 부르심에 준비가 되면 두려움이 없다. 어차피 주님 곁에 가는걸. 엄마는 잘살았다. 지금이라도 이 세상을 떠난다면 주님께 감사할 뿐이다. 아쉽다면 너 결혼한 모습을 못 보고 죽는다는 거지."

"제 땜에 많이 힘드셨죠?"

"아니, 마리가 힘이고 엄마 생에 최대의 약이었다. 엄마의 역사歷史 속에 너희들은 사랑이요, 희망이며 즐거움, 슬픔이었다. 너희들과 고생할 때가 제일 행복했어. 생각해보면 고생이 아니라 축복이었지. 마리야, 미안하다. 엄마의 반대로 네가 가고 싶어 했던 수녀원을 포기했으니…."

마리는 잔뜩 이맛살을 찌푸리며 씁쓸한 표정을 감추지 못한 채 화제를 돌리려고 텔레비전을 켰다.

"곧이어 한중수교韓中修交 공동성명 서명식 실황을 생중계하겠습니다."

남자 아나운서가 보도했다.

한중수교란 아나운서의 말에 혜린은 귀가 쫑긋해서 휠체어를 돌려 TV로 향했다.

"1992년 8월 24일 오전 10시 한중수교 공동성명 서명식은 이상옥 외무장관과 첸치천 중국외교부 장관이 서명식장인 방비화芳菲花 홀에 입장하는 것으로 시작했습니다. 태극기와 오성홍기가 놓여 있는 가운데, 공동성명에 서명, 교환 서명, 교환의 절차를 거쳐 43년의 적대敵對가 2분 30초 만에 종료되었습니다."

TV를 보면서 마리가 말했다.

"엄마가 그토록 가고 싶어 했던 중국을 이제 가실 수 있겠네요."

최혜린은 정세 변화에 무상을 실감하면서 쓸쓸하게 말했다.

"내가 스물세 살 때 중국에서 나왔으니까 올해라도 중국 갈 수 있다면 54년 만에 가는 셈이지."

화면에는 아나운서의 보도와 양국 장관들의 샴페인 부딪치는 장면이 보였다.

"노태우 대통령은 우호 관계의 조속한 정책을 위해 곧 중국을 방문할 것입니다. 물이 흐르면 도랑이 생기고, 두 나라 사이에 물이 줄기차게 흘러 한중수교로 도랑이 생겼습니다."

최혜린은 TV를 통해 한중수교를 바라보는 감회가 남달랐다. 만리장성과 문화유적을 소개하는 장면에서는 새삼 지난 일이 생각나는지 눈물을 보였다. 마리는 어머니의 손을 움켜잡고 말했다.

"어머니, 제가 꼭 보내드릴게요."

"이 몸으로 가겠니? 만리장성에서 고무줄뛰기하고 놀던 때가 엊그제 같은데, 세월이 쏜 화살 같구나!"

"엄마, 그렇죠. 세월이 얼마나 총알 같나면요. 100년 동안 삼대가 속했던 시간을 계산해보자고요. 조선 반도가 열강의 무력 앞에 힘을 쓰지 못하는 무기력한 1900년부터 시작하면, 일본이 1904년 러일전쟁에 승리한 뒤 강제로 을사늑약을 맺어 대한제국의 외교권을 빼앗고요. 1910년 국권 침탈로 대한제국은 일본의 완전한 식민지가 되었죠. 1915년에 엄마가 탄생했고요. 5년 뒤, 일제의 강압적인 식민지 정책에 항거했던 외할아버지가 만주로 추방당하셨죠. 18년 후 1938년에 아버지와 엄마가 결혼해서 4년 후에 용호 오빠가 태어났고요. 3년 후 1945년에는 우리 민족이 일본으로부터 주권을 다시 찾은 해방되는 해에 미란 언니가 태어났어요. 8.15해방은 또 다른 종속의 시작으로 대한민국은 이데올로기에 의해 국토 분단된 5년 후 1950년에 6.25가 터지기 5개월 전에 마리가 태어났어요. 3년이 지난 후 모든 전선에서 전투가 종료되는 '정전협정'이 성립되었지만, 아버지는 행방불명이 되었죠. 엄마가 79세인 오늘, 43년간 적대敵對를 넘은 2분간의 한중수교韓中修交를 했어요. 우리는 기나긴 역사를 지나왔지만, 지구의 역사에 비하면 우리의 존재는 한순간이죠. 계산으로 증명해보면…. 에고, 숨차."

"그만 됐어."

최혜린은 마리의 쏘아대는 말에 실낱같은 눈썹을 살짝 찡그렸다. 마리는 어머니의 눈치도 보지 않고 죽음보다 현존재의 의미를 어머니에게 부각하고 싶어 계속 떠들어 댔다.

"45억 년billion years의 지구 나이를 인생같이 100년 줄여 생각하면 할아버지와 엄마, 나까지 삼대의 인생 100년은 비례적으로 1분 17초의 짧은 시간이에요. 그러니까 계산해보면 시계 초바늘이 80번쯤 째깍하면 우리는 훅 어디로 돌아간다는 거죠. 100년의 세월이 긴 것 같지만 지구의 역사에 비해 1.17분이라고요. 그러니까 100년의 지구 역사에 우리가 유린당한 시간은 길고 고통스러웠지만, 순간이란 말이죠. 엄마, 시간의 흐름이 얼마나 빠른지 알겠죠. 그러니까 죽는다는 말씀은 하지 마세요. 사람은 어차피 죽어요. 난, 아직 엄마가 필요해요. 실존의 가장 중요한 부분은 짧지만 지금 살아 있다는 거죠. 한순간 살아 있다는 것만으로도 더할 나위 없이 충만한 의미죠."

최혜린은 따발총같이 쏘아대는 마리의 말에 지루한 듯 짜증스럽게 말했다.

"됐고. 공동성명은 뭐라니?"

마리는 또박또박 말했다.

"상호불가침, 상호 내정불간섭, 중화인 민국 공화국 승인, 한반도 통일문제의 자주적 해결원칙, 등 6개 항이에요."

"한반도 통일문제 해결원칙을 어떻게 하겠다는 건지⋯. 통일되면 네 아버지 소식을 알 수 있을까?"

"아버지 소식이 궁금했으면 1983년에 이산가족 찾기 생방송 할 때 왜 신청 안 했어요? 혹시 알아요, 제 삼국으로 가서 딴 살림 차렸을지 모르잖아요? 미남에다 예의 바른 아버지에게 여자들이 달라붙을 수도 있죠."

"네 아버지는 그럴 분이 아니야. 큰 오라비 연좌제에 걸릴까 봐 이미 사망신고를 한 상태인데, 신청을 어떻게 해. 하긴, 사망신고도 소용이 없었지. 무슨 이유인지 모르지만, 정부에서는 네 오라비를 연좌제에 적용했으니…."

"하긴 그렇네요."

최혜린은 잠시 회상하듯 서글픈 눈빛으로 말했다.

"이미 의용군이 된 박 과장과 인민군이 아버지를 모시고 같으니 납치당한 거지. 아버지가 어쩌다가 거제 포로수용소까지 들어가셨는지는 모르겠다만, 어진 양반이라 할머니 말씀대로 거제도 포로수용소 폭동 때 아마 돌아가셨을지도 모르겠다."

"아버지가 공산주의였어요?"

"그 당시 인텔리겐자들은 유행처럼 사회주의 사상에 물들어 있었지. 아버지가 공산주의는 아니야."

최혜린은 두 손바닥으로 얼굴을 쓰다듬으면서 창밖의 배롱나무를 향해 쓸쓸히 시선을 돌렸다.

"엄마, 중국서 살았던 어린 시절 이야기 또 해줘요."

마리가 어머니의 기분전환을 위해 자주 쓰는 묘책이었다. 어머니는 어린 시절을 이야기할 때마다 생기가 돌았다. 최혜린은 금세 눈을 반짝이며 이야기했다.

"봉천의 금화여관은 대구에서 온 사람이 경영했는데 그 집 딸이 나보다 9살 위였는데 나중 그 언니 따라 봉천 소학교에 다녔어. 하루는 할아버지가 사주신 가죽 꼬까신을 신고 학교에 갔다가 아이들의 시선이 부끄러워 하루 신고는 다음부터는 안 신었어. 할아버지 사랑이 지극했지. 지금도 눈에 선하구나. 서탑에서 전찻길을 건너서 개울이 있었어. 물이 많으면 개울을 건너지 못해 머슴이 엄마를 업고 건넜지. 개울 옆으로 일본 헌병대와 관사가 있었고 그 뒤로는 벌판이었지. 벌판 건너 가마모찌란 동네가 있었는데, 큰 공회당과 상점, 서양식 큰집들이 많았어. 정미소 직원들이 나를 데리고 마술 보러 간 일이 뚜렷이 떠오르는구나! 큰 공회당에서는 인도 마술단이 와서 악기도 불고, 사람을 죽였다 살렸다. 마술사 입에서 불이 뿜어져 나오는 것이 마냥 신기했어. 봉천소학교 3학년으로 올라가자 단둥으로 이사를 하였지. 친했던 백계 러시아인 쏘냐와 이별이 슬퍼 며칠을 울었던 기억도 나는구나. 안동여고 학교시설은 좋았어. 대강당에서 학예회 때 엄마는 연극의 주인공으로 뽑혀 인기가 많았단다. 학교에서는 겨울이면 스케이트를, 여름이면 풀장에서 수영을 가르쳤어. 무용 시간에는 왈츠도 배웠단다. 스팀이 지나는 곳에 장을 설치해서 도시락을 넣고 따뜻하게 먹었어. 외할머니는 살림이 넉넉하지 않아도 도시락 반찬만큼은 명란젓, 달걀, 나나 스키, 연어, 마구로 장조림, 불고기, 등 일류로 사주었어. 친구들한테 기죽지 말라며 외할머니의 자식 사랑이었지. 엄마는 그것도 모르고 까탈을 부리며 모든 음식에는 마늘을 넣지 말라고 했어. 마늘 냄새가 나면 일본 친구들이 무시할까 봐 그랬어. 그런데 어느 날 막내 숙모가 불고기에 마늘을 넣지 않았겠어. 도시락을 먹지 않고 그대로 집으로 가지고 왔지. 그래서 지금까지 못 먹는 게 마늘과 보리밥이야."

혜린의 눈시울이 촉촉이 젖었다. 혜린은 손으로 주름진 눈언저리를 닦고는 말했다.

"한중수교 되면 장개석의 동상이 서 있는 대만 대사관은 어떻게 되냐?"

마리가 말했다.

"명동 입구에 있는 대사관 말이죠. 엄마는 별걱정을 다하셔."

"참, 그 대사관 집터도 세디세구나. 청나라 공관이 되기 이전에는 악독한 포도대장 이경하가 살던 집이야. 대원군의 천주교도 박해 때 대학살을 주도하고 감행한 자가 이경하였거든. 그의 체모體貌가 고양이처럼 생겼고 얼마나 암상스럽고 독살스러웠던지 한번 생글생글 웃기만 하면 사람을 죽여내곤 했기에 그를 염라대왕이라 불렀데. 그의 가마가 지나가면 사람들이 두려워 도망쳤다는 거야. 그 당시 너희 친할머니도 이경하가 무서워 잠깐 배교했다는 말을 들었어. 아이들이 울면 낙동장신駱洞將臣! 하면 울음을 뚝 멈출 정도로 무서워했지. 한창 죽여 낼 때는 자신의 낙동집에 형틀을 차려 비명이 끊이지 않았기에 흉가로 소문이나 오랫동안 사람이 살지 않고 있다가 청나라에서 사들여 공관이 되었지."

"엄마는 이경하를 보지도 않고 그렇게 잘 알아요?"

"너 외숙모 오라버니가 사학자잖니. 그분이 이야기해 줘서 알았지."

사람이 죽기 전에 아주 잠깐 주마등처럼 자신의 생애에 가장 좋았던 순간이 스쳐 지나가는 것인지, 최혜린은 숨을 몰아쉬며 꺼져가는 희미한 목소리로 무슨 말인가 하려고 했다. 삼 남매는 중요한 말인가 싶어 얼굴을 어머니 가슴 가까이 댔다.

"보고 싶구나! 황혼의…. 끝없는 붉은 수수밭이…."

최혜린은 마지막 말을 남기고 배롱나무꽃이 다 지고 11월, 죽은 이의 영혼을 위로한다는 위령성월에 세상을 떠났다. 최혜린은 삼 남매와 사위 앞으로 유서를 남겼다. 삼우날, 가족들이 모두 미사에 참례한 후 어머니의 봉안묘에서 삼우제 예식을 거행했다. 기도와 독서, 성가로 예식을 마친 다음 삼 남매에게 남긴 공통의 유서를 마리가 낭독했다.

"모(母)의 역사 속에 너희들은 나의 희망, 사랑, 슬픔이었다. 삼 남매 서로 사랑하고 아끼고 우애 있게 지내라. 누구든 어려울 땐 서로 돕고 조상에 대한 고마움을 알고, 항시 내가 서 있는 위치를 잘 파악하고 겸손과 근면한 생활로 정직하게 살아라. 이 나라 국민으로서 부끄럽지 않게 자존심을 가지고 사회에 꼭 필요한 사람이 되어라! 이 엄마는 이만하면 잘 살았다. 평화로이 이 세상을 떠나게 해주셔서 하느님께 감사할 뿐이다. 모두의 행복과 평화를 빈다."

모두 꼿꼿이 선 채 숙연하게들 손을 모았다. 김용호가 엄숙한 음성으로 말했다.

"어머니 유지를 받들어 잘 살겠습니다."

손잡고
선을 넘어

용호는 '손잡고 선을 넘다.'라는 제목으로 신문에 대서특필한 조간신문을 읽다가 벨 소리에 현관으로 나간다. 문을 열자 동생들이 아무런 예고도 없이 들이닥친다.

2018년 4월 27일, 김용호의 76번째 맞이하는 생일이다. 미란과 마리는 새벽 댓바람부터 생일상을 차려주기 위해 김용호네 집에 온 것이다. 자매는 마련해온 음식들을 다시 데우고, 지지고 볶느라 부산스럽다. 미란은 미역국과 잡채, 민어찜, 갖가지 나물과 찰밥을, 마리는 소 갈비찜과 육전과 물김치를 식탁에 올린다. 용호는 잘 차려진 생일상을 보고는 눈이 휘둥그레져 말한다.

"생일상 한번 요란하구먼."

삼 남매는 밥을 먹으면서 '남북정상회담'의 실황중계를 본다.

문재인 대통령과 김정은 북한 국무위원장이 손을 잡고 군사분계선을 넘나드는 장면이 TV 화면을 꽉 채운다.

삼 남매는 밥을 먹다 말고 판문점 평화의 집에서 두 정상이 공동으로 종전선언, 평화협정을 발표하는 장면에 눈을 떼지 못한다.

'통 큰 합의에 동의한 김정은 위원장의 용기와 결단에 경의를 표한다.'라는 문 대통령의 얼굴에는 환한 미소가 번졌다. 거기에 화답한 김정은은 '이 합의가 역대 북남 합의서들처럼 시작만 뗀 불미스러운 역사로 되풀이되지 않도록 노력하자.'라며 천진난만한 웃음을 흘린다.

미란은 입안의 음식물을 삼키며 흥분해서 말한다.

"두 정상이 판문점 군사경계선을 제집 드나들 듯 저렇게 가볍게 넘나들 수 있니? 감동이야!"

마리는 쥐고 있던 숟가락을 얼른 상에 놓고 손뼉을 치며 말한다.

"와, 이제 평화가 오나 봐요. 통일이 곧 되겠죠? 완전한 비핵화라니! 후대가 짊어질 핵전쟁의 불안한 짐에서 벗어나겠어요. 그래서 트위터고, 전 세계가 '남북정상회담'을 생중계하나 봐요."

용호는 민어찜을 집다 말고 씩씩거리며 말한다.

"넌 그걸 믿냐? 종전선언, 평화협정! 좋아하네. 고모부를 총살하고 이복형을 쿠알라룸푸르에서 독살시킨 놈의 말을 믿는 게 어리석지. 그토록 빨리 체질 개선을 하여 평화주의가 될 수 있을 것같아? 천안함 침몰 사태를 보면 몰라. 북한의 어뢰 공격에 침몰 되었다는 것이 과학적으로 입증되었다고. 해군 장병이 46명이나 전사하지 않았어. 6.25전쟁을 다시 상기시키는 민족적 비극이야. 평화 좋아하네. 북한이 핵무기를 안 없애는 한 평화는 없어. 쌀을 퍼주어도 북은 핵을 포기하지 않을 거야."

마리는 오빠의 말을 귓등으로 흘러보내고 딴청을 부리며 말한다.

"곧 남북 이산가족 찾기도 하겠지요. 오빠, 남북 이산가족 찾기 신청해봐요. 이북도 많이 달라졌어요."

용호는 언성을 높여 싸울 듯이 말한다. 입에서 밥알이 튀어나온다.

"와, 속 터진다. 달라졌다는 증거 있냐? 6.25사변을 일으킨 장본인의 손자야. 그 DNA가 어디 가겠어. 3대째 정권 세습인데, 북한에서 노동자 출신이 인민 최고 위원장이 될 수 있을 것 같아? 대한민국은 개인의 자유와 권리를 기반으로 하는 자유민주 체제이고, 북한은 일국일당一國一黨, '모두는 하나를 위하고 하나는 모두를 위한다.'는 전체주의 체제 속에 살아왔는데, 민족 개념을 앞세운 감상적으로 접근할 일이 아니야. 문재인 정권은 자유민주주의 체제를 바꾸려고 하고 있어. 북에 끌려가는 현재 대통령도 탄핵당할 수 있어."

마리도 지지 않고 열을 올린다.

"탄핵은 무슨, 국민의 손으로 뽑은 대통령인걸요. 무슨 근거로 그렇게 보세요? '사람이 먼저다'라는 슬로건을 보면 대통령이 얼마나 휴머니스트인지 알 수 있잖아요. 우리 민족끼리 통일을 만들면 되죠."

용호는 한 옥타브 낮춘 음성으로 마리를 설득하려 든다.

"우리민족끼리 통일은 불가능해. 주사파들이 광화문에서 반미, 반일로 시위하는 한, 한국, 미국, 중국, 소련, 일본이 만들어가야 해. 더군다나 북한은 인간의 존엄성과 인격의 가치는 이념 달성을 위한 수단으로 바뀌었어, 인권의 절대가치를 상실했다고. 탈북자들, 이야기 들어보면 몰라. 이념 주의를 신봉하고 따르면 휴머니즘의 정신에 어긋나거나 역행하게 돼. 휴머니즘이 없는 사회는 자유와 평등 모두를 잃게 된다고. 그래서 민족끼리 통일은 불가능해. 뭐, 대통령이 휴머니스트! 넌, 대통령이 말한 사람이 국민을 말하는 줄 알아. 이 바보야, '사람이 먼저다'에서 사람은 자기 편을 말하는 거야. 저들은 적폐 청산이니 과거사 진상조사니 하며 역사를 무기 삼아 청산의 채찍을 휘두르고 있어. 현 정권이 들어서자 휴머니즘을 포장한 말들이 넘쳐났어. 운동권의 선전 구호가 그랬어. 행태를 보면 윤흥길의 '완장'이란 소설이 떠올라. 완장을 차고 정치적 황홀에 빠져 청산의 채찍을 휘두르는 것을 보면 말이다."

용호와 마리의 설전이 치열해지자 보다 못한 미란이가 나선다.

"이러다간 오누이 의절하겠어. 자유민주 시대의 오늘날에 대통령은 왜 가족들 간에 건너기 힘든 강을 만들어 불행과 고통을 만드는지 모르겠구나! 오빠, 그래도 포용하는 두 정상의 모습은 희망을 주는데요. 이제 남북 편 가르기는 그만했으면 좋겠어요. 의견이

다르다 싶으면 극우로 치부해 버리고, 대중의 절실한 요구에 둔감하고, 지지층끼리 결집하여 뜻이 다르면 배척하는 좌파의 타성도 문제에요. 진보정권 시대인데 민주주의 기본 전제인 언론의 자유에 대한 낮은 감수성을 보이는 정부도 문제죠. 바로 북한 비판 탈북단체의 압박은 인권 침해라고 봐요. 흑과 백 사이에 수많은 회색이 필요한지를 왜 모를까요? 제가 보기에 좌든 우든 그 형태만 보면 도긴개긴이에요. 북과 도저히 화합할 수 없는 원한의 길로 갈라서기도 했지만, 현재 우리는 산업화로 잘살게 되었잖아요. 민주화도 이루었고요. 그 누구도 그 자산을 단절할 권리가 없어요. 지금 보세요. 우리의 서쪽엔 14억의 중국이, 동쪽에는 1억2천의 일본이, 그리고 우리 머리 위에는 광대한 러시아가 있어요. 그 가운데 분단된 채로 대한민국이 당당하게 존재한다는 것은 결코 우연일 수가 없죠. 공산국가로 만들지 않고 대한민국을 탄생시킨 이승만 대통령도 있었고, 삶의 기틀을 잡게 한 부국으로 만든 대통령들도 있어 가난과 헐벗음에서 벗어나 이만큼 자유를 누리며 세계 속에 자랑스럽게 살고 있잖아요. 그런데도 현실의 막중한 과제 앞에 과거만 들먹이며 뒷걸음치는 현재의 정치판에 저도 염증을 느껴요. 그렇다고 오빠처럼 눈에 쌍심지 켜고 반대만 한다고 일이 풀리겠어요. 미래가 보이지 않아요. 우리 앞에 닥친 현실을 보자는 것이죠. 과거는 바꿀 수 없지만, 미래는 희망에 차야죠."

김용호는 정치 문제를 가지고 열변을 토하며 흥분한 것이 멋쩍은지 뒷머리를 긁적이며 웃으며 말한다.

"허허, 미란인 변호사 해도 됐겠다. 물론 한국은 희망이 있어. 우리 민족의 역사가 오천 년인데 대한민국이 승리하지, 북한이 승리하겠어? 우리 대통령이 전 세계적으로 나간다면 말이야. 공산주의라면 치가 떨려."

김용호는 어린 시절 인민재판의 공포가 되살아나는지 몸을 부르르 떤다. 미란의 중재에도 마리는 자기주장을 굽히지 않는다.

"지금 대통령 인기가 75%인걸요. 국민의 지지를 받고 있잖아요."

"너도 촛불 부대라서 말인데, 촛불시위로 대통령으로 당선되었다고는 하지만 41%가 촛불시위고 59%의 표를 찍지 않은 사람을 명심해야 해. 노동자 출신이고 노벨평화상을 받은 바웬사도 압도적인 지지로 폴란드의 두 번째 대통령이 됐지만 경제 정책의 잘못으로 임기 말엔 지지율이 3%로 떨어졌어. 문제는 경제를 살려야 해. 먹고 사는 문제가 해결 안 되면 사람들은 정부를 따르지 않아."

미란은 짜증스럽게 말한다.

"기쁜 생일날 나라 정치가 가족을 분열시키는구먼."

4월이 가고 6월 12일 영화 같은 일이 벌어진다.

마리의 초대로 용호와 미란은 오늘 세기의 담판을 보기 위해 오전 10시에 마리 집에 모인 것이다. 마리는 북한에 관한 새로운 소식이면 무조건 오빠와 언니를 불러 함께 대화하며 보기를 원한다. 마리는 스포츠든 영화든 가족이나 친구와 함께 보기를 좋아한다.

공유와 공감은 혼자가 아닌 함께 살아간다는 느낌을 받으니까. 용호와 미란은 귀찮아하면서도 마리의 말이라면 들어준다. 독신으로 사는 동생이 외로워 보여서이다.

삼 남매는 소파에 앉아 TV에 집중하고 있다. 월드컵 4강전 축구대회를 응원하는 것보다 더 흥미롭게 TV를 본다. 마리가 엉덩이를 들썩이며 말한다.

"세계의 이목이 '센토사섬'에 집중하겠어요. 전 세계인이 생중계하는 TV에 눈이 꽂혔을 거예요."

TV 속 아나운서는 중계방송한다.

"하늘에서는 헬기가 순회하고, 바다에서는 군함이 진을 치고, 육지에서는 군인과 경찰이, 센토사섬은 육·해·공군의 철통 경비 아래에 카펠라 호텔에서 북미정상회담이 열리고 있습니다. 악의 축이었던 북미의 정상이 만나, 기선제압용 악수로 악명 높은 요동치는 악수가 아니라 트럼프 대통령은 김정은 국무위원장과 부드러운 악수를 한 후 말합니다.

'오늘 매우 중요한 문서에 서명할 것입니다. 새로운 출발을 알리는 역사적 사건을 보게 될 것입니다. 김정은은 굉장히 똑똑한 협상가로 오늘 만남이 어떤 예측보다 좋은 만남입니다.'"

화면 속 아나운서는 오전 중계는 여기서 끝을 내고 오후에 다시 중계한다고 보도한다.

삼 남매는 늦은 점심을 먹은 후 차를 마신다. 마리는 녹차를 한 모금 입속에 머금었다가 천천히 목구멍으로 흘려보낸다. 모나카를 집어 한입에 넣고 오물오물 씹는다. 입안에서 겉면의 바삭함을 잠시 느낄 찰나에 부드럽게 살살 녹아내린 팥앙금의 쫀득한 식감에 행복을 느낀다.

"오빠, 모나카의 단맛과 녹차의 쌉싸름 쓴맛을 엄마는 뭐라고 하신 줄 아세요?"

미란이 웃으며 말한다.

"이것이 인생의 맛이란다."

용호는 모나카를 베어물고 말한다.

"하하하 어머닌, 녹차와 모나카를 즐겨 드셨지."

마리가 풀죽은 표정으로 고개를 떨어뜨린다.

"이 나이가 되어도 어머니가 보고 싶어요. 아버지 소식도 궁금하기도 하고…."

미란은 마리의 등을 토닥거리며 분위기를 띄운다.

"자자 곧 오후 중계가 시작해요. 온 세계인을 감동의 도가니로 몰아넣을 거야."

삼 남매는 텔레비전 화면에 집중한다.

'기자들의 플래시 세례를 받으며 핵물질, 핵 과학자, 메가톤, 메가와트, CVID(완전하면서도 검증 가능하며 영원히 불가역적인 비핵화)과 북한 체제보장, 전쟁포로 유해를 발굴, 등 서명식부터 시작한다. 기념 촬영, 발표문, 오후 3시 40분 4대 핵심 합의 내용이 담긴 북미 정상 공동합의문에 서명한다.'

마리가 달떠서 말한다.

“오빠, 통일될 것 같아요.”

용호는 시퉁하게 말한다.

“통일은 무슨. 문 대통령은 대한민국을 진정한 주권국가로 안 봐. 민족국가 건설의 투쟁 과정으로 생각해. 대통령이 평양 방문에서 ‘남측 대통령’이라고 말한 걸 보면 몰라.”

그때 마리의 휴대전화에서 벨 소리가 난다. 마리는 휴대전화를 열어 귀에 댄다. ‘통일되는 거예요.’ 뜻밖에 히말라야 원정 갔을 때 만난 네팔인 짐꾼 셰르파 뿌띠의 목소리다. 전화기에 들리는 뿌띠는 자신의 조국인 양 기쁨에 찬 목소리로 말한다. 뿌띠가 TV를 본 모양이다.

김용호가 묻는다.

“누구야?”

마리는 뿌띠의 전화로 통일이 되는 핑크빛 꿈에 젖어 말한다.

“네팔인 뿌띠가 통일이 되는 줄 알고 내 일처럼 기뻐서 전화했네요. 오빠 이제 남북 평화가 현실적으로 다가오지 않아요?”

“글쎄다. 폴란드 대통령 바웬사 말이 공산당하고 싸울 때는 기계 고치듯 차근차근해야 한다고, 몸으로 익혀서 싸워 성공했다고 말했는데…. 김정은은 핵 포기 안 해. 마치 소금에 절여 말린 이탈리안 소시지 salami 를 얇게 썰어 먹듯이 큰 덩어리 협상 안건을 얇고 조금씩 분리해 별도로 협상하는 ‘살라미 전술’이야. 김정은 5년간 전력을 다해 핵, 미사일 능력을 높여왔는데, 그 밑천으로 원조나 제재 해제를 바라고 국제환경 개선이라는 이익을 얻으려고 하겠

지. 북한의 유일한 '협상 칩'이 핵, 미사일이란 걸 누구나 알아. 북
한은 과거 소련 공산당의 잘못을 되풀이하고 있어. 핵무기로 북한
국민뿐만 아니라 우리까지 핵으로 위협하고 있단 말이야. 핵무기
개발할 돈으로 북한 주민들을 잘살게 하지. 그런다고 미국과 UN
안보리에서 대북 제재를 낮추지 않을 거야. 어딜 튈지 모르는 트럼
프의 독특한 성격으로 어떻게 진행이 될지 두고 봐야지. 스탈린에
게 전쟁 지원을 간청하는 김일성과 박헌영은 장기판의 졸卒에 불
과했듯이 트럼프에게도 김정은 졸卒로 볼 거야."

마리는 용호의 눈치를 본다.

"오빠, 지금 남북이 평화의 분위기가 무르익어가는데 곧 정부에
서 이산가족 상봉시키지 않겠어요. 이산가족 찾기 신청해볼래요.
아버지의 또 다른 가족이 있을지도 모르잖아요?"

용호는 마뜩잖은 표정으로 말한다.

"아버진 돌아가셨겠지만, 그 자식들이 있다면…. 난 싫어. 만나
기 싫어. 분단에 길들어져 지금이 편해. 찾고 싶지도 않아. 한 번도
본 적이 없는데, 정인들 있을 턱이 있겠니. 분단이 불편하지도 않
아. 통일이 안 돼도 잘살고 있잖아. 무엇보다 남북관계가 주종관계
로 이끌어 가는 게 싫어. 두고 봐 정부가 흑백논리로 분열시켜 국
민의 삶을 도탄에 빠트릴 거야. 흑백논리는 공산주의밖에 없어. 대
화가 없고 투쟁이 있을 뿐이야. 투쟁은 보복과 갈등으로 치닫게 되
지. 정치적 반대자를 적폐로 몰고, 측근이나, 부적절한 인사를 사
법부 고위직과 장관 자리에 앉히는 것을 보면, 6월 항쟁 정신을 계

승했다는 정부는 뒷걸음치는 민주주의야. 게다가 최저임금의 급격한 인상이라든가, 주 52시간 근무제 강행이나 공무원과 공기업의 증원. 이것 말고도 좌파 정책의 결과는 우리 경제를 더욱 어렵게 하고 있어. 실제로 피부로 느낀다니까."

마리는 용호의 말이 못마땅한 듯이 이맛살을 찌푸리며 쏘아붙인다.

"오빠는 정치에 그렇게도 관심이 많아요? 국회의원에 출마해도 되겠어요."

며칠 후 마리는 용호의 만류에도 이산가족 찾기 신청한다. 인터넷으로 이산가족정보통합시스템으로 들어가서 전화를 한다.

"납북된 아버지가 고령이라 돌아가셨을 텐데 이북에 그 가족이 살아 있다면 찾을 수 있어요?"

마리의 질문에 방법을 알려준다. 유전자 검사를 신청하라는 것이다.

더위가 한풀 꺾인 8월. 마리는 한 통의 전화를 받는다.

"김마리 어르신, 통일부에서 실시하는 이산가족 유전자 검사를 받겠습니까?"

"네."

마리는 유전자 검사를 수락한 다음 바로 김용호에게 전화한다.

"오빠, 마리 소원이야. 유전자 검사받아요. 응"

"네 소원이라는데, 죽기 전에 들어줘야지. 허허, 그렇다고 아버지의 다른 가족은 없을 테지만 있다고 해도 난 상봉은 안 한다."

마리는 오빠와 언니를 간신히 설득하여 같이 유전자 검사를 받기로 한다.

며칠 후 유전자연구소 직원이 늦은 시간에 마리 집에 방문한다. 용호와 미란도 이미 마리 집에 와서 저녁을 먹고 기다리고 있다.

김마리가 유전자연구원 직원에게 차를 권하며 묻는다.

"유전자 검사를 받으면 곧 남북 이산가족 상봉이 이루어지나요?"

흰 가운을 입은 젊은 남자 직원은 상냥하게 웃으며 대답한다.

"네. 지금도 이산가족이 유전자로 찾아 상봉을 할 수 있습니다. 고령의 이산가족들이 사후나 통일 이후에 가족관계를 확인할 수 있도록 유전자 정보 데이터베이스를 구축하기 위해서라도 유전자 검사만큼 확실한 건 없죠."

직원은 마리의 머리카락부터 뽑는다.

"앗, 미안합니다. 모낭 없이 뽑혔네요. 모낭이 있어야 확실한 검사를 할 수 있어요. 다시 뽑겠어요."

직원은 미란, 용호의 머리카락을 각각 10개씩 뽑아 조심스럽게 비닐 팩에 담는다.

"따끔합니다."

직원은 마리의 엄지손가락 끝에 바늘로 꼭 찔러 피를 내어 아크릴판에 묻혀 작은 통에 담는다.

"유전자 검사에서 머리카락 검사보다 더 정확한 게 혈액검사에요."

직원은 친절하게 설명한다.

"오빠, 이산가족문제 해결은 문 대통령이 잘하는 일 아냐?"

김용호는 마리를 힐끗 쳐다보고는 직원에게 말한다.

"북한도 이산가족들 유전자 검사를 하고 있어야 대조할 게 아닙니까? 지금 북한은 경제적으로 매우 어려울 텐데 유전자 검사를 할 수나 있겠어요?"

김용호는 떨떠름한 표정으로 손가락을 내민다.

"글쎄요. 정부에서 유전자 검사 비용을 벌써 북한에 돈을 보내긴 했어요. 일단 남쪽에서 유전자 검사한 것을 북한에 보내 일치한 가족이 있다는 연락이 오면 화상 상봉이라도 할 수 있고요. 안되면 우선 남쪽이라도 유전자 정보 데이터베이스를 만들어 놓았다가 후일 북한에 거주하는 이산가족들의 유전자 검사를 해주면 그때 자손들이라도 확인할 수 있죠. 유전자 검사만큼 가족 확인이 확실한 건 없죠."

직원은 미란의 손가락 끝에 바늘로 콕 찌른다.

"많이들 하세요? 고령에."

"네, 희망한 이산가족이 4만 명이 넘어요. 68세의 어르신 나이면 이산가족 중에 막내예요."

마리가 말한다.

"아, 그래요"

직원은 검사한 것들을 주섬주섬 가방에 넣으며 말한다.

"수고하셨어요. 나중 연락은 이산가족 신청하신 김마리 어르신께로 하겠습니다."

"선생님도 수고하셨어요."

마리는 그 직원을 승강기 앞까지 정중하게 배웅한다.

11월 어느 바람이 스산하게 부는 날, 통일부 이산가족과에서 전화가 걸려온다.

"김마리 어르신, 가족을 찾았어요!"

마리는 믿어지지 않는 소식에 날카롭고 탄력 있는 목소리로 환성을 지른다.

"와! 진짜 찾았어요? 가족이 살아 있던가요?"

"네, 김태수 씨는 벌써 40년 전에 사망하셨으며 그 부인과 남매가 살아 있어요. 다행히 북한에 사시는 남매가 유전인자를 등록해놓아 찾을 수 있었어요. 김용호 씨와 김미란 씨의 유전인자가 일치한 것으로 확인되었습니다. 그런데 김태수 씨의 자녀와 김마리 씨와는 유전자가 일치하지 않아요. 그래도 이산가족 화상 상봉 신청을 하시겠습니까?"

"……"

마리는 멍멍하다. 유전자가 일치하지 않는다니? 내 아버지가 아니란 말인가? 당혹스럽다. 어머니에게 배신을 당한 기분이다. 순간 무인도에 떨어진 듯 외로움이 왈칵 몰려온다. 여러 가지 생각이 교차하다가 한 가지 생각으로 모인다. 내 몸속엔 나를 낳아준 아버지의 DNA가 흐른다. 나는 용서와 자유분방한 선을 향한 의지의 유전자를 물려받았어. 시간을 가로지르며 생명과 관계 속에 살려는 탁월한 유전자를 부모로부터 받았어. 이것 또한 좋은 유전자를 물려준 부모에게 감사할 일이지. 굳이 유전인자로 북의 형제자매와 일치하지 않더라도, 내가 그들을 가족으로 여기며 상봉하기를 원한다면 유전자의 핵심 물질인 DNA가 '자연 선택'으로 변할 수 있다는 생각이 든다. 자연 선택은 뇌 신경에 의해 결정된다는 학설도 있지 않은가? 마리의 뇌와 신경 세포는 윤리적 가치와 상호관계를 맺으면서 도덕적 행동이 튀어나와 가족 사랑으로 불을 지핀다. 김태수도 날 낳아주신 아버지이야. 북한의 남매도 나의 형제자매인걸. 우리는 한 가족이야.

마리의 대답이 없자 직원은 재차 묻는다.

"화상 상봉이 언제 이루어질지 모르지만 일단 신청하시겠습니까?"

"아, 네. 신청하겠어요."

마리는 며칠째 고민하고 있다. 마리의 열망이 이루어지긴 해도 오빠, 언니에게 아버지가 다르다는 사실을 어떻게 말해야 할지.

창 너머 빨간 단풍잎이 거센 가을바람에 우수수 떨어진다. 마리는 거실 소파에 앉아 흩날리며 떨어지는 단풍잎처럼 마음이 뒤숭숭하다. 슬픈 단풍잎, 떨어진다는 것은 슬퍼. 오빠 언니가 나와 아버지가 다르다는 사실을 알면 정이 떨어질까? 정이 떨어진다는 것은 외로워. 슬픈 단풍잎은 바로 나네!

마리는 스마트폰에서 들리는 노래를 따라 부른다.

"그 노래는 생각나게 하오. 또 다른 삶과 먼 바닷가를……"

'Ne poi krasavitsa 노래하지 마오, 아름다운 아가씨'가 흘러나온다. 노래는 마리를 현재의 외로움과 어머니의 불행했던 삶 속으로 빠져들게 한다. 베이스바리톤의 목소리는 외로움과 그리운 정서가 녹아 그녀의 마음을 울리곤 은은하게 비추는 달빛처럼 포근하게 감싼다.

마리는 눈을 감은 채 과거로 돌아가 있다. 아버지의 말소리가 들린다. 예쁜 마리가 자라면 대문 밖 고추나무까지 베어버려. 짝사랑한 총각이 목매달지도 모르니까. 구수한 고기 냄새가 난다. 용호가 바싹 구운 개구리 뒷다리를 마리 입속에 넣는다. 오빠가 개구리 많이 잡아 올게. 많이 먹고 빨리 나아! 미란은 성당에서 받은 인형을 마리 손에 쥐여주며 뜨거운 개구리 뒷다리를 호호 불어 마리 입속에 쏙 넣어준다. 빨리 나아서 오빠랑 언니랑 놀러 가자. 엄마의 유언이 아련히 들린다. 삼 남매 우애 있게 지내라. 마리는 과거에 빠져있다.

마리는 눈을 뜨고 무언가 확인을 하려는 듯 스마트폰의 음악을 끄고 장식장 쪽으로 간다. 디지털 탁상시계는 2018년 11월 28일 14시 37분을 알리고 있다. 그녀는 장식장 문을 열고 앨범을 꺼낸다. 마리는 아버지와 어머니가 약혼 때 찍은 복사본 사진을 바라본다. 아버지는 행복한 듯 엷은 미소를 짓고 있다. 아버지는 나와 어

머니 사이에서 얼마나 마음이 갈래갈래 찢겼을까? 마리는 아버지
에 대한 연민의 정이 치민다. 어머니를 바라본다. 어머니의 눈은
행복한 결혼 생활을 꿈꾸듯 미소 짓고 있다. 마리는 자책한다. 나
는 어머니의 죄를 드러내는 존재다! 어머니는 나를 낳고 평생 가
슴앓이로 살았을 것이다. 어머니는 나를 배신한 것이 아니라 엄청
난 사랑으로 나를 키우셨어. 마리는 아버지보다 더한 어머니에 대
한 연민의 정이 끓어오른다.

　마리는 사진 속 아버지의 얼굴을 다시 뚫어지게 바라본다. 그때
문득 아버지가 마음속 깊숙한 곳에 은밀하게 마리를 사랑의 상처
로 품은 딸로 여겼을지도 모른다는 생각이 들자, 마리는 오히려 아
버지의 큰 사랑 앞에 돌아온 탕아가 된 기분이다. 용서받은 탕아는
바로 나야! 내가 아버지를 용서한 게 아니라 아버지로부터 용서받
은 자는 마리였네! 아버지는 어머니의 배신으로 고통과 슬픔의 감
정을 누르며 어머니와 마리의 죄마저 용서하고 사랑한걸. 용서가
예고도 없이 찾아오자 고통은 슬그머니 빠져나간 것인지? 마리는
아버지에 대한 증오와 고통이 슬며시 마음속에서 연기처럼 사라진
듯하다. 사랑은 용서와 함께 싹트는 것일까? 마리는 눈물이 왈칵
쏟아진다. 회심의 눈물인지 아버지에 대한 사랑의 눈물인지, 아버
지와 올바른 관계가 회복되었다는 반가움의 눈물인지 모를 뜨거운
눈물과 콧물이 줄줄 흐른다.

　그때 휴대전화에서 카톡 문자가 뜬다. '삼 남매 동시 통화하자.'
김용호에게서 온 문자다. 마리는 휴대전화의 스피커를 누르곤 기

어들어 가는 코맹맹 소리로 말한다.

"이산가족과에서 아버지 가족을 찾았다고 연락이 왔어요. 아버지는 40년 전에 돌아가시고 남매가 살아 있데요."

"그래? 사실이야!" 용호 오빠의 놀란 음성이 들린다.

"진짜 아버지의 다른 가족이 살아있더란 말이야!" 미란 언니의 음성은 떨고 있다.

용호가 말한다.

"그래서 이산가족 화상 상봉 신청했어?"

"네, 그런데…."

미란이 묻는다.

"왜?"

"그런데…. 북한에 사는 남매의 유전인자가 오빠랑 언니와의 유전인자는 같은데…. 나랑은 일치하지 않는데요."

삼 남매 사이에 잠시 침묵이 흐른다. 용호가 먼저 말한다.

"유전인자가 뭐 그리 중요해! 너처럼 이산가족 찾겠다는 열망이 더 중요하지. 아버지의 진실한 삶이 궁금하기도 하구나. 마리야, 누가 뭐래도 넌 사랑하는 내 동생이야!"

미란은 부드러운 음성으로 다정하게 말한다.

"그럼요, 마리가 아주 속상했구나. 오빠, 우리 함께 아버지의 다른 가족을 만나러 가요. 아버지가 북에서 어떻게 사셨는지 그간 지낸 이야기도 듣고 싶고 북에 있는 새 가족도 궁금하네요."

"그러지. 우리도 손잡고 새들처럼 남북으로 갈라놓은 선을 넘어

만나러 가자!"

마리는 용호 오빠의 '그러지'라고 하는 말이 북에 있는 형제자매도 모두 한 가족으로 인정하는 의미로 들린다. 가장 기적적인 인연은 가족이 아닐까? 마리는 유전인자로 삭막했던 마음속에 가족이란 말이 그렇게 정답게 들릴 수가 없다. 이것은 누구의 잘못도 아닌 전쟁으로 빚어진 가족의 아픔이다. 마리는 진정한 사랑과 가족의 의미를 재확인하는 순간 가슴속에서 사랑이 샘솟은 것이다.

"만나러 가요!" 휴대전화의 스피커에서 미란 언니의 카랑카랑한 말소리가 들린다. 마리의 마음은 벌써 사랑을 찬찬히 얽동여 짊어지고 비무장지대를 허위허위 넘어가고 있다. 아, 모든 것은 사랑이다! 마리는 환한 미소를 입술에 머금고서, 이 세상에서 유일한 행복을 좇으며 침을 꿀꺽 삼킨다.

2002년 단편 〈달맞이꽃〉으로 신인상을 받고 등단하면서부터 나는 장편 소설을 써보리라 꿈꾸었다. 어머니가 들려주신 이야기를 바탕으로 상상력을 점화시켜 새로운 인물을 구상하고, 영혼의 모습을 찾는 데부터 이야기를 풀어내려고 애썼다. 사람의 영혼은 유전과 카르마와 자유의지라는 세 가지 요인에 의해 결정된다고 한 '베르나르 베르베르'의 〈상상력 사전〉에서 영감을 얻었다. 소설을 쓰기 위해 많은 자료 수집과 거제도 포로수용소와 여러 곳에 답사, 등 20년의 세월이 흘렀다. 그동안 단편을 묶은 작품집 〈낙원 불가마〉를 2012년도에 출간했을 뿐 장편에 목매닮으로 단편마저 쓸 수가 없었다. 그 후 간신히 문학지에 단편 2편을 발표하면서 장편 소설에 대한 꿈은 버리지 않고 상상의 나래를 펼치며 틈틈이 써나가는 동안 어머니는 세상을 뜨고 나는 나이를 먹었다. 죽기 전에 꼭 장편 소설을 출간하리라는 결심이 이제야 실현하게 되어 늦게 본 자식처럼 감개무량하다.

　소설은 존재할 수 있었던 역사다. 역사가 과거의 이야기인 데 비하여 소설 〈마리 가족〉은 현대의 정보화 시대의 이야기다. 108년이란 역사의 소용돌이 속에 삼대가 각자의 존재 이유와 의미를 찾아 나서는 인간적인 먹빛 삶의 채취와 사랑의 이야기다. 100년 동안 삼대가 속했던 시간은 마치 조각난 퍼즐을 맞춘 것처럼 역사가 한눈에 보인다.

　우리는 기나긴 역사가 있다고 생각한다. 하지만 4억5천만 년 지구의 역사에 비해 우리의 100년 역사는 한순간 전의 일일 뿐이다. 이렇게 짧은 우리의 100년 역사 속에서 같은 민족끼리 적대적 관계로 위협하고, 정치가들의 무능과 부정, 갈등과 분열이 되풀이되는 동안 삼대의 삶은 고달프고 죽을 맛이다. 그러나 삼대는 그 짧은 자연과 역사의 시간 속에서 자유를 사랑하고 진실과 허위를 구별해보기도 하고 선악을 나눠보며 사랑함으로써 화합하려고 애쓴다.
　인간이 한정된 시간을 살아가는 '유한한 존재'임을 알기에 아픈 역사를 거울삼아 과거로 뒷걸음치는 사고가 아니라 미래의 희망을 향한 생각의 전환과 우리 존재의 진실한 의미를 이야기하고 싶었다. 나는 존재의 진실한 의미란 사랑이라 생각한다.

　소설은 하나의 거울이라고 흔히들 말한다. 사르트르는 소설을 읽는다는 것은 거울에 비친 이미지를 읽는 게 아니고 거울 속에 뛰어 들어가는 것이라 말했다. 나는 독자들이 거울 저편에 뛰어 들어가서 네 편, 내 편을 갈라 우리 편만 바라보고 달리는 사회의 흑백논리를 뛰어넘어 사랑의 힘으로 화합할 수 있는 길을 봤으면, 그리고 이산가족의 가슴속엔 아직도 전쟁의 상흔이 남아 있다. 고령의 이산가족이 죽기 전에 이산가족 상봉을 바라는 아픔을 읽었으면 하는 과분한 바람을 해본다.

흔쾌히 책을 내준 스타북스 출판사 대표님께 깊이 감사 드리며 병환 중에도 필담으로 추천사를 써주신 김승옥 선생님께 쾌유와 안위를 기원하며 깊이 감사드린다.
부모님의 영전에 이 책을 바친다.

2023년 2월
김은제

마리 가족

초판 인쇄 2023년 2월 21일
초판 발행 2023년 2월 25일

지은이 김은제
펴낸이 김상철
발행처 스타북스
등록번호 제300-2006-00104호
주소 서울시 종로구 종로 19 르메이에르종로타운 B동 920호
전화 02) 735-1312
팩스 02) 735-5501
이메일 starbooks22@naver.com
ISBN 979-11-5795-678-4 03810